Diogenes Taschenbuch 24090

Fabio Volo

Noch ein Tag und eine Nacht

Roman

Aus dem Italienischen von Peter Klöss

Diogenes

Titel der 2007 bei
Arnoldo Mondadori Editore, Mailand,
erschienenen Originalausgabe: ›Il giorno in più‹

Das Buch wurde für die deutsche Ausgabe
in Zusammenarbeit mit dem Autor
nochmals durchgesehen
Die Übersetzung wurde gefördert durch
ein Arbeitsstipendium
des Landes Nordrhein-Westfalen
Umschlagillustration nach Motiven von
iStockphoto.com

Deutsche Erstausgabe

www.diogenes.ch
150/11/52/1
ISBN 978 3 257 24090 0

Inhalt

Für sie

Erst wenn eine Liebe sich
nicht länger träumt, stirbt sie.

Pedro Salinas

When you were here before,
Couldn't look you in the eye
You're just like an angel,
Your skin makes me cry

You float like a feather
In a beautiful world
I wish I was special
You're so very special

Radiohead, *Creep*

Ich schlafe, und im Schlaf bin ich mir sicher, dass ich in einem Haus am Strand aufwache, in dem ich mit der Frau, die ich liebe, die Nacht verbracht und Augenblicke vollkommenen Glücks erlebt habe. Das Geräusch der Wellen hat erst das Wachsein begleitet, dann den Schlaf, du liegst in meinen Armen, und unsere Körper wärmen einander.

Doch als ich aufwache, befinde ich mich in einem Pariser Hotelzimmer, und obwohl mir rasch bewusst wird, dass es ein Traum war, höre ich immer noch das leise Klatschen der Meereswellen.

In Paris gibt's doch gar kein Meer!

Eine unbestreitbare Wahrheit, und schon höre ich den Straßenlärm der Metropole anschwellen.

Es ist zwanzig nach sieben. Der Wecker ist auf acht gestellt, aber wie so oft in letzter Zeit bin ich aufgewacht, bevor der Wecker klingelte. Heute ist das allerdings weniger mysteriös als sonst. Als ich gestern Abend ankam, war ich müde von dem anstrengenden Tag und von der Reise, also bin ich schon gegen zehn ohne Abendessen ins Bett gegangen und sofort eingeschlafen. Wenn ich abends nichts esse, ist das, als würde ich fasten: Ich wache bereitwilliger auf, in Vorfreude aufs Frühstück.

Vermutlich ist der wahre Grund für dieses vorzeitige Erwachen aber die Verabredung, die ich heute habe. Die wichtigste Verabredung meines Lebens. Ich weiß nicht, was genau passieren wird, es ist genauso geheimnisvoll und aufregend wie früher am Weihnachtsmorgen, wenn es draußen noch dunkel war und ich aus dem Bett sprang, um zu sehen, ob die Geschenke über Nacht gebracht worden waren. Aber jetzt bleibe ich im Bett liegen, verpackt und eingewickelt in Gedanken. Ich stehe nur auf, um die Vorhänge zu öffnen, dann schlüpfe ich gleich wieder unter die Decke. Ich liebe die Wärme nach dem Aufwachen und bleibe gern darin liegen. Sie hilft dabei, mich mit dem anzufreunden, was mich erwartet. Ich schaue aus dem Fenster und bewundere den Himmel und die Dächer von Paris. Ein paar Wolken ziehen schnell vorbei. Ich ordne meine Gedanken und betrachte mein Leben. Morgens bin ich mir sehr nah. Viel näher als abends. Wenn ich ins Bett gehe, denke ich auch oft nach, aber mit den Jahren habe ich festgestellt, dass ich morgens nachsichtiger mit mir bin. Gelassener. Wenn ich vor der Zeit aufwache, bleibe ich noch liegen und lausche auf all die kleinen Geräusche. Auch auf die in mir. Die im Haus, manchmal die der Nachbarn oder die von der Straße. Heute sind alle Geräusche neu. Türen, die geschlossen werden, Wasserhähne, die im Nebenzimmer laufen, fremde Sprachen auf dem Flur. Was ich zunächst für das Meer gehalten habe, ist in Wirklichkeit eine Kehrmaschine. Dieses Hotel wacht früh auf.

Der Wecker klingelt. Ich beschließe aufzustehen. Dusche und ziehe mich an. Es ist September. Der 16., um genau zu sein. Ich schaue aus dem Fenster, kann aber nicht erkennen, ob sich das Wetter ändert und es regnen wird. Wenn ich früher unbedingt wissen musste, wie das Wetter wird, habe ich immer meine Oma gefragt. Sie lag nie daneben. Ihr Standardsatz lautete: »Mir tun die Beine weh, also regnet's morgen.« Und prompt regnete es am nächsten Tag. Als Kind hatte ich eine kleine Madonnenstatue, die je nach Wetter die Farbe änderte, doch Omas Beine waren noch unfehlbarer als die Madonna.

Ich öffne das Fenster. Es ist nicht besonders kalt, aber ich nehme trotzdem einen Pulli mit.

Meine Mutter hat mir vor ein paar Monaten einen Trockner geschenkt. Seitdem wird bei mir zu Hause die Wäsche nicht mehr aufgehängt. Dafür laufen jetzt meine Kleider ein. Das T-Shirt, in dem ich geschlafen habe, reicht nur noch bis zum Nabel, und die Unterhose, die ich gerade angezogen habe, zwickt. Das Gerät trocknet und kürzt. Ich freue mich trotzdem darüber, weil jetzt meine frühere Methode ausgedient hat. Da warf ich die Kleidungsstücke noch in einem Haufen auf den Wäscheständer, wo sie im Verlauf einer Woche etappenweise trockneten – erst ein Ärmel, dann der Kragen und irgendwann der Rest. Schlimm ist, wenn man in solcherart getrockneten Klamotten schwitzt. Das stinkt dann wie nasser Hund.

Statt im Hotel zu frühstücken, suche ich lieber einen meiner Lieblingsorte auf, Le Pain Quotidien. Da ich in der Nähe des Centre Pompidou wohne, beschließe ich, einen Spaziergang zur Rue des Archives zu machen, in der sich das Lokal befindet. Le Pain Quotidien ist eine Kaffeehauskette, die es überall auf der Welt gibt. Jeder Laden ist gleich eingerichtet, alles ist aus Holz: Fußboden, Tische, Stühle, Schränke, Theke. Helles Holz, nordeuropäisch. Beim Essen kommt man sich vor wie ein Eichhörnchen im Wald. Milchkaffee, Cappuccino, Filterkaffee, alles wird in Schalen serviert, wie bei meiner Oma.

Ich bestelle einen frischgepressten Orangensaft, einen Kaffee und ein Croissant. Wenn es etwas gibt, woran man merkt, dass man in Paris ist, dann am Geruch der Butter im Frühstückscroissant, der den ganzen Tag an den Händen haftet.

Der Laden ist schon voll. Außer Französisch wird an den Nebentischen Deutsch, Portugiesisch und Englisch gesprochen.

Ich ziehe den Pulli über. Es ist jetzt ein bisschen kühl.

Auf der anderen Straßenseite liegt das Starbucks mit den üblichen Sofas und Sesseln im Schaufenster. Wie oft habe ich mich an allen möglichen Orten in einen solchen Sessel gesetzt und ein Buch gelesen oder in den Computer getippt. Besonders, wenn der Flug nach Hause Verspätung hatte, ich das Hotelzimmer aber bis elf Uhr vormittags geräumt haben musste. Dann wurde das Café einen Tag lang mein Zuhause: Ich schlief sogar dort, in diesen Sesseln.

Meine Verabredung ist um elf im Jardin du Luxembourg. Es ist noch nicht mal zehn, und da ich gerade in der Nähe bin, beschließe ich, auf einen Sprung an einen anderen Lieblingsort zu gehen, die Place des Vosges. Jedes Mal, wenn ich diesen Platz erblicke, bin ich ganz ergriffen. Ich spaziere durchs Marais. Der September ist einer meiner Lieblingsmonate. Ich mag es, wenn ich auf einem Spaziergang die Sonne spüren will und die Straßenseite wechsele, weil meine im Schatten liegt. Viel schöner als im Sommer, wenn man es genau umgekehrt macht, der Sonne entflieht. In der Rue des Francs Bourgeois scheint die Sonne um diese Uhrzeit auf die rechte Straßenseite.

Ich erreiche die Grünflächen auf der Place des Vosges und setze mich bei einem der vier Brunnen auf eine Bank unter einen Baum. Die Luft ist kühl. Ich lege die Arme rechts und links auf die Rückenlehne, schließe die Augen und recke das Gesicht in den Himmel, um mich von den warmen Sonnenstrahlen küssen zu lassen. Als ich das Knirschen von Schritten auf dem Kies höre, öffne ich die Augen wieder. Eine junge Frau. Sie setzt sich auf die Bank neben meiner, öffnet den Laptop und beginnt zu tippen. Menschen mit Computern im Park sieht man immer öfter, via Wi-Fi kann man online gehen, und deshalb kommen viele Leute bei schönem Wetter zum Arbeiten ins Freie.

Die Frauen in Paris sind anders. Ich habe nie herausgefunden, aus welchem Grund ich sie schöner finde. Es scheint, als wären sie von Natur aus der Vulgarität der Welt entzogen. Vielleicht, weil ihre Art, sich zu kleiden, immer auch etwas Persönliches offenbart. Ihre Kleider erzählen von ihnen, charakterisieren sie. Da eine Brosche, da ein Hut, ein Paar Handschuhe, ein Band, eine Kette, eine Farbe in Kombination mit einer anderen. Es gibt Kleider, die stehen nur schönen Frauen gut, und andere, die stehen nur Frauen mit schönem Wesen. Die Kleidung des Mädchens auf der Bank nebenan sagt viel über sie aus, vermittelt den Eindruck, dass sie in ihrer eigenen Welt lebt, dass sie sich darin wohl fühlt. Wenn man sie so anschaut, möchte man am liebsten Teil dieser Welt sein.

Es ist gut möglich, dass sie ihre Kleidung günstig auf dem Markt einkauft und dank der ihr eigenen Phantasie und einem Kombinationstalent etwas Originelles daraus macht. Frauen wie sie müssen nicht viel Geld ausgeben, um sich gut zu kleiden, sie haben einfach das richtige Händchen, kaufen irgendwelche Fetzen, kombinieren sie und sind plötzlich feminin und sexy. Es sind Frauen, die nach Apfel duften.

In jeder Stadt, in der ich länger lebte, habe ich früher oder später »meinen Ort« gefunden. Einen Ort, den ich zum Nachdenken aufsuche, der mir vertraut ist, wo ich für mich sein kann. Oft ist es einfach der erste Ort, den ich finde, wenn ich in einer neuen Stadt bin. In Paris ist es die Place des Vosges. Als ich noch in Paris lebte, war ich oft hier, vor allem sonntags, weil dann unter den Arkaden Musiker spielten, fast immer klassische Musik.

Der Spaziergang hierher hat mir gutgetan. Er hat mir geholfen, etwas von der Spannung abzubauen, die mit jeder Minute, die meine Verabredung näher kommt, steigt. Trotzdem bin ich noch immer aufgeregt. Vielleicht auch ängstlich. Ich fühle mich orientierungslos, als hätte ich die Aufregung nicht unter Kontrolle. Eine Aufregung, die wächst und nahezu unbezähmbar wird. Kein Wunder: Wenn diese Verabredung läuft wie erhofft, wird sie mein Leben vollständig umkrempeln.

Die Frau in der Straßenbahn

Wenn ich früher eine Frau sah, die mir gefiel, habe ich versucht, sie kennenzulernen – und vor allem, sie ins Bett zu kriegen. Nur ganz wenige, die mir gefielen, habe ich ausgelassen. Warum auch?

Die Frau in der Straßenbahn war eine der wenigen. Ich habe sie immer vor mir beschützt. Das war keine bewusste Entscheidung, es hat sich einfach so ergeben. Ich habe nie begriffen, ob es an ihr lag oder ob ich mich einfach verändert hatte. Gut zwei Monate lang sind wir uns jeden Morgen in der Bahn begegnet. Eine feste Verabredung.

Zusammen mit Alessandro betreibe ich eine Druckerei. Wir stellen Kataloge her, Bücher in kleinen Auflagen, Prospekte, Broschüren, Werbezettel, und vor den letzten Wahlen druckten wir auch Wahlkampfmaterial für beide Lager: Wir mussten nur die Farbe ändern, alles andere blieb sich mehr oder weniger gleich. Alle Politiker schwafeln von einer besseren Zukunft. Wahrscheinlich meinen sie das Paradies.

Vor ein paar Jahren habe ich als Angestellter angefangen, und irgendwann bin ich in die Firma eingestiegen. Es klingt vielleicht ein bisschen großspurig, aber alles, was ich anpacke, gelingt mir. Wenn ich mir etwas vornehme, dann schaffe ich es normalerweise auch. Das hat einen einfachen Grund: Was es mir in Liebesbeziehungen schwermacht, macht es mir im Berufsleben leichter. Deshalb verdanke ich meinen Erfolg im Grunde genommen weniger einem Talent als einem Manko. Die Unfähigkeit, mit meiner labilen Gefühlswelt umzugehen, hat zwangsläufig dazu geführt, dass ich mich völlig in die Arbeit gestürzt habe. Emotional war ich schon immer eine Null. In der Arbeit fand ich eine Zuflucht. Dort war es von Vorteil, dass ich nie verliebt und abgelenkt war. Ich war immer der Meinung, mein Leben und meine Gefühle absolut unter Kontrolle zu haben, und so gedachte ich es auch weiter zu halten.

Auch im Ausland habe ich gearbeitet. Hauptsächlich als ich jung war. In London habe ich gelernt, mit öffentlichen Verkehrsmitteln zur Arbeit zu fahren.

Die tägliche Begegnung mit der Frau in der Straßenbahn war das aufregendste Ereignis in meinem Alltag. Ansonsten lief es wie immer. Aber diese paar Minuten in der Bahn stachen heraus, waren klar wie ein Fenster zu einer anderen Welt. Eine Verabredung voller Farben.

Niemand, den ich kannte oder der auch nur im Telefonverzeichnis meines Handys stand, vermochte mich so aufzuwühlen wie die geheimnisvolle Unbekannte. Sie zog mich magisch an. Doch trotz meiner unbändigen Neugier sprach ich sie nie an.

Wenn ich in jenem Winter morgens in die Straßenbahn einstieg, saß sie immer schon da. Sie war wie eine Wolke. Sie musste um die fünfunddreißig sein. Wenn die Bahn kam, stellte ich mich auf Zehenspitzen und reckte den Hals, um zu sehen, ob sie drin saß. Wenn ich sie nicht entdeckte, wartete ich auf die nächste. Doch trotz dieser kleinen Vorsichtsmaßnahme kam es manchmal vor, dass ich ohne sie fuhr.

Zu der Zeit begann ich vor dem Wecker aufzuwachen. Wenn ich sie nicht in der Straßenbahn sah, wollte ich nicht den Zweifel hegen müssen, dass sie vielleicht schon eine Bahn vorher gefahren war, und deshalb ging ich früher als üblich zur Haltestelle.

Oft träumte ich tagsüber mit offenen Augen von ihr, meist von uns beiden. Es ist schön, wenn es einen Menschen gibt, von dem man träumen kann. Selbst wenn es eine Unbekannte ist. Ich weiß nicht warum, aber wenn ich an sie dachte, kannten meine Gedanken keinen Punkt. Nur Kommas. Eine Lawine aus Worten und Bildern ohne Interpunktion.

Sie leistete mir Gesellschaft. Dabei bestand unsere Beziehung doch nur aus einem kaum angedeuteten Lächeln hier und da und kurzen, stummen Blicken.

Sie stieg zwei Haltestellen vor mir aus. Oft war ich versucht, ihr zu folgen, um etwas mehr über sie herauszufinden, aber ich hab's nie getan. Ich habe nicht mal den Mut aufgebracht, mich neben sie zu setzen. Ich hielt den gebührenden Abstand ein, bemessen an freien Plätzen und einer guten Sicht. Tag für Tag trainierte sie meinen Blick, er wurde immer unauffälliger. Manchmal, wenn sie weit weg saß und ich ihr nicht den Kopf zuwenden wollte, schielte ich, bis mir irgendwann die Augen weh taten. Manchmal war die Bahn zu voll, und jemand stellte sich ausgerechnet zwischen uns, so dass ich sie nicht sehen konnte. Ich starrte sie nicht die ganze Fahrt über an, mir gefiel es, sie eine Weile zu beobachten, woanders hinzuschauen und den Blick dann wieder zu ihr wandern zu lassen. Zu wissen, dass sie da war, beruhigte mich. Der beste Sitzplatz war gleich neben der Tür. Wenn dieser Platz frei war, war das mein Glückstag, weil sie auf mich zugehen musste, um auszusteigen, und dann lächelte sie mich zum Abschied immer an. Noch besser war es, wenn ich mich nicht setzte und an der Tür stehen blieb: Dann standen wir ein paar Sekunden lang nebeneinander, sie neben mir. Ich atmete sie ein. Sie war wie die frische Luft, wenn man morgens in den Bergen das Fenster aufmacht. Von ganz nah atmete ich sie ein, ohne sie zu berühren. Eines Tages vielleicht, sagte ich mir. Eine kurze Berührung gab es aber doch einmal. Eines Morgens, während sie darauf wartete, dass die Tür aufging, bremste die Straßenbahn scharf, und es warf sie in meine Richtung. Eine Sekunde lang hielt ich ihren Mantel in der Hand, nur ganz kurz. Am liebsten hätte ich die Hand nie mehr geöffnet, sie nie mehr losgelassen. Auch sie sah mich manchmal an, wenn sie so dasaß.

Häufig begegneten sich unsere Blicke, als wären wir heimliche Komplizen. Manchmal hatte ich Angst, sie schenkte mir ihre Blicke und ihr Lächeln nur aus Anstand.

Oft schrieb sie in ein orangefarbenes Heft mit Pappeinband.

Was schreibt sie da bloß? Ob sie schon mal über mich geschrieben hat?, fragte ich mich.

Ich sah ihr gern beim Schreiben zu. Vor allem weil sie dazu die Handschuhe auszog und weil sie dann völlig entrückt war. So sehr, dass es mich sogar ein bisschen eifersüchtig machte. Wenn sie schrieb, hob sie zwar die ganze Fahrt über den Blick nicht von ihrem Heft, aber mit anzusehen, wie sie so ganz in dem, was sie schrieb, aufging, machte sie noch faszinierender. Ich wäre gern in ihrer Welt vorgekommen.

Auch wenn sie las, ließ sie sich nicht ablenken. Sie setzte dazu eine Brille auf. Stand ihr gut. Ich fand es schön, wie sie einen Finger unter die rechte Seite schob, ihn nach unten gleiten ließ und die Seite anhob. Eine natürliche Geste, doch mich schlug sie in Bann, denn ihre ganze Zartheit spiegelte sich darin.

An anderen Tagen wickelte sie eine Haarsträhne auf, ebenfalls mit dem rechten Finger.

Die Frau aus der Straßenbahn war schön. Mir gefiel ihr Gesicht, mir gefiel ihr Haar, das glatt, dunkel und voll war. Ihr Hals, ihre Handgelenke und ihre Hände. Am Ringfinger trug sie nur einen schmalen Trauring. Keine weiteren Ringe oder Armreife. Nur diesen schmalen Trauring. Am meisten hatten es mir aber ihre Augen angetan und was man darin sah, selbst wenn man ihrem Blick nur für einen kurzen Moment begegnete. Dunkel, tief, unausweichlich.

Kann man sich in einen Menschen verlieben, den man nicht kennt, den man nur Tag für Tag bei der Fahrt zur Arbeit in der Straßenbahn sieht?, fragte ich mich damals. Ich weiß es nicht. Ich weiß es noch immer nicht. Ich war nicht verliebt. Sie zog mich an. Was ich allerdings mit absoluter Gewissheit sagen kann, ist, dass ich mich irgendwie mit ihr verbunden fühlte und dass ich mir immer wieder dachte, dass das Schicksal ein Spiel mit mir spielte. Oder mit uns.

Einmal waren keine Sitzplätze mehr frei, und ich stellte mich genau vor sie. Allerdings mit dem Rücken zu ihr. Im Fenster sah ich ihren Blick. Sie schaute mich an. Wir trafen uns dort, auf jener Scheibe, die uns als durchsichtige Bilder zeigte. Und da, in der Begegnung unserer gespiegelten Gesichter, fand ich heraus, dass solche Blicke über Bande viel intimer sind als direkte. Als würde man beim Stehlen ertappt. Als machte diese Fläche auch einen heimlichen Wunsch transparent. Als sie diesmal ausstieg und die Straßenbahn wieder anfuhr, drehte ich mich um und sah sie an. Sie tat dasselbe.

Zweimal wöchentlich hatte sie eine Sporttasche dabei, meist montags und donnerstags. Das sollte ich auch so machen, dachte ich. Also die Tasche mit ins Büro nehmen und nach der Arbeit direkt hingehen, obwohl das Fitnessstudio gleich bei mir um die Ecke ist. Dann würde ich bestimmt öfter trainieren. So aber ging ich nach Feierabend erst nach Hause, um die Tasche zu packen, und dann konnte ich mich nicht mehr aufraffen. Wenn ich nach einem anstrengenden Tag in die Wohnung komme, ist die Vorstellung, noch mal rauszugehen, alles andere als verlockend. Abgesehen davon, dass ich Hunger habe, wenn ich heimkomme, und mir immer erst mal etwas reinschieben muss. Dann sage ich mir jeweils: Ins Fitnessstudio gehe ich morgen.

Meine Beziehung zur Sporttasche ist eigenartig. Wenn ich sie abends packe, bekomme ich Lust, mich hineinzulegen und auf dem zusammengefalteten Bademantel zu schlafen. Außerdem müsste ich mir echt mal angewöhnen, sie gleich zu leeren, wenn ich nach Hause komme. Oft vergesse ich es, und es fällt mir erst wieder ein, wenn ich schon im Bett liege. Ich stelle mir das verschwitzte T-Shirt und den nassen Bademantel und die Badehose vor, die ich anhabe, wenn ich hinterher noch in die Sauna gehe. Dann muss ich wieder aufstehen und die Sachen aufhängen, weil ich sonst nicht ruhig schlafen kann. Ich möchte keine Champignonzucht vorfinden, wenn ich es erst am nächsten Tag mache.

Die Frau aus der Straßenbahn machte es richtig. Sie nahm die Tasche immer mit zur Arbeit.

An einem anderen Morgen stieg ich ein und sah sie zum

ersten Mal mit Pferdeschwanz. Einem hochgesteckten Pferdeschwanz, um genau zu sein: Das finde ich wahnsinnig feminin. Hals, Ohren, der Schwung der Kieferpartie, alles war wunderbar zu sehen. Ich weiß noch, dass ich dachte: Jetzt gehe ich zu ihr und schaue sie so lange an, bis sie aufsteht und wir uns schweigend in die Augen sehen. Uns alles sagen, was wir empfinden, ohne Worte, mit einem jener intensiven Blicke, die die Seele in Aufruhr bringen. Dann küssen wir uns. Wenn sich unsere Lippen voneinander lösen, drücke ich ihr kleine Küsse auf Augen, Nase, Wangen und Stirn und den letzten auf die Lippen. Alle Leute in der Bahn schauen uns zu, und plötzlich fangen sie an zu applaudieren. Eine Musik erklingt, die Straßenbahn hält an, wir steigen aus und gehen in die Stadt. Abspann, das Licht geht an, gerührt verlassen die Leute das Kino.

Pustekuchen. Ich hielt Distanz, wie immer. Keine Musik, kein Applaus, nur die beschlagenen Scheiben der Straßenbahn.

Ihretwegen habe ich eine Menge unsinnige Dinge getan. Eines Tages, nachdem sie ausgestiegen war, wartete ich ein paar Sekunden, dann stand ich auf. Ich ging dorthin, wo sie gestanden hatte, und legte meine Hand auf die Stelle, wo sie sich kurz zuvor festgehalten hatte. Ich spürte noch ihre Wärme. An dem Tag brauchte ich einfach mehr, es reichte mir nicht, sie nur anzuschauen. Mein Tastsinn machte die gleichen Rechte geltend wie der Blick. Aus diesem Grund suchte ich nach einer Spur von ihr. Ihre Wärme war in diesem Moment etwas Intimes, ich spürte das Verlangen, einen kleinen Ausschnitt der Welt zu berühren, die sie zuvor berührt hatte, ich wollte der Erste sein, der diese Stelle nach ihr berührte. Aus dem gleichen Grund drückte ich auf den Halteknopf. Während ich ihre Wärme spürte, fragte ich mich: Was sind wir eigentlich? Freunde, Komplizen, Spielgefährten, platonisch Liebende, oder einfach nur Unbekannte?

Eines Morgens verlor sie beim Aussteigen in der Eile einen Handschuh, genau da, wo ich stand. Es saßen nur wenige Leute im Wagen, und die schliefen wie gewöhnlich. Keiner merkte was, keiner sah mich, als ich ihn aufhob. Ich hätte ihn ihr wiedergeben müssen, doch die Türen hatten sich schon geschlossen, und außerdem hielt mich irgendetwas zurück, ich weiß nicht, warum. Vielleicht weil das Schweigen, in dem ich mich wiegte, gebrochen worden wäre, wenn ich ihr hinterhergerufen hätte, vielleicht fehlte mir auch nur der Mut. Ich behielt den Handschuh. Er war aus kirschroter Wolle. Zum Glück, denn wäre er aus Leder gewesen, hätte er nicht ihren Geruch bewahrt. Den ganzen Tag schnüffelte ich daran. Wenn mich nur niemand dabei ertappte und dachte, ich sei ein Fetischist. Mir war klar, dass ich im Moment absurde Dinge tat, Dinge, die mir sonst nicht einmal im Traum eingefallen wären. Hätte mir ein Freund so was erzählt, hätte ich ihn für verrückt erklärt, ich glaube nicht, dass ich für so ein Verhalten Verständnis aufgebracht hätte. Aber ich konnte mich den Geschehnissen nicht entziehen. Die Frau aus der Straßenbahn war durch meine hochentwickelte Personenkontrolle geschlüpft. Als ich Silvia davon erzählte, lachte sie, aber für verrückt erklärte sie mich nicht.

Silvia ist meine beste Freundin. Sie weiß alles über mich. Über die Frau aus der Straßenbahn sprachen wir oft, wenn wir uns abends trafen. Silvia hatte nur etwas dagegen einzuwenden, dass ich den Handschuh in einer Plastiktüte aufbewahrte wie die Leute vom CSI, damit ihr Geruch länger erhalten blieb.

Was tust du da?, fragte ich mich irgendwann, während ich den Handschuh beschnüffelte, und legte ihn weg. Aber dann ging er mir nicht aus dem Kopf, und wenn ich in seine Nähe kam, geriet ich wieder in Versuchung. Wie einer, der mit dem Rauchen aufhören will. Vielleicht hätte ich darauf schreiben sollen: »Schadet der Gesundheit!« Der geistigen.

Schließlich hörte ich auf. Nicht damit, ihn zu beschnüffeln, sondern mir albern vorzukommen. Ich wollte es tun, also tat ich es. Ich genoss dieses Verlangen. Punkt.

Am Tag, nachdem ich den Handschuh aufgehoben hatte, steckte ich ihn ein, um ihn zurückzugeben. Natürlich hatte ich mir diese Fahrt schon in allen Einzelheiten ausgemalt. Das Schicksal hatte mir einen wunderbaren, triftigen Vorwand gegeben, um das Schweigen zu brechen. Mit einem Handschuh wäre ich in ihr Leben getreten und hätte ihr ein Gefühl der Freude beschert: »Hey … ich bin der Typ, der deinen Handschuh gefunden hat.«

Als die Bahn kam, sah ich sie. Ich stieg ein und setzte mich. Ich versuchte, all meinen Mut zusammenzunehmen und zu ihr zu gehen, doch dann dachte ich, dass der Handschuh ja eigentlich das Einzige war, was ich von ihr besaß, und ich ihn vielleicht noch ein paar Tage behalten könnte. Gesagt, getan.

Auch auf dieser Fahrt hat sie mir ein Lächeln geschenkt, daran erinnere ich mich.

Einmal fehlte sie zwei Wochen. Ich wusste nicht, ob sie krank war oder in Urlaub, ich erinnere mich aber noch gut an meine Angst, sie könnte eine neue Arbeitsstelle haben oder künftig lieber mit dem Auto fahren. Es ließ mir einfach keine Ruhe, es war schrecklich, so getrennt von ihr zu sein. Das Gefühl der Ohnmacht machte mich fertig: Ich konnte sie weder wiedersehen noch aufspüren, ich wusste nichts über sie.

Über diese tristen Morgenfahrten möchte ich nicht sprechen. Eines Tages saß sie plötzlich wieder da, in der Straßenbahn: Ich konnte meine Freude nicht verbergen. Ich war aufgeregt wie ein Baby, das versucht, nach den Schmetterlingen über seinem Bettchen zu greifen. Ich wusste nichts über sie, aber das war nicht wichtig. Es zählte nur, dass sie wieder da war. Ich wusste nicht, wie sie hieß, wo sie arbeitete, wie alt sie war, ob sie einen Freund hatte und mit wem sie zusammenlebte. Ich kannte nicht mal ihr Sternzeichen. Mich hat das Sternzeichen eines Menschen nie interessiert, aber bei ihr war das anders: Morgens an der Haltestelle nahm ich mir immer eine dieser Gratiszeitungen und schaute gleich auf der Seite mit dem Horoskop nach; ihres hätte ich auch gern gelesen, nur so, um herauszufinden, welches der geeignete Morgen war, sie anzusprechen. Ich wusste nur zwei Dinge über sie: dass sie, ohne es zu wissen, meine Tage aufregender machte und dass sie an derselben Straßenbahnlinie wie ich wohnte, und natürlich in meinen Gedanken.

Eines Morgens klappte sie wieder einmal das Heft, in dem sie geschrieben hatte, zu und stand auf. Sie ging zur Tür, um auszusteigen, und lächelte mich zum ersten Mal nicht an. Sie tat, als wäre ich nicht da. Ich, König Schuldbewusst, war zutiefst getroffen. In meinem Hirn ratterte es, vielleicht hatte jemand ihr erzählt, dass er gesehen hatte, wie ich den Handschuh einsteckte, vielleicht hatte ich sie zu plump angeglotzt, und sie war langsam genervt, vielleicht meinte sie auch, dass ich sie an dem Tag, als wir uns berührt hatten, absichtlich angefasst, die günstige Gelegenheit ausgenutzt hätte.

An dieser kleinen Berührung muss sie mein ganzes Verlangen gespürt haben. Man weiß ja, wie die Frauen sind, sie spüren es sofort, wenn man sie begehrt. Vielleicht hat sie das erschreckt.

Gott sei Dank hatte ich sie nie angesprochen. Wie oft war ich versucht gewesen. Wie oft hatte ich in mir den Impuls gespürt, zu ihr zu gehen. Doch immer hatte ich mich zurückgehalten. Was gar nicht so leicht war, weil ich sie im wahrsten Sinne des Wortes anziehend fand. Wenn ich sie morgens manchmal anschaute, spürte ich, wie meine Seele hin und her wippte: *Spitzen – Fersen – Spitzen – Fersen – Spitzen – Fersen: Ich gehe hin – ich gehe nicht hin – ich gehe hin – ich gehe nicht hin – ich gehe hin – ich gehe nicht hin.*

Was ein Glück, dass ich nicht hingegangen war.

Während ich also dastand und nach einem Grund für ihr Verhalten suchte, drehte sie sich plötzlich zu mir um und brach das Schweigen: »Hast du Zeit für einen Kaffee, oder hast du's eilig?«

»Wie bitte?«

»Hast du Lust, vor der Arbeit einen Kaffee zu trinken? Hast du Zeit?«

»Ja, ja … gern. Ich steige mit dir aus.«

Die Türen der Straßenbahn gingen auf, und wir stiegen gemeinsam aus.

»Da drüben ist eine Bar … ich heiße übrigens Michela.«

»Giacomo.«

Im Gehen dachte ich, dass mir noch zwei Dinge an ihr gefielen: der Name und die Stimme.

Ich mag Frauen, die den ersten Schritt machen, obwohl sie mich damit ehrlich gesagt auch ein bisschen aus dem Konzept bringen, denn normalerweise bin ich derjenige, welcher die Initiative ergreift. Sie schüchtern mich ein, berauben mich der archaischen Rolle des Jägers.

Als wir die Bar betraten, hielt ich einer alten Dame die Tür auf. »Bitteschön, Signora, ziehen Sie sich warm an, es ist kalt.«

»Danke, vielen Dank, das ist aber sehr liebenswürdig.«

Wenn man glücklich ist, ist man viel freundlicher zu den Leuten.

Wir setzten uns und bestellten einen Espresso. Jetzt in der Bar, als wir uns gegenübersaßen, waren wir ein wenig verlegen. Ich mehr als sie.

»Ich habe dich gefragt, ob du einen Kaffee trinken möchtest, weil ich dich als meinen morgendlichen Reisegefährten empfinde, und da sich mein Leben in den nächsten Tagen ändern wird, habe ich all meinen Mut zusammengenommen und dich angesprochen.«

Mist, verdammter, sie heiratet. Ich bin der Kaffee zum Abschied von der Freiheit. Sie hat bestimmt mit ihren Freundinnen darüber diskutiert, und die werden ihr gesagt haben: Vorwärts, überwinde dich, lade ihn auf einen Kaffee ein, dachte ich panisch. »Gute Idee, das hätte ich auch längst getan, aber ich hatte Angst, dir lästig zu sein. Neulich, als ich deinen Mantel berührte, dachte ich schon, du wärst sauer.«

»Wann?«

»Du weißt schon … neulich, als die Bahn plötzlich scharf

gebremst hat und ich dich mit der Hand berührte, aber nicht absichtlich. Sagen wir, ich habe sie nicht weggenommen, im Gegenteil, mir gefiel die Vorstellung, dich zu berühren.«

»Hab ich gar nicht bemerkt.«

»Was heißt, dein Leben wird sich ändern? Heiratest du?«

»Nein, ich heirate nicht, ich ziehe nach New York. Ich habe einen neuen Job.«

»Du ziehst nach New York?«

»Ja, ich arbeite bei einer amerikanischen Firma und habe ein Gesuch um Versetzung nach New York gestellt. Sie haben es gutgeheißen.«

Während sie sprach, zog sie einen Brief hervor.

»Vor drei Wochen hatte ich ein Vorstellungsgespräch, und sie haben mich genommen. Dieser Tage kam die schriftliche Bestätigung. Weißt du, ich hätte nicht gedacht, dass sie mich in meinem Alter nehmen würden, ich bin sechsunddreißig, da stehen die Chancen eher schlecht. Aber ich hab's geschafft.«

»Ach, dann fährst du also nicht mehr mit der Straßenbahn … das Kapitel Linie 30 ist abgeschlossen. Wird sie dir nicht fehlen?«

»Doch, ich glaube schon, dass sie mir fehlen wird, aber vielleicht auch nicht. Ich bin schon ganz aufgeregt bei der Vorstellung, dass in meinem Leben eine Wende bevorsteht, zumal ich schon immer mal dort leben wollte – es war nicht der erste Versuch.«

»Gehst du denn für immer hin?«

»Keine Ahnung, ich weiß nur, dass ich jetzt fahre, alles Weitere wird sich ergeben. Vielleicht halte ich es nach einem

Monat nicht mehr aus und komme zurück. Ich habe keine festen Pläne, ich tue, wonach mir jetzt gerade ist, der Rest wird sich dann schon ergeben.«

»Das ist ja ein Ding! Endlich lerne ich dich kennen, und dann reist du gleich ab? So ein Pech. Also ist das unser Abschiedskaffee?«

»Mehr oder weniger… entschuldige bitte, ich muss schnell auf die Toilette, ich bin gleich zurück.«

Ich war völlig fertig. Michela fehlte mir jetzt schon, ich sah schon die leere Straßenbahn vor mir.

Da saß ich nun in dieser Bar und hatte ihr fast nichts sagen können. Nicht mal, dass ihr Handschuh bei mir zu Hause rumlag. Ich hätte sie gern nach ihrer Telefonnummer gefragt, ihrer E-Mail-Adresse, aber mir fehlte der Mut. Sie hatte mich auf einen Kaffee eingeladen, bevor sie fuhr, als wollte sie mit mir eine Phase in ihrem Leben abschließen. Erst wenn man begreift, dass es bald zu spät ist, ist man zu allem bereit, um das Verpasste nachzuholen. Aber ich hatte schon immer diese Angst gehabt, ich könnte zu aufdringlich sein. Wenn ich als Junge bei fremden Leuten gefragt wurde, ob ich ein Glas Wasser möchte, habe ich immer »Nein, danke« gesagt, selbst wenn ich Durst hatte. Ich sagte schon nein, bevor mein Gegenüber ausgeredet hatte. Ich habe immer Angst gehabt, zur Last zu fallen, auf die Nerven zu gehen. Damit habe ich mich nur ins eigene Fleisch geschnitten. Selbst als Erwachsener noch. Wenn ich eine Putzfrau einstellte, tat ich anfangs etwas Absurdes. Am Tag, an dem sie kam, räumte ich auf, bevor ich aus dem Haus ging. Ich putzte ein bisschen vor. Damit die Unordnung nicht zu groß war, aus Rücksicht.

Michela hatte ich nicht nach ihrer Telefonnummer gefragt, weil ich nicht aufdringlich sein, sie nicht in die Verlegenheit bringen wollte, sie mir aus Höflichkeit zu geben. Wenn, dann sollte sie sie mir geben, weil sie es wollte. Im Übrigen war dieser Kaffee zu nichts nütze. Ich gehörte zu ihrem alten Leben, dem Leben, vor dem sie nun floh. Wozu sollte ich sie nach der Adresse fragen? Wir waren nicht befreundet, und ihre Abreise war nun nicht gerade die beste Voraussetzung, um eine Beziehung anzufangen. Dieser Kaffee war nicht der Anfang von etwas, sondern allenfalls das Ende. Ich war nicht in der Lage, sie nach irgendwas zu fragen, doch während ich da saß, in meiner Enttäuschung schmorte und auf ihre Rückkehr wartete, fiel mein Blick auf den Brief der amerikanischen Firma, den sie mir gezeigt und auf dem Tisch liegen gelassen hatte. Dort stand eine Adresse. Ich überlegte, ob ich sie abschreiben sollte. Warum? Weil es irgendwie wirklich schade gewesen wäre, sie einfach so gehen zu lassen und immer noch nichts über sie zu wissen. Schreib dir die Adresse auf, sagte eine Stimme in mir. Oder lies sie wenigstens.

Nichts da, ich weiß, was sich gehört! Aber dann tat ich's doch. In Windeseile. Ich las die Adresse und lernte sie gleich auswendig. Dann stand ich auf und ging zur Kasse, um zu bezahlen.

»Entschuldigen Sie, haben Sie vielleicht einen Zettel und einen Stift?« Das Mädchen an der Kasse gab mir das Gewünschte, doch als ich den Kugelschreiber aufsetzte, sah ich Michela von der Toilette kommen und sagte: »Ach, nicht wichtig, danke.« Ich ging zu unserem Tisch zurück, wir setzten uns wieder, und ich sah sie an: »Weißt du, ich dachte gerade, wie schade, dass du fortgehst. Ich weiß, es hat keinen Sinn, ich kenne dich ja kaum, aber trotzdem.«

Die Worte waren einfach so aus mir herausgesprudelt, kaum dass sie sich wieder gesetzt hatte, ich hatte nicht mal Mut aufbringen müssen, um sie auszusprechen, ich hatte sie mir auch nicht vorher zurechtgelegt. Wie Michela hörte ich mir selbst zu, während ich sprach. Michela schaute mir direkt in die Augen, saß eine Weile reglos da und sah mich still an. Die Worte schienen sie berührt zu haben, anscheinend hatten sie ihr gefallen, denn ihr Gesicht öffnete sich zu einem wunderschönen Lächeln, das mir eine Gänsehaut über den Rücken jagte. Aber vielleicht war es auch nur wegen der Kälte: Ein Herr hatte die Bar betreten und die Tür offen gelassen.

»Also, wann fährst du?«

»Morgen Nachmittag, der Flug geht um vier.«

»Hast du schon gepackt?«

»Das meiste ja, den Rest mache ich heute Abend und morgen früh, bevor ich fahre. Meine Freundinnen und Kolleginnen haben mir zu Ehren eine kleine Feier organisiert. Ich hoffe, ich bin danach noch in der Verfassung, meine Koffer zu packen. Hättest du Lust mitzukommen? Nichts Großes, vielleicht fünfzehn Leute.«

»Das ist nett, aber es geht nicht, ich hab schon eine Verabredung … Dann fährst du also morgen nicht mehr mit der Straßenbahn?«

»Nein, heute war das letzte Mal.«

»Ach so!«

»Tja, danke für den Kaffee, ich muss jetzt los … du auch, glaube ich.«

Wir verabschiedeten uns und küssten uns höflich auf die Wangen. Wie gut sie duftet, dachte ich.

»Dann also ciao, und gute Reise.«

»Danke. Ciao.«

Während ich davonging, wiederholte ich die Adresse wie ein Mantra. Als ich um die Ecke bog, lief ich Dante in die Arme. Dante war ein Schulkamerad vom Gymnasium, den ich Jahre nicht gesehen hatte. Er bestürmte mich sofort mit Fragen über mich und die anderen von damals. Dann fing er an, von sich zu erzählen. Er hatte sich vor kurzem getrennt, und er hatte einen Sohn. Haarklein erzählte er mir, was der Kleine schon alles konnte.

Während er mir in wenigen Minuten sein Leben erzählte, wiederholte ich wie ein buddhistischer Mönch die Adresse.

Dante nannte seine Telefonnummer und fragte mich: »Fällt dir was auf?«

»Was denn?«

»Meine Nummer … ist dir daran nichts aufgefallen?«

»Nein.«

»Sie ist ein Palindrom.«

»Ein was?«

»Ein Palindrom, meine Telefonnummer ist ein Palindrom. Du kannst sie auch andersherum lesen. Wie Adda, Anna, Otto. Weißt du, dadurch ist sie leichter zu merken. Man muss sich nur die ersten fünf Nummern merken. Und die sind übrigens auch leicht, die kannst du nicht vergessen.«

Ich gab ihm meine stinknormale Telefonnummer, und wir verabschiedeten uns.

Da ich das Handy schon mal in der Hand hatte, beschloss ich, Michelas Adresse dort festzuhalten. Ich tippte sie ein und schickte sie Silvia. Ich hätte sie auch unter »Entwürfe« speichern können. Aber das fiel mir grad nicht ein, und deshalb schickte ich sie Silvia. Zwei Minuten später rief Silvia an.

»Was hast du mir denn da für eine Nachricht geschickt?«

»Die Frau aus der Straßenbahn. Ich habe heute mit ihr gesprochen. Wir haben zusammen einen Kaffee getrunken.«

»Dann hast du also endlich den Mut gehabt, sie einzuladen!«

»Ehrlich gesagt … heute hatte ich zwar den Mut, sie einzuladen, aber ich habe auch erfahren, dass sie von morgen an in New York leben wird. Was ich dir geschickt habe, ist ihre neue Büroadresse, ich hatte nichts anderes zum Aufschreiben. Notier's dir irgendwo und gib mir dann den Zettel. Sehen wir uns heute Abend?«

»Heute ist du weißt schon welcher Tag, deshalb kann ich heute nicht. Morgen?«

»Morgen.«

Ich ging zur Arbeit. Im Gehen bekam ich eine Nachricht von Silvia.

Sie schickte mir die Adresse zurück, die ich ihr geschickt hatte. Silvia ist echt schlau. Wobei ich vielleicht oft auch einfach nur ein bisschen wirr bin.

Wie dem auch sei, auf der Arbeit wollte ich sie gleich irgendwo notieren … und so geschah es.

Der »Scheinkauf«

An dem Abend, als Michela ihren Abschied feierte, war Silvia nicht da, um mich zu trösten. »Heute ist du weißt schon welcher Tag«, hatte sie gesagt. Das ist die Umschreibung des ersten Tags ihres Menstruationszyklus, und weil Silvia eine nach hinten geknickte Gebärmutter hat, muss sie da wegen der Schmerzen oft im Bett bleiben.

Meine Geschichte mit der faszinierenden Frau aus der Straßenbahn war also schon Vergangenheit. Ich hatte ihr zwar heimlich die Adresse ihres neuen Büros in New York abgeluchst, doch ich wusste schon, wie es weitergehen würde. Die Adresse würde mit jedem Tag weniger interessant, und diese Geschichte würde enden wie die meisten meiner Phantasien.

Vor diesem Kaffee war sie ganze Tage lang in meinen Gedanken gewesen, und ich hatte mir alles Mögliche ausgemalt. Die Vorstellung, die ich von ihr hatte, war in meinem Kopf gewachsen, sie entsprach vielleicht nicht der Wirklichkeit, gefallen hatte sie mir trotzdem. Bei unserem kurzen Treffen in der Bar hatte sie mich nicht enttäuscht und auch nicht meine Phantasien zerstört, im Gegenteil, der kurze Moment, als wir uns in die Augen geschaut hatten, hatte mich sehr aufgewühlt.

Michela gefiel mir. Jetzt noch mehr als vorher. *Schade.*

Ich hätte nicht sagen können, warum ich die Einladung zu dem Fest nicht angenommen hatte. Wo ich doch gar nichts vorhatte. Kurz hatte ich sogar überlegt, umzukehren und ihr zu sagen, ich hätte es mir anders überlegt, ich würde doch zu ihrem Fest kommen, aber da war es schon zu spät. Und dann hatte mich plötzlich Dante in den Fängen.

An jenem Tag musste ich wie verrückt an sie denken. Daran, dass sie abreiste, daran, dass sie mich zu ihrer Feier eingeladen hatte, an den Ausdruck in ihrem Gesicht, als sie sich mit mir unterhielt, an den Klang ihrer Stimme.

Nach Feierabend ging ich ins Einkaufszentrum. Wenn ich mies drauf bin oder nachdenken muss, mache ich gewöhnlich entweder einen Spaziergang durch die Stadt, oder ich gehe in den Mega-Supermarkt, den größten weit und breit, und mache einen »Scheinkauf«. Ich packe mir den Wagen mit Sachen voll, die ich mag und gerne hätte. Das hebt die Stimmung. Mit meinem Wagen kurve ich durch den Supermarkt und fülle ihn: Bretter, Kreissägen, Angelruten, Fahrradreifen, Campingzelte, Haushaltsgeräte, Farbeimer, Lebensmittel, Radfahrerkleidung, Rollerblades. Wenn ich befriedigt bin, lasse ich den ganzen Krempel einfach stehen und gehe nach Hause. Ich verspüre eine kindliche Freude, wenn ich alles in den Wagen lege, was schön ist und glitzert und noch den Geruch des Neuen an sich hat. Ganz besonders bei Schreibwaren ist das so, bei Radiergummis, Heften, Bleistiften und Federmäppchen.

Solange ich mich nicht der Kasse nähere, empfinde ich die Dinge als mein, ich besitze sie. Ein tolles Gefühl. Ich liebe es. Es entspannt mich total. Und wenn ich alles stehen- und liegengelassen habe, breitet sich gleich noch mal ein Glücksgefühl in mir aus, weil ich so viel Geld gespart habe, indem ich all diese Dinge nicht gekauft habe.

An diesem Abend habe ich Mofareifen, einen Tennisschläger, zwei Rollen Bälle sowie ein Mädchenfahrrad mit Stützrädern »scheingekauft«.

In der Kinderabteilung erblickte ich eine bildschöne Frau, die sich Spielzeug für ihren Sohn ansah, und um ein Gespräch anzufangen, fabulierte ich, ich sei auf der Suche nach einer Überraschung für meine Tochter. Sie riet mir zu dem Fahrrad.

Wäre ich bei Michela auch so forsch und locker gewesen wie bei dieser Jungmutter, dann wäre ich abends zu der Feier gegangen, anstatt sinnlos durch die Gänge eines Supermarkts zu kurven.

An jenem Abend nach dem »Scheinkauf« machte ich einen langen Spaziergang. Doppelte Dosis Lasterfrönen. Im Gehen stellte ich mir Michela auf ihrer Abschiedsfeier vor. Ich sah sie lachen, scherzen, sah sie unter Tränen ihre Freundinnen umarmen. Auf dieser Feier fehlte einer. Ein Depp, der gerade allein durch die Stadt lief.

Zu Hause lehnte ich die Stirn gegen das Fenster und dachte weiter an sie. Ich weiß noch, dass das Fenster kalt war, mein Atem, der sich darauf niederschlug, sah aus wie ein pochendes Herz. An jenem Abend ging ich so spät schlafen, dass am Morgen der Akku meines Handys noch nicht vollständig aufgeladen war; ich schaltete es ein, rief aber keine Nachrichten ab, weil ich das schon vor dem Ausschalten getan hatte.

Wenn ich zu spät ins Bett gehe und auf die Uhr schaue, spüre ich schon die Müdigkeit des nächsten Tages. Ich weiß, dass ich spätestens nach dem Mittagessen nur noch nach Kaffee gieren werde.

Als ich am nächsten Morgen in die Straßenbahn stieg, war ich traurig. Mein Blick wusste nicht wohin, er flog hin und her wie ein Vogel, der einen Ast sucht.

Sie war das Highlight meiner Tage gewesen.

In der Mittagspause beschloss ich, schnell zum Flughafen zu fahren und ihr Lebewohl zu sagen, vielleicht mit dem Handschuh als Vorwand; dass ich ihn an mich genommen und vergessen hätte, ihn zurückzugeben. Vor allem aber weil ich mich geschämt hätte, sie nicht mal nach einer E-Mail-Adresse oder so gefragt zu haben. Ich beschloss, zu ihr zu fahren und sie um die Adresse zu bitten oder ihr wenigstens einen Bumerang in die Tasche zu stecken, als Symbol für die Hoffnung, dass sie zu mir zurückkäme.

Zu Hause holte ich den Handschuh und fuhr zum Flughafen; als ich ankam, war es allerdings schon so spät, dass sie bestimmt schon durch die Gepäckkontrolle gegangen war. Ich hatte sie verloren.

Dann aber sah ich, dass ihr Flug fünfzig Minuten Verspätung hatte. Ich überlegte, ob ich ein Ticket kaufen und mitfliegen sollte. Tags zuvor hatte ich meinen Hintern nicht hochgekriegt, und jetzt, da sie abreiste, hätte ich alles getan, um sie wiederzusehen. Es war, wie wenn man verlassen wird und am nächsten Morgen beim Aufwachen zu allem bereit ist, um sie zurückzugewinnen. Meistens ist es dann aber zu spät. Ein paar Minuten stand ich da und starrte auf die Anzeigetafel. Es kam mir vor, als nähme dieses Flugzeug einen Teil von mir mit sich. Es fühlte sich schal an, eine verpasste Gelegenheit. Dann ging ich.

Auf dem Weg durch das Flughafengebäude sah ich sie plötzlich: Sie saß in der Espresso-Bar. In meinem Herzen platzte ein Airbag. Unbändige Freude erfüllte mich. Wie angewurzelt blieb ich stehen und beobachtete sie. Schließlich ging ich auf sie zu. Als ich vielleicht noch zehn Meter entfernt war, kam von der Theke ein Mann etwa meines Alters, mit zwei Tassen in der Hand. Ich konnte gerade noch nach rechts abbiegen und hinter einer Wand verschwinden. Das Geräusch von Fingernägeln auf einer Schultafel in mir. Ohne mich umzudrehen, ging ich davon, aus Angst, sie könnte mich sehen. Erst als ich ein gutes Stück weit weg war, drehte ich mich um. Sie lachten. Ich wusste nicht, was ich tun sollte. Warten? Mich trotzdem von ihr verabschieden, als wäre ich rein zufällig vorbeigekommen? Oder weggehen?

Ich war traurig.

Ich verließ den Flughafen und fuhr auf direktem Weg in ein riesiges Einkaufszentrum. Dort »scheinkaufte« ich drei Wagen voller Sachen. Dann rief ich Silvia an: »Sie fährt nicht allein, da ist so ein Typ bei ihr.«

Silvia

Vor Jahren gaben Silvia und ich uns ein Versprechen: »Wenn wir innerhalb der nächsten fünf Jahre nicht die Liebe fürs Leben finden, machen wir zusammen ein Kind.«

Etwa drei Jahre nach dem Versprechen traf Silvia Carlo, sie heirateten, und das Kind beziehungsweise die Tochter, Margherita, machte sie mit ihm. Die Heirat änderte an unserer Freundschaft nichts. Anfangs war er ein bisschen eifersüchtig, was ich ganz normal finde, doch mit der Zeit verstand er unsere Freundschaft, und alles pendelte sich ein. Es ist schön, wenn der beste Freund eine Frau ist.

Eines Tages fragte Silvia mich, was ich von Carlo hielt, und ich antwortete, es mache mich froh, sie glücklich zu sehen. Ich fand ihn nämlich nie sonderlich toll, ich sah in ihm nie den Mann, bei dem Silvia sich voll würde entfalten können. Ich habe sogar versucht, mich mit ihm anzufreunden, ein paarmal sind wir zusammen ins Stadion gegangen, aber der Funke ist irgendwie nie so recht übergesprungen. Und so blieb ich eben nur Silvias Freund. Was nicht sonderlich schwierig ist, denn Carlo arbeitet viel und ist oft weg. Ein Mann, der für die Arbeit lebt. Er besitzt eine Stofffabrik, für die er oft tagelang ins Ausland muss. Silvia hilft ein bisschen im Büro, aber hauptsächlich ist sie Mutter. Er hat darauf bestanden, dass sie aufhört zu arbeiten und sich ganz der Tochter widmet.

Carlo liebt es, seinen Reichtum zur Schau zu stellen. Er hat keine Brieftasche, er hält die Scheine mit einer kleinen Klammer zusammen, und wenn er bezahlt, fächert er erst die großen Scheine außen auf, bis er zu den kleinen im Innern kommt, die er braucht.

Er besitzt eine Menge Uhren, mehr als eine pro Stunde. Und Sonnenbrillen. Und Anzüge, Jacken und Zubehör plus natürlich mehrere Autos. Er besitzt sogar ein Boot, genauer gesagt ein Motorboot – wie alle, denen das Ankommen wichtiger ist als das Reisen.

Da ich weiß, dass es ihn freut, wenn man von seinen Besitztümern Notiz nimmt, mache ich ihm jedes Mal Komplimente für etwas, das er besitzt. Er fühlt sich dann wertgeschätzt, und ich nehme ihn oft auf den Arm: »Eine tolle Uhr hast du da, eine tolle Sonnenbrille, ein tolles Auto.« Ich bin jedes Mal verblüfft, dass er sich bedankt.

»Das ist aber eine tolle Sonnenbrille, Carlo.«

»Oh, danke.«

Ich habe nie begriffen, warum manche Menschen sich für ein Kompliment bedanken, das einer Sache gilt, die sie besitzen. Am liebsten würde ich erwidern: »Die hast du doch nicht entworfen, die Brille! Wofür bedankst du dich? Wach auuuuuuf!«

Silvia und ich, wir lachen über so was. Nicht aus Bosheit. Silvia ist für mich wie das Seil für einen Akrobaten: Wenn ich glücklich bin, tanze ich darauf mit einem bunten Schirmchen, wenn ich traurig bin, halte ich mich daran fest.

Als wir uns kennenlernten, waren wir auch mal kurz zusammen, aber als Paar klappte es zwischen uns nicht besonders. Wir funktionierten in dieser Rolle nicht, dafür wurden wir dann dicke Freunde. Silvia und ich sind der lebende Beweis dafür, dass es zwischen Mann und Frau Freundschaft geben kann. Natürlich erst, nachdem man miteinander geschlafen hat. Ich glaube, wir wären auch ohne das Freunde geworden, aber so ist die Sache klarer. Wir wissen, dass diese Art der Beziehung zwischen uns beiden nicht klappt. Als Freunde hingegen schenken wir uns unvergessliche Momente und reine Liebe. Ich kann sagen, dass ich Silvia liebe.

Eigentlich war es auch gar nicht so übel, mit ihr zusammen zu sein, nur dass wir uns zu ähnlich waren: Wir waren zwei Schrauben, zwei Stecker, zwei Schlüssel.

Ein paar Tage nach Michelas Abreise lud Silvia mich zum Abendessen ein. Wir aßen zu dritt, ich, Silvia und Margherita. Später brachte ich die Kleine ins Bett: Sie wollte nicht, aber nachdem sie eine Weile geweint hatte, schlief sie ein.

Silvia und ich machten es uns auf dem Sofa gemütlich und unterhielten uns ausführlich. Ein schöner Abend. Wie so oft mit ihr. Bevor ich ihr haarklein alles erzählte, was ich auf dem Flughafen beobachtet hatte, sprachen wir über sie und Carlo.

»Neulich sind wir essen gegangen, und außer unseren üblichen Freunden waren auch Patrizia und Pietro da.«

»Patrizia und Pietro?«

»Ja … Pietro, der Freund von Alessandro, mit dem er immer Tennis spielt.«

»Ach, der … Wieso sind die mitgekommen?«

»Weil Patrizia mit der Frau von Giorgio befreundet ist.«

»Welcher Giorgio? … Ach, egal, komm zur Sache. Warum erzählst du mir das?«

»Weil sie ihn dauernd umarmte, seine Hand nahm, ihn Schatz nannte … und ich sie verdammt beneidet habe. Sie hatten das, was ich mir immer erträumt, aber leider nicht bekommen habe. Meine Ehe ist gescheitert.«

In der Beziehung mit Carlo kriselte es, und zwar schon lange. In den letzten anderthalb Jahren hatte Silvia auf jede erdenkliche Art versucht, die Beziehung zu retten, doch mittlerweile hatte sie eingesehen, dass nichts mehr zu machen war. Sie hatte still abgewartet, ob die Krise von allein vorüberging, hatte mehrmals versucht, das Thema anzusprechen und die Karten auf den Tisch zu legen, doch es war praktisch unmöglich, mit Carlo zu reden. Er wiegelte stets ab, sagte, zwischen ihnen laufe es doch bestens, sie solle sich keine Sorgen machen, wenn sich die Dinge ein wenig verändert hätten. Das sei normal, in allen Ehen laufe es so.

»Hast du in letzter Zeit noch mal versucht, mit ihm darüber zu reden?«

Ich kannte die Antwort schon: Silvia ist nicht der Typ, der etwas lange mit sich rumschleppt, nur damit Friede, Freude, Eierkuchen herrscht.

»Zig Mal, aber es ist unmöglich. Seine Reaktion ist so absurd, dass er mich ganz aus dem Konzept bringt, ich weiß wirklich nicht mehr weiter. Erst neulich Abend haben wir darüber gesprochen, doch am nächsten Morgen benahm er sich, als hätte das Gespräch nicht stattgefunden. Alles läuft wie immer. Er ist wie eine Gummiwand. Wir sprechen so oft darüber, dass er mittlerweile wahrscheinlich denkt, ich würde mir nur Luft machen, und mich nicht ernst nimmt, doch an diesem Abend neulich habe ich ihm zum ersten Mal wirklich alles sagen können. Ich habe ihm sogar klipp und klar gesagt, dass ich ihn nicht mehr liebe und nur noch wegen Margherita hier bin.«

»Und er?«

»Er sagte, dass er mich noch immer liebt und dass Krisen völlig normal sind. Neulich kam er sogar an und wollte mich küssen, aber ich habe ihn weggestoßen und gesagt, ich wollte nicht. Du weißt ja, Giacomo, wir haben seit acht Monaten nicht mehr miteinander geschlafen. Ich kann es nicht mehr. Ich liebe ihn nicht mehr und spüre, dass ich ihn nie mehr werde lieben können. Ich hasse es, wenn er sagt, das sei normal. Ich hasse ihn. Wenn er zur Arbeit geht, bin ich glücklich. Weil ich ohne ihn zu Hause sein kann. Wenn er mir sagt, dass er verreisen muss, schaue ich sofort im Kalender nach, wie viele Tage es noch bis zu seiner Abreise sind. Ich gehe lieber ins Bett, wenn ich weiß, dass ich allein bin.«

»Wie lange hältst du das noch aus?«

»Ich weiß nicht. Es fällt mir nicht leicht, ihn zu verlassen. Margherita liebt ihren Vater über alles, sie betet ihn an, ich habe nicht die Kraft, sie zu trennen. Wie könnte ich ihr verwehren, zusammen mit ihrem Vater aufzuwachsen? Aber welches wäre die Alternative? Soll ich gehen und sie bei ihm lassen? Ausgeschlossen. Ich komme mir egoistisch vor, und wenn ich es noch nicht geschafft habe wegzugehen, dann weil ich Angst habe, meine Tochter könnte mich eines Tages für diese Entscheidung hassen. Und sie ist doch mein Ein und Alles. Lieber ertrage ich diese Beziehung, obwohl sie nicht mehr funktioniert. Das scheint mir das kleinere

Übel. Aber in letzter Zeit bin ich unsicher geworden. Ich glaube, ich halte es nicht länger aus.«

»Silvia, ich glaube, jetzt ist der Moment gekommen. Vor über einem Jahr haben wir zum ersten Mal über all das gesprochen. In dieser Zeit hast du auf alle möglichen Arten versucht, eure Ehe zu retten. Nimm dir die Zeit, die du brauchst, um ohne Schuldgefühle fortzugehen, aber tu es. Ich denke, das wäre auch für Margherita besser. Ich glaube nicht, dass eine unglückliche Mutter ein gutes Vorbild ist – und glaub nicht, sie würde es nicht merken. Kinder kriegen alles mit.«

»Ich weiß, ich weiß. Stell dir vor, neulich, als ich sie ins Bett brachte, hat sie zu mir gesagt: Mama, warum lachst du nicht mehr?«

Silvia bekam glänzende Augen.

»Ich bin müde, Giacomo, wirklich müde, erschöpft, am Ende.«

Wir umarmten uns, und sie fing an zu weinen. Um sie ein bisschen abzulenken, fragte ich sie lachend, auf welche Weise sie ihn abwehre, wenn er mit ihr schlafen wolle.

»Nach all den Monaten sucht er gar nicht mehr meine Nähe. Das letzte Mal hat er mir weh getan, weil ich wirklich nicht wollte. Ich habe alles darangesetzt, dass er so schnell wie möglich kam, und verhindert, dass er mittendrin aufhörte. Lass uns bitte über was anderes reden … über Michela zum Beispiel. Ich hätte nie gedacht, dass du ihretwegen zum Flughafen fahren würdest. Das war mutig, egal wie es gelaufen ist. Ich habe überlegt, ob der Typ, der bei ihr war, vielleicht ein Kollege war.«

»Nein, nein … dafür war er zu liebevoll. Er hat sie sogar

auf die Stirn geküsst, bevor er sich zu ihr an den Tisch setzte.«

»Auf die Stirn ist nicht auf den Mund. Was hast du jetzt vor, lässt du die Sache auf sich beruhen?«

»Was soll ich denn tun?«

»Vielleicht solltest du herausfinden, warum sie dich so umhaut. Sie ist bestimmt nicht die erste Frau, die dich angesprochen hat. Wenn sie dich so fasziniert, wird es einen Grund dafür geben. Deshalb solltest du nicht gleich aufgeben. Wir reden jetzt schon mehr als zwei Monate über sie.«

»Und was soll ich tun? Nach New York fliegen, den Freund verprügeln und ihr sagen, dass sie mir fehlt?«

»Na ja, irgendwas wirst du doch wohl im Sinn haben.«

»Weißt du, was mich an ihr so anzieht? Das Gefühl, dass wir uns schon immer gemocht haben, auch als wir uns nur anschauten. Außerdem hatte ich in der Bar den Eindruck, dass sie genauso aufgeregt war wie ich. Aber dann sage ich mir wieder, ich phantasiere mir nur was zurecht. Ich habe sie nie angesprochen, weil ich nicht wollte, dass sie mich für einen von dem Schlag hält, der meint, nur weil eine ihn anlächelt, will sie gleich mit ihm ins Bett. Man sollte aufpassen, sonst lächeln die Frauen irgendwann überhaupt niemanden mehr an. Es stimmt nicht, dass sie hochnäsig sind: Oft lächeln sie einfach deshalb nicht, weil die Männer das gleich als Aufforderung missverstehen. Diese Blicke hingegen, dieses Schweigen, diese Aufmerksamkeit und die Begegnung in der Bar waren so schön, dass ich Angst habe, alles zu banalisieren. Es ist, als wären wir uns in der Drehtür eines Hotels begegnet. Wir grüßen uns, aber wir gehen in unterschiedliche Richtungen. Glaubst du, dass es von der Situation, in der man einem Menschen begegnet, abhängt, was für eine Beziehung daraus entsteht?«

»Und ob. Heute dürfte mein Mann mich nicht mal mehr zu einem Eis einladen.«

»Aber wenn diese Empfindungen nur ein Produkt meiner Einbildung wären, des Films, der in mir abläuft, wie stände ich dann da, wenn ich sie ansprechen würde? Ich müsste ihre Telefonnummer ausfindig machen, sie anrufen und fragen, ob sie mir eine Kopie ihres inneren Films schickt, um zu sehen, ob er meinem ähnelt: Hallo, Michela? Hör mal, ich wollte dich fragen, ob's dir recht wäre, wenn wir unsere Filme austauschen, um zu sehen, ob sie sich ähneln oder ob es zwei ganz unterschiedliche Filme sind, die wir da sehen und leben.«

»Früher oder später muss man sich den Problemen stellen. Du kannst nicht immer weiterfliehen.«

»Und wovor fliehe ich?«

»Vor deiner Verletztheit. Sobald dir jemand weh tun könnte, nimmst du Reißaus.«

»Und was soll ich dagegen tun?«

»Du hast mit den Jahren eine Mauer um dich errichtet, besonders gegen Frauen. Ich kann sie förmlich sehen. Bei unserer kurzen Geschichte war sie auch schon da. Das Problem ist, dass du dabei selbst zur Mauer geworden bist. Eine Mauer, um die man herumlaufen kann, ohne sie je zu überwinden. Das zeigt sich auch darin, dass du in deinem Alter immer noch so wenig geregelt kriegst. Dein Kühlschrank ist immer leer. Die Bilder hängen noch nicht. Oft vergisst du, wo du das Auto geparkt hast. Du bist unordentlich. Oft lustlos. Und in letzter Zeit auch sichtlich angeödet.«

»Das ist eine natürliche Reaktion auf die Ordnungswut meiner Mutter.«

»Du gehörst zu den Leuten, die das Telefonbuch ihres Handys durchstöbern, um zu sehen, mit welcher Frau sie heute ausgehen könnten. Aber eigentlich bist du nicht wie die anderen. Du bist neugierig, kreativ, du hast Reisen gemacht und gelernt, dich rasch zurechtzufinden, du hast deinen Weg eingeschlagen. Das Einzige, was du bisher noch nicht auf die Reihe gekriegt hast, sind deine Beziehungen. Ich habe gelernt, die richtige Distanz einzuhalten, sonst würdest du nämlich auch vor mir flüchten. Allerdings hat es gedauert, bis du mir vertraut hast. Trotzdem, ich weiß, dass du früher oder später erwachsen wirst. In dem Sinne, dass du lernst, Klarheit und Struktur in dein Leben zu bekommen. Gelassenheit. Das habe ich schon immer gedacht, und meiner Meinung nach sind deine Krise, dieses Angeödetsein und dieses Interesse für Michela Antworten darauf – die berühmten Türen, die man öffnen muss, um zu einem neuen Lebensabschnitt zu gelangen.«

»Türen?«

»Manchmal sind Menschen nichts als Türen, Durchgänge. Du für mich, ich für dich. Das gilt sogar für Unbekannte, jede Begegnung ist eine Tür. Michela zum Beispiel könnte eine Chance sein, ein Ausweg. Vielleicht findest du bei ihr Dinge, die dich weiterbringen.«

»Silvia, du weißt, dass ich nicht der Typ bin, der in einen Flieger steigt und einer unbekannten Frau hinterherfliegt, nur weil er dauernd an sie denken muss.«

»Also, anstatt immer dieser Typ zu sein, könntest du ja mal versuchen, dich anders zu verhalten. Erfinde einen neuen

Giacomo, nur einmal. Was spricht dich an, worüber gerätst du ins Träumen, woran denkst du gern in diesem Moment deines Lebens?«

»Du kennst die Antwort schon: Michela. Sie lässt mich träumen, in ihr sehe ich eine ganz unbekannte, mir fremde Welt.«

»Also, wenn du ein bisschen aus deiner Rolle hinauswillst und Michela dich anzieht, dann solltest du diese Tür vielleicht öffnen. Warum reist du nicht nach New York? Komm schon, wenn du merkst, dass es ein Fehler war, fliegst du einfach wieder nach Hause. Aber wenigstens hast du es versucht.«

»Aber was würde das ändern, wenn ich nach New York fliegen würde? Ich wäre doch kein anderer, wenn wir uns begegnen – vorausgesetzt, ich finde sie überhaupt.«

»Und ob du ein anderer wärst, denn du wärst nämlich das Risiko eingegangen, dich lächerlich zu machen. Aber nein, lieber nicht. Zu riskant.«

»Die Frau ist sechsunddreißig und keine fünfzehn.«

»Was soll das heißen? Das hat nichts zu bedeuten. Du kennst die Frauen nicht.«

»Du meinst also, dass ich ihr nicht hinterherfahre, kommt nicht daher, weil es sinnlos ist, sondern weil ich in Wirklichkeit Angst habe, mich lächerlich zu machen?«

»Genau! Um sich lächerlich zu machen, braucht es Mut. Und den hast du bei einer Frau noch nie gehabt. Bei Michela hattest du nicht die Kontrolle über die Situation, also hast du aufgegeben. Der Freund ist bloß eine Ausrede, ich kenne dich. Ich bin gespannt, was du dir noch alles ausdenkst, um deine Untätigkeit zu rechtfertigen. Ich weiß, wie du tickst, du wirst schon deine Gründe finden, damit ja alles wieder den gewohnten Gang geht.«

Mein Handy klingelte. Es war Dante.

»Rat mal, wer das ist, Silvia.«

»Dante?«

»Du sagst es.«

Ich hatte mich sehr gefreut, als wir uns neulich zufällig in die Arme gelaufen waren, doch seither bombardierte er mich mit Anrufen und SMS. Er wollte unbedingt mal abends mit mir weggehen, aber ich hatte keine Lust. Wir hatten nicht mehr viel gemeinsam, zumindest kam es mir so vor. Es gibt Menschen, die meide ich, weil ich nach jeder Begegnung das Gefühl habe, sie würden mir meine Energie rauben. Sie entladen mich. Dante war so einer, aber er war hartnäckig. Manchmal machte er einen auf schlau und rief mich mit unterdrückter Nummernanzeige an. Ich wusste trotzdem, dass er es war. Und ging nicht dran.

»Ich weiß nicht, wie ich ihm beibringen soll, dass ich keine Lust habe, ihn zu treffen. Es ist ja schon schwer, mit einer Frau Schluss zu machen, aber mit einem Freund … Wie soll man einem Freund sagen: Ich verlasse dich? Man kann nur abwarten, bis er's kapiert hat.«

»Du musst es ihm nicht sagen, er wird es schon irgendwann kapieren. Ich wüsste auch nicht, wie man mit einem Menschen gleichen Geschlechts Schluss macht.«

»Als ich neulich seine Nummer einspeicherte, habe ich seinen Namen verändert. Er heißt jetzt nicht mehr Dante, sondern Quasseldante. Manchmal lässt er nicht locker, dann legt er auf und ruft gleich noch mal an. Ich merke das daran, dass das Licht aus- und wieder angeht.«

Plötzlich sah ich Silvia auf eine Weise an, die sie schon kennt. Sie weiß dann, jetzt ist Schluss mit lustig, und ich will ihr etwas Ernstes sagen.

»Glaubst du, ich werde es bereuen?«

»Dass du bei Dante nicht drangegangen bist?« Ernst fügte sie hinzu: »Wenn du Michela meinst … wer weiß? Das ist ja das Schöne am Risiko.«

Ein abwesender Vater

Mit sieben war ich mal für zwanzig Minuten ein Genie. Dann kam die Finsternis. Ich unterhielt mich mit meinen Freunden darüber, was die Lehrerin am Morgen im Unterricht gesagt hatte. Dass nämlich die Erde vierundzwanzig Stunden braucht, um sich einmal um sich selbst zu drehen, und dreihundertfünfundsechzig Tage und sechs Stunden, um einmal die Sonne zu umrunden. Weshalb es alle vier Jahre einen 29. Februar gibt. Vier mal sechs ist vierundzwanzig. Wir redeten über die Schwerkraft und wie weit es bis Amerika war.

Ein älterer Mann, der in unserem Haus wohnte, hatte uns mal erzählt, Amerika liege am anderen Ende der Welt, aber Paris könne er uns jetzt gleich zeigen, wenn wir wollten. Zwischen Paris und New York sahen wir keinen großen Unterschied, für uns war beides eine andere Welt. Neugierig sagten wir ja. Da packte der Mann unsere Köpfe auf Höhe der Ohren und hob uns einen nach dem anderen hoch. Ich weiß noch, dass ich seine Handgelenke umklammerte, um das Gewicht zu verringern und den Schmerz zu lindern. Das tat vielleicht weh!

Während wir zwischen seinen Händen in der Luft hingen, fragte er uns, ob wir jetzt Paris sähen. Wie grausam! Der Mann hat auch jahrelang den Trick mit der Nase mit uns gespielt. Er fasste uns an die Nase, und als er die Hand wegnahm, steckte sein Daumen zwischen Zeige- und Mittelfinger: »Da, ich habe deine Nase gestohlen.«

Wie sympathisch. Irgendwann ist er gestorben. So ist das Leben.

Der Satz, durch den ich zwanzig Minuten lang zum Genie wurde, lautete: »Wenn die Erde sich dreht, muss Amerika doch irgendwann da sein, wo wir jetzt sind. Wir müssen nur irgendwie so lange in der Luft hängen, wie der Zeitunterschied zwischen hier und Amerika beträgt. Da braucht man nicht mit dem Flugzeug zu fliegen, man muss nur mit einem Hubschrauber so lange in der Luft stehen, bis Amerika hierhergedreht ist, und dann steigen wir einfach da aus.«

Fürs Erste begannen wir zu hüpfen, um festzustellen, ob die Erde sich ein Stückchen gedreht hatte, wenn wir wieder landeten. Für uns stand fest, dass die Erde sich in die gleiche Richtung drehte wie unsere Einbahnstraße. Und tatsächlich waren wir überzeugt, dass wir ein Stückchen von dem Punkt entfernt landeten, an dem wir abgesprungen waren. Ich war nicht nur zum Genie aufgestiegen, ich war das Idol unserer Horde. Der King des Wendeplatzes.

Als Kind hatte ich viele Spielkameraden, aber mein allerbester Freund war Andrea. Wir waren wie Brüder. Ich übernachtete bei ihm, er übernachtete bei mir. Nachmittags kam er oft mit zu meiner Oma, wo wir etwas zu essen bekamen. Ich erinnere mich deshalb so gut daran, weil wir uns jeden Tag mit vollem Mund gegenseitig fragten: »Willst du mal einen Unfall im Tunnel sehen?« Und dann machten wir den Mund auf und zeigten den Speisebrei. Inzwischen hat unsere Freundschaft merklich gelitten.

An dem Tag, als meine Theorien mich zum King des Wendeplatzes kürten, war mein Vater, der um diese Zeit eigentlich bei der Arbeit war, seltsamerweise zu Hause. Er sprach mit meiner Mutter, und danach kam er herunter, in mein Königreich, und rief mich zu sich. Er machte ein komisches Gesicht. Ich ging zu ihm, um ihm die tolle Nachricht zu verkünden: Sein Sohn war ein Genie, das sollte er gleich erfahren. Er umarmte mich fest, doch ich versuchte mich herauszuwinden, weil ich ihm ja etwas erzählen wollte. Schließlich sagte er mit glänzenden Augen, dass er jetzt zur Arbeit müsse, und ging fort. Es war das letzte Mal, dass ich ihn sah. Der Vater des kleinen Genies ging von zu Hause fort und ließ mich allein mit meiner Mutter zurück.

Der Obsthändler, Herr Sotuttoio, erklärte uns noch am selben Tag, dass es nicht möglich sei, schwebend darauf zu warten, bis Amerika eintrifft, wegen der Luftströmungen, der Atmosphäre, der Schwerkraft und einer Reihe anderer Dinge, an die ich mich nicht mehr genau erinnere. Jedenfalls war ich von da an kein Genie mehr – zu meinem allergrößten Bedauern. Ich war so geknickt, dass ich eines Tages, als ich schon ein wenig älter war und wieder einen genialen Einfall hatte, niemandem davon erzählte. Ich hatte mir überlegt, dass ein Mensch in einem Aufzug, der in die Tiefe stürzt, sich retten kann, indem er kurz vor dem Aufprall am Boden in die Luft springt. Weiß nicht, ob das funktionieren würde …

Von dem Tag an, da mein Vater fortging, war in meinem Leben nichts mehr wie vorher. Ich war kein Genie, und ich hatte keinen Vater mehr. Vor allem aber liebte nun meine Mutter nur noch mich. In der ersten Zeit sagte sie, mein Vater sei auf einer Geschäftsreise. Ich glaubte ihr, bis ich eines Tages mitbekam, wie sie seine Sachen in schwarze Müllsäcke stopfte. Da wusste ich, dass er nicht mehr zurückkommen würde. Ich versuchte sie davon abzubringen, ich weinte und schrie, sie solle damit aufhören, aber sie sagte mir unter Tränen, er würde nicht mehr zurückkommen, und gab mir eine Ohrfeige. Heimlich stibitzte ich mir einen von seinen Pullovern und versteckte ihn in meinem Zimmer. Meine Mutter bemerkte es nicht, bis sie mich eines Nachmittags dabei erwischte, wie ich – wie so oft – heimlich im Schrank saß und daran roch. Meine Mutter entriss mir den Pullover, und ich habe ihn nie wieder gesehen.

Ich habe nur wenige Erinnerungen an meinen Vater. Alle Fotos, auf denen er auch drauf war, hatten ein Loch an Stelle seines Gesichts. Meine Mutter hatte es überall herausgeschnitten. Kann man sich etwas Traurigeres vorstellen? Ein Foto mit mir, meiner Mutter und daneben ein Körper mit einem Loch oberhalb des Halses? Viel Zeit hat mein Vater aber auch vorher, als er noch bei uns war, nicht mit mir verbracht. Es war immer meine Mutter, die mich samstagnachmittags zum Fußballspielen ins Jugendzentrum der Kirche fuhr. Nur einmal wollte mich unbedingt mein Vater hinbringen. Als ich das hörte, dachte ich sofort, heute mache ich das Spiel meines Lebens. Ich nahm mir vor, bis zur Erschöpfung zu spielen, er sollte sehen, was für ein Crack ich war. Kaum war ich auf dem Platz, rannte ich los wie ein Verrückter. Ich half in der Abwehr aus, spurtete die Seitenlinie hoch, nahm den Ball an, suchte den Doppelpass, drang in den gegnerischen Strafraum ein. Immer mit einem Auge nach meinem Papa im Publikum schielend.

Endlich wurden meine Anstrengungen belohnt. Ich nahm den Ball in der Luft an und machte ihn rein. Kein besonders aufsehenerregendes Tor, aber egal, der Ball war drin. Meine Mitspieler kamen jubelnd angelaufen, doch ich befreite mich und versuchte unter den Zuschauern meinen Vater ausfindig zu machen. Aber der war nicht mehr da. Er war weggegangen. Endlich entdeckte ich ihn, halb verdeckt hinter einem parkenden Auto, wo er mit einer Frau diskutierte, die ich noch nie gesehen hatte. So wie sie miteinander stritten, hatte es den Anschein, als würden sie sich gut kennen. Obwohl meine Mannschaft an diesem Tag gewann, war ich traurig, als wir im Auto nach Hause fuhren. Mein Vater bemerkte es kaum. Er fragte mich nur: »Wieso machst du so ein Gesicht? Ihr habt doch gewonnen.«

Ich gab keine Antwort. Die ganze Fahrt über wechselten wir kein Wort mehr.

Es gibt auch schöne Erinnerungen, die Sonntagsausflüge zum Beispiel. Ich stand die ganze Fahrt über hinten im Auto zwischen den beiden Vordersitzen und plapperte in einem fort mit meiner Mutter rechts oder meinem Vater am Steuer. Wenn ich müde war oder mich langweilte, sagte ich die ganze Zeit, alle dreißig Sekunden, wie ein Automat: »Wie lange noch? Wann sind wir da? Wie lange noch? Wann sind wir da?«

Nachdem mein Vater fortgegangen war, war die Sitzordnung im Auto immer die gleiche: meine Mutter links, rechts neben ihr der leere Beifahrersitz. Höchstens mit Einkaufstüten darauf.

Manchmal erzählte mir mein Vater den reinsten Unsinn, und ich glaubte ihm. In meinem Zimmer zum Beispiel hing ein Poster mit einem Formel-1-Rennauto, und er sagte, der Fahrer unter dem Helm sei er, vor der Heirat habe er bei Ferrari gearbeitet. Ein andermal erzählte er, er sei mit Giuseppe Garibaldi befreundet. Woraufhin ich, als wir an der Reiterstatue auf dem Largo Cairoli vorbeikamen, sagte: »Hallo, ich bin Giacomo, der Sohn von Giovanni.«

Als wir dann in der Schule Garibaldi durchnahmen, zeigte ich auf und sagte: »Frau Lehrerin, den kenne ich. Das ist ein Freund von meinem Vater.«

Alle lachten mich aus, aber ich war überzeugt, sie wären nur neidisch. Ein anderes Mal hänselten mich die größeren Kinder, weil mein Vater mir erzählt hatte, wie man einen Vogel fängt, ohne auf ihn zu schießen: Man müsse ihm nur Salz auf den Schwanz streuen. Ich habe es mehrfach versucht.

In der Schule war ich der Einzige, dessen Vater spurlos verschwunden war. Es gab die Kinder aus intakten Familien, Kinder von Getrenntlebenden oder Geschiedenen und mich. Für mich gab es keine Wochenenden mit Papa wie für die Kinder der Getrenntlebenden, keine doppelten Geschenke zum Geburtstag und an Weihnachten. Mein Vater war verschwunden und hatte anderswo eine neue Familie gegründet. Ich habe eine Halbschwester.

In der ersten Zeit ließ meine Mutter mich neben ihr im Bett schlafen. Manchmal war ich froh, aber manchmal war es auch bedrückend. Zum Beispiel wenn sie nachts weinte und sich an mich klammerte. Je mehr sie weinte, desto mehr klammerte sie sich an mich. Noch heute erinnere ich mich an ihren Geruch, an die verschwitzte Haut. Ich hatte das Gefühl, als würde ich ersticken. Ich bekam keine Luft mehr.

Sie drückte mich fest an sich, gegen ihren Busen. An der Wange spürte ich ihr Kettchen mit dem Kreuz. Es pikste, aber ich sagte nichts. Oder wenn sie mich auf den Kopf küsste und ich spürte, wie ihre Tränen auf meine Haare tropften. Manchmal weinte sie nicht nur, sondern sagte schlimme Sachen über die Männer im Allgemeinen und über meinen Vater im Besonderen. Andauernd musste sie mich darauf hinweisen, dass mein Vater uns nicht liebte und uns verlassen hatte. Irgendwann war ich froh, wenn ich allein schlafen konnte, denn all das war mir unangenehm. Ich fühlte mich machtlos, unfähig, ihr zu helfen und diese Situation aufzulösen. Ich wollte meine Mutter wieder so sehen wie damals, als mein Vater noch da gewesen war. Ich wollte er sein. Schließlich wurde ich zur Antwort auf die Situation. Ich versuchte meine Mutter nie zu enttäuschen, versuchte ein braver Junge zu sein, ein braver Sohn, und tat immer, was ich tun sollte. Ich wollte die Erwartungen nicht enttäuschen, ich wollte niemanden enttäuschen, weder meine Verwandten noch meine Lehrerin, noch die Welt, noch Gott.

Ich wurde viel zu schnell erwachsen. Ich musste der sein, der gebraucht wurde, und nicht der, der ich hätte werden sollen.

Ich habe ein extremes Verantwortungsgefühl entwickelt, habe immer gewusst, dass ich nicht viel verlangen durfte, um nicht zur Last zu fallen, und dass ich lernen musste klarzukommen. Selbst wenn meine Oma mich hochhob, damit ich den Brief oder die Postkarte in den Briefkasten einwerfen konnte, fühlte ich mich überfordert, es war eine Prüfung, die ich bestehen musste. Welches war nun der richtige Schlitz:

STADTPOST oder ANDERE ORTE? ANDERE ORTE mochte ich lieber, es brachte mich zum Träumen, ich stellte mir faszinierende ferne Welten vor. »Wenn ich groß bin, fahre ich auch nach andere Orte«, nahm ich mir vor.

Und während ich alles vorschriftsmäßig erledigte und keinen enttäuschte, hörte meine Mutter auf, nachts zu weinen und mich zu ersticken. Etwa ein Jahr nachdem mein Vater fortgegangen war, wachte ich eines Nachts, als ich bei ihr im Bett schlief, davon auf, dass sie telefonierte. Ich verstand nicht, was sie sagte, ich weiß nur, dass sie mich, nachdem sie aufgelegt hatte, hochhob, in mein Zimmer trug und die Tür anlehnte. Ich tat so, als wäre ich wieder eingeschlafen. Nach einer Weile hörte ich sie mit jemandem reden. Es war ein Mann. Ich stand auf und versuchte herauszufinden, wer es war. Als sie ins Schlafzimmer gingen, sah ich ihn. Ein Mann mit Schnurrbart. In dieser Nacht hatte ich Angst. Ich weiß nicht, warum. Ich erinnere mich, dass ich Angst hatte und einsam war. Sehr einsam. Meine Mutter war ein anderer Mensch geworden. Fern. Getrennt von mir.

Einmal um die Weihnachtszeit nahm meine Mutter mich mit in die Firma, in der sie arbeitete: Es gab etwas zu feiern, und dieser Mann war auch da. Es war ihr Chef. Heute leben sie zusammen.

Ich weiß nicht, ob es am Weggang meines Vaters liegt, jedenfalls habe ich den Menschen nie vertraut, den Frauen noch weniger als den Männern.

Ich bin jetzt vierunddreißig. Mein Vater starb, als ich fünfundzwanzig war. Mit meiner Mutter rede ich wenig. Meine Eltern: Der eine hat mich verlassen, die andere hat mich nie verstanden.

Als ich vom Tod meines Vaters erfuhr, ließ mich das nicht kalt. Ich war zwar weder wütend noch traurig, dafür packte mich tagelang eine seltsame Unruhe. Schon komisch: Er war schon längst über alle Berge, aber wenn einer für immer geht, ist das doch noch schwerer zu ertragen.

Bald nach seinem Tod zog ich bei meiner Mutter aus, und der Mann mit dem Schnurrbart zog ein.

Meine Mutter hatte einen Ordnungs- und Sauberkeitsfimmel. Oft saß ich allein am Tisch und aß, weil sie, sobald sie mir den Teller hingestellt hatte, schon Pfannen und Herd saubermachte. Fußböden und Möbel waren immer spiegelblank. Alles blitzte. Wenn wir Besuch bekamen, sagte meine Mutter stets: »Bitte entschuldigen Sie die Unordnung.« Aber wenn ich mich umsah, war alles perfekt. Von klein auf habe ich kaum Dreck gemacht.

Gegenüber meiner Mutter fühlte ich mich immer schuldig. Erst als ich erwachsen war, verstand ich, dass ihre Art, mich an sie zu binden, krankhaft war, dass dahinter die Angst stand, auch ich könnte sie verlassen.

Zwischen mir und dem Leben stand meine Mutter. Was immer ich tat, es erfolgte nie ohne Anweisung. Selbst wenn ich nur ein Glas Wasser trank: *Spül hinterher das Glas aus. Zieh die Schuhe aus. Räum auf. Nicht aufs Bett steigen. Mach das Licht aus.* Wenn ich badete: *Pass auf, dass du den Boden nicht nass machst.* Wobei der Satz, den sie aufgrund meiner periodischen Verstopfung am häufigsten zu mir sagte, lautete: *Eine gute Verdauung ist das A und O.*

Sätze, die mir selbst dann in den Ohren klangen, wenn meine Mutter nicht da war.

Sie kontrollierte sogar, wie oft ich aufs Klo ging. An dem

Abend, als ich erfuhr, dass mein Vater gestorben war, ließ ich mir ein Bad ein. Ich ließ einfach weiterlaufen, bis das Wasser überschwappte, aber ich unternahm nichts dagegen. Ich sah zu, wie es überlief. Als ich fertig war, musste ich eine halbe Stunde aufwischen. Aber es hatte einen therapeutischen Effekt: Es war eine der ersten mutigen Taten in meinem Leben.

Ein paar Tage später wurde ich überraschend von einem Notar zur Testamentseröffnung geladen. Ich war ganz aufgewühlt und wusste nicht, was ich tun sollte. Ich war versucht, nicht zu erscheinen, doch schließlich ging ich hin. Außer mir waren die zweite Frau meines Vaters und ihre Tochter da, meine Halbschwester. Abgesehen von der Stimme des Notars, der das Testament verlas, herrschte in dem Raum ein Schweigen, das ich nie vergessen werde. Mein Vater hatte mir ein kleines Apartment hinterlassen. Eine Einzimmerwohnung. Sie würden mich deswegen hassen, davon war ich überzeugt. Ich schämte mich, brachte aber kein Wort hervor. Nachdem es ausgestanden war, verabschiedete ich mich rasch und verließ fluchtartig das Büro. Ich war schon im Treppenhaus, als ich hörte, dass die Frau meines Vaters meinen Namen rief. Sie war mir hinterhergelaufen und fragte, ob ich einen Kaffee mit ihnen trinken wollte.

»Tut mir leid, ich hab's eilig.«

»Schade … dann also auf Wiedersehen.«

»Obwohl, auf einen Kaffee, das schaffe ich.«

Eine absurde Situation: Ich, meine Halbschwester Elena und ihre Mutter Renata sitzen um ein Tischchen in der Bar. Alle drei verlegen. Ich merkte sofort, dass sie mich nicht hassten. Im Gegenteil, sie hatten gewusst, dass ich die Wohnung erben würde, sie hatten mit meinem Vater darüber gesprochen.

Elena wollte sogar Telefonnummern austauschen. Aber ich wusste schon, dass ich sie nicht wiedersehen wollte. Ich hätte es nicht hingekriegt. Zumal sie mir gefiel.

Nicht mal eine halbe Stunde blieben wir in der Bar. Als Renata sagte: »Dein Vater hat dich sehr geliebt«, stand ich auf, verabschiedete mich und ging.

Ich wollte nie in dem Apartment leben. Ein paar Jahre habe ich es vermietet, dann verkaufte ich es und brachte das Geld in Alessandros Firma ein.

Natürlich sorgte auch die Erbschaft für Streit mit meiner Mutter. Sie wollte, dass ich darauf verzichte.

Dass ich diese Einzimmerwohnung annahm, empfand sie als Verrat. Was es für mich nicht war, es führte auch nicht dazu, dass ich meinen Vater deshalb mehr liebte. Ich betrachtete es als winzigen Tropfen eines Meeres, das mir eigentlich zugestanden hätte. Weshalb sollte ich auch noch auf diesen Tropfen verzichten? Aus Stolz?

»Er wollte sich nur das Gewissen erleichtern«, sagte meine Mutter streitsüchtig.

»Welches Gewissen denn? Er ist tot. Welches Gewissen kann man sich da erleichtern? Soll ich schon wieder auf etwas verzichten? Ich habe auf so viel verzichten müssen, und da soll ich mich schuldig fühlen, weil ich so eine beschissene kleine Bude annehme?«

»Willst du damit etwa sagen, ich hätte es dir an etwas fehlen lassen?«

Darauf antwortete ich nicht, ich wusste schon, dass ich

dann nur wieder bereuen würde, mich überhaupt auf eine Diskussion eingelassen zu haben.

Ein paar Monate danach verließ ich für immer die Wohnung, in der ich aufgewachsen war.

Wobei fliehen vielleicht das passendere Wort wäre.

Exfreundinnen (kommen manchmal zurück)

Wenn ich manchmal spazierengehe, bekomme ich Lust, in eine Buchhandlung reinzuschauen. Dort ein wenig Zeit zu verbringen und ab und an ein Buch in die Hand zu nehmen, finde ich entspannend. Das gefällt mir einfach.

Eines Nachmittags, ich las gerade in der Einführung zu einem Sachbuch, rief mich eine Stimme: »Giacomo.« Ich sah auf, und vor mir stand Camilla. Meine Ex. Die Einzige, die ich als solche betrachte, obwohl wir nur zwei Jahre zusammen waren. Mehr oder weniger. Vorher hatte ich nur wenige Freundinnen gehabt, und meiner Mutter hatten sie alle nicht gefallen.

Seit unserer Trennung oder, besser gesagt, seit ich sie verlassen hatte, hatten wir nicht mehr miteinander gesprochen. Ein paarmal hatten wir uns gesehen, aber nur flüchtig, und waren uns geflissentlich aus dem Weg gegangen. Eines Abends sah ich sie spät auf dem Fahrrad nach Hause radeln. Es traf mich unvorbereitet. Ich versteckte mich hinter einem Auto, um sie zu beobachten, ohne gesehen zu werden. Sie sah wie immer super aus, fand ich. Sie wirkte glücklich. Ich sah ihr hinterher und blieb eine Weile wie gelähmt in der Dunkelheit zurück. In der folgenden Nacht schlief ich unruhig. Ich weiß nicht, ob sie etwas damit zu tun hatte, jedenfalls hatte ich am Morgen, als ich aufwachte, Fieber.

Und nun stand sie plötzlich in der Buchhandlung vor mir und sprach mich sogar an.

»Ciao, Camilla, was machst du denn hier?«

Eine saublöde Frage, das wusste ich sofort.

»Ich suche nach einem Buch. Du wirst es nicht glauben, aber… na, egal, ist nicht wichtig… wie geht's dir?«

»Gut.« Trockene Kehle. Mein Gesicht mag ich mir nicht vorstellen. Aber wir waren beide verlegen, das merkte man.

Nach kurzem Schweigen sagte sie: »Ich muss los, gibst du mir deine Telefonnummer? Ich hab sie nicht mehr. Falls es dir nichts ausmacht…«

Ich gab ihr die Nummer. Sie stellte das Buch zurück, in dem sie gelesen hatte, und ging. Ich sah ihr hinterher. An diesem Tag musste ich oft an sie denken. Am nächsten Tag auch. Als ich aufwachte, schaltete ich das Telefon ein und fand eine SMS von ihr. Ich mag es, wenn ich morgens das Telefon einschalte und Nachrichten empfange. Es gefällt mir so sehr, dass ich manchmal abends welche versende und das Handy dann ausschalte, damit ich beim Aufwachen die Antworten vorfinde. Wenn ich ganz sichergehen möchte, dass ich eine Antwort bekomme, schicke ich Nachrichten mit Fragezeichen am Ende. Ich schicke Fragen in die Welt hinaus.

An diesem Morgen hatte ich drei Nachrichten. Neben einer von Silvia noch eine von Quasseldante und eine von Camilla. Keine der drei war eine Antwort. Alle aus freien Stücken. Die von Dante lautete kurz und knackig: »Heute Abend Bierchen?«

Die von Silvia war eine E-Mail-Adresse.

Ich rief sie sofort an.

»Was ist das?«

»Das ist die E-Mail von Michela.«

»Wo hast du die denn aufgetrieben?«

»Ich hatte gerade nichts zu tun und habe ein bisschen im Internet gesurft. Anhand der Adresse, die du mir geschickt hast, habe ich die Firmen-Homepage recherchiert und dort ihre persönliche E-Mail-Adresse gefunden. Jetzt kannst du ihr schreiben, wenn du möchtest.«

»Ich hasse dich.«

»Ich dich auch, falls du ihr keine E-Mail schickst.«

Silvia musste in der Sache zwischen mir und Michela wirklich etwas Besonderes sehen, bei den anderen Frauen hatte sie so was nie getan.

»Stell dir vor, Silvia, heute Morgen habe ich drei Nachrichten erhalten: deine, eine von Dante, und weißt du, von wem die dritte ist? Von Camilla.«

»Auweia, das ist doch reine Zeitverschwendung. Wenn du mit der wieder was anfängst, mache ich dich kalt.«

»Keine Sorge.«

Camillas Nachricht lautete: »Hier ist Camilla, rufst du mich an, wenn du das liest?«

Was mochte sie von mir wollen?

Ich dachte nach. Camilla und ich hatten Schluss gemacht, besser gesagt, ich hatte Schluss gemacht, als mir klar wurde, dass sie mich betrog. An die Nacht, in der ich Gewissheit erlangte, erinnere ich mich noch, als ob es gestern gewesen wäre. Ich erinnere mich an die Gesichter, den Ausdruck darin, ihre Stimme: »Lass mich erklären.« Mir hatte sie erzählt, sie ginge mit einer Freundin aus, aber etwas an ihrer Stimme war komisch gewesen. Da ich nicht wusste, wohin sie gehen wollten, wartete ich voll böser Ahnungen vor ihrem Haus. Ich weiß noch, dass ich mir ein bisschen blöd vorkam, dort im Auto zu sitzen, weil ich nicht mal wusste, ob sie überhaupt zu Hause übernachten würde. Trotzdem postierte ich mich dort wie in einem amerikanischen Krimi. Um halb zwei kam sie dann in Begleitung einer weiteren Person. Es war nicht ihre Freundin. Ganz und gar nicht: Es war *mein* Freund, Andrea. Mein bester Freund aus Kindertagen, mein Bruder, mit dem mich zig Erinnerungen verbanden. Andrea hielt an, sie küssten sich lange, dann stieg sie aus. Auch ich stieg aus. Wahrscheinlich hatte Andrea mich gesehen, denn er brauste sofort davon, vielleicht hoffte er, ich hätte ihn nicht erkannt. Camilla drehte sich um und sagte mit einem Ausdruck, den ich nie vergessen werde: »Ciao … was machst du denn hier?«

Ich hatte immer gedacht, wenn ich je herausfinde, dass ich betrogen werde, dann seh ich rot, dann werde ich sie beide grün und blau schlagen. Doch an jenem Abend, Auge in Auge, bei ihr vorm Haus, brachte ich kaum ein Wort heraus, ich sagte immer nur: »Warum? Warum? Warum?«

Dann schossen mir die Tränen in die Augen, und ich ging weg, ohne mich um Camillas Erklärungsversuche zu scheren. Ich wollte sie nicht mehr sehen. Ich beachtete die ungeschriebenen Regeln, die man befolgen muss, wenn man sich trennt und in derselben Stadt lebt. Wie in dem Lied von Lucio Battisti versuchte ich all die Orte zu meiden, wo du hingehst und die du auch kennst. Plötzlich ist da das Bedürfnis, einander aus dem Weg zu gehen, um sich nicht noch mehr weh zu tun: *Cerco di evitare tutti i posti che frequenti e che conosci anche tu. Nasce l'esigenza di sfuggirsi per non ferirsi più.* Ich ließ alle Gegenstände, die mich an sie erinnerten, verschwinden, denn ihr Anblick war wie ein Stich ins Herz. Ich hörte die Lieder nicht mehr, die wir uns zusammen angehört hatten. Pullover, Schals, Mützen – ich warf alles weg. Ich konnte nicht mal mehr mein Aftershave benutzen, weil ich es gekauft hatte, als ich sie kennenlernte, und es immer auflegte, wenn ich mit ihr ausging. Die einzige Regel, die ich einfach nicht befolgen konnte, war »Wie du mir, so ich dir«. Zumindest in der ersten Zeit.

Anfangs hatte ich nicht gedacht, dass etwas Ernstes daraus werden würde. Sie hatte schon immer zu meinem Freundeskreis gehört, mit dem ich abends ausging. Irgendwann küssten wir uns, ohne den anderen etwas zu sagen. Unsere Geschichte begann heimlich. Eines Abends, wir hatten den Nachmittag zusammen verbracht, waren wir mit den anderen zum Pizzaessen verabredet. Bei Tisch sahen wir uns an und mussten lachen. Heimlich schob ich ihr einen Zettel zu, auf dem *Schmatz* stand. Der Kuss, den ich ihr vor den anderen nicht geben konnte.

Sie gefiel mir, aber da wir uns schon ewig kannten, dachte ich, dass es mit uns nichts Ernstes werden würde, und nach einem Monat bändelte ich sogar mit einer anderen an. Doch anhand gewisser Kleinigkeiten merkte ich, dass Camilla mir noch mehr bedeutete. Eines Abends malten sich meine Kumpels, die von all dem nichts ahnten, die Stellungen aus, wie sie mit ihr schlafen würden. Ich fand das doof. An einem anderen Abend, Camilla war auch dabei, fragte Luciano mich plötzlich, wie es mit der anderen lief. Ich stritt ab, überhaupt etwas mit der zu haben, aber da lachten sie mich nur aus. Camillas Reaktion zeigte mir, dass es ihr ernst war. Am Abend selbst sagte sie nichts, sie sah zu Boden und ließ sich von den anderen ablenken. Doch am nächsten Tag rief sie die andere an und sagte: »Wenn du verliebt bist, tu, was du willst, aber wenn nicht, dann lass ihn mir. Ciao.« Und knallte den Hörer auf die Gabel. Beeindruckend. Danach waren wir ein Paar. Offiziell.

Mit der Zeit verliebte ich mich richtig in sie. Wirklich seltsam, mit einer Frau, die man schon jahrelang kennt, eine so schöne Liebesgeschichte zu erleben. Eines Abends hätte ich fast den Motor meines Autos gekillt, weil es so schön war, beim Fahren ihre Hand zu halten, dass ich sie nicht loslassen wollte, um zu schalten. Und so fuhren wir die ganze Zeit im zweiten Gang.

Als ich entdeckte, dass sie mich betrog, flüchtete ich wie damals als kleiner Junge vor der Welt – ich begann zu schreiben. Ich wollte eine andere Welt erfinden, mir einen guten Helden ausdenken. Er war ein besonderer Mensch, der anderen half und die Leute glücklich machte. Ich schrieb und schrieb und schrieb. Ich versuchte mich in einen Winkel zurückzuziehen, vor allen und allem verborgen, in mich gekehrt, um zu schreiben, mit dem Rücken zur Welt. Als wäre die Welt die Vergangenheit, als wäre das Schreiben ein kleines stilles Boot, meine Zeitmaschine, unterwegs zu einer vollkommenen Welt der Zuwendung und Ruhe. Das Schreiben war der Versuch, die Welt wieder ins Lot zu bringen und an mich heranzulassen. Die Seiten meines Hefts waren derart vollgeschrieben, dass das Papier beim Umblättern knisterte. Schon als Kind hatte ich Geschichten über einen Helden geschrieben, der übernatürliche Kräfte besaß. Irgendwann konnte ich nicht mehr zwischen ihm und mir unterscheiden: Als ich im Fernsehen einen Mann sah, der nur durch Willenskraft einen Löffel verbog, holte ich einen Löffel und starrte ihn eine Stunde lang an, und schließlich schien es mir tatsächlich so, als wäre er ein wenig verbogen. Dabei hatte ich mich nur vor Müdigkeit nach vorn gebeugt.

Nach jenem Abend wollte ich auch Andrea nicht mehr sehen. Manchmal begegneten wir uns auf der Straße, aber ich ging ihm immer aus dem Weg.

Ich hätte nicht gedacht, dass ich so reagieren würde. Schweigend, ausweichend. Ohne von ihm eine Erklärung zu fordern. Sie waren noch immer zusammen – was wollte sie da jetzt von mir, nach all den Jahren? Obwohl viel Zeit vergangen und ich mittlerweile darüber hinweg war, hatte ihre Nachricht meinen Tag durcheinandergewirbelt. Ich brauchte mehr als vier Stunden, bis ich den Mut aufbrachte, sie anzurufen. Als ich ihre Stimme hörte, spürte ich eine Hitze in den Beinen, ein Feuer, das immer höher stieg, bis ins Gesicht. Ich solle mir keine Sorgen machen und ganz beruhigt sein, sagte sie gleich, es sei nichts Schlimmes, nur ob wir uns mal treffen könnten, sie müsse mit mir reden. Wir verabredeten uns auf einen Aperitif nach Feierabend.

Ich malte mir aus, dass sie es bereute, dass sie in Wirklichkeit immer noch mich liebte und das erst jetzt bemerkt hatte. Dass ihre Liebe zu mir wieder neu aufgeflammt war.

Vielleicht will sie auch nur noch mal mit mir ins Bett, wie in alten Zeiten, phantasierte ich.

Ich war vor ihr in der Bar. Während ich wartete, fiel mir auf, dass niemand mehr den Kaffee wie früher bestellt. Früher ging man in eine Bar und sagte: »Espresso«, oder, wenn's hoch kam, »Macchiato«. In den wenigen Minuten, die ich allein dasaß, bestellten die Gäste ihren Espresso entkoffeiniert, gefiltert, aus Malz, in der großen Tasse, in der kalten Tasse, mit einem Schuss warmer Milch, mit einem Schuss kalter Milch, mit mehr Wasser, im Glas.

Als Camilla kam, hatte ich erst mal zehn Minuten schwitzige Hände, meine Stimme zitterte, mein Hals war ausgetrocknet. Ich hatte keine Power mehr, wie Superman bei Berührung mit Kryptonit. Ich hatte meine Gefühle nicht unter Kontrolle.

Nach den ersten Floskeln, »Wie geht's? Alles klar? Was macht die Arbeit?«, empfing ich zwei erschütternde Neuigkeiten. Die erste war, dass sie und Andrea heiraten wollten.

Für mich war Camilla Schnee von gestern, eine alte Geschichte. Dass sie heiraten würde, traf mich trotzdem. Aber natürlich war das keine Einladung, deshalb hatte sie es nicht erzählt. Sie wollte vor der Heirat noch etwas loswerden. Sie hatte das Gefühl, da sei noch was, worüber wir vielleicht reden sollten.

Da saß Camilla also mir gegenüber. So viel Zeit war vergangen, und doch widerstand ich nicht der Versuchung, sie zu fragen, warum sie es getan hatte und ob sie es nie bereut habe.

»Es war falsch und unfair von mir, und das tut mir unendlich leid. Aber du hast mit deiner Eifersucht meinen Seitensprung regelrecht provoziert. Hättest du mich nicht so eingeengt, wäre ich dir treu geblieben. Ich fand dich klasse und war total in dich verliebt. Auf alle Arten habe ich versucht, dir das begreiflich zu machen, doch irgendwann merkte ich, dass es dir gar nicht um mich ging. Dass du nicht wegen meines Verhaltens eifersüchtig warst, denn wegen all deiner Verfolgungs- und sonstigen Ängste und Obsessionen benahm ich mich ja wie eine Nonne. Du wurdest zum Verstärker meiner Einsamkeit. Mit dir fühlte ich mich noch einsamer. Ich will mich nicht rechtfertigen, ich weiß, dass ich mich falsch verhalten habe, aber erinnerst du dich noch an all die Stunden, die wir schweigend verbracht haben, weil du sauer warst? Als du mich mit Andrea ertappt hast, war ich erst das zweite Mal mit ihm aus. Es war noch kein richtiges Verhältnis, nur ein paar Küsse. Ich hatte zuvor schon versucht, die Kraft und den Mut aufzubringen, dich zu verlassen, es aber nicht geschafft. Doch mit den Gedanken war ich schon woanders. Jedes Mal, wenn wir miteinander schliefen, war es, als würde ich dich betrügen. Ich hatte schon alles kaputtgemacht. Du musstest es nicht groß entdecken. Du hast nur alles ein wenig beschleunigt und mir allein alle Schuld und Verantwortung zugeschoben.«

Ich wusste, dass sie recht hatte. Aber ich sagte es nicht. Ich schwieg, um mich ein wenig zu rächen.

»Hör zu, Giacomo, ich muss dir etwas sagen, das dich wahrscheinlich verletzen wird. Ich weiß, es ist egoistisch, aber ich muss es dir sagen.«

»Willst du noch mal mit mir schlafen, bevor du heiratest?«

»Mach jetzt bitte keine Witze, es ist etwas Ernstes …«

Ich wusste nicht, ob ich es wirklich hören wollte. Ihre Rede genügte mir schon vollauf.

Sie schwieg eine Weile, dann sagte sie: »Weißt du, bevor ich mich entschloss, andere Männer anzuschauen, da ist etwas passiert, das mir gezeigt hat, dass ich nicht mehr mit dir zusammen sein wollte. Etwas Wichtiges, das ich dir nie gesagt habe.«

Sie brach ab. Ihre Augen glänzten und füllten sich rasch mit Tränen. Ich wusste nicht, was ich tun sollte. Instinktiv wollte ich sie in den Arm nehmen, aber ich wusste nicht, ob ich durfte, ob es richtig war, ob … Ich wusste nicht mehr, wo die physische Grenze zwischen uns verlief.

Schließlich legte ich meine Hand auf ihre. »Was ist los, Camilla?«

Sie schluchzte, dann zog sie die Nase hoch und sagte: »Giacomo, drei Monate, bevor ich dich verließ, da … habe ich abgetrieben!«

Ich war wie versteinert. Weil die Mitteilung mich so erschütterte? Weil ich völlig unbeteiligt war? Ich wusste es nicht. Kein heftiges Gefühl, alles nur auf der Ebene des Verstands. Die Mitteilung blieb an der Oberfläche, sie überwand nicht meine Verteidigungsmauern. Vielleicht ärgerte ich mich mehr darüber, dass sie es mir nicht früher gesagt und vor mir geheim gehalten hatte. Ich war verwirrt.

»Wieso hast du nie was gesagt?«

»Ich weiß nicht, ich hatte Angst. Einerseits wollte ich dich nicht mit hineinziehen, ich wollte nicht, dass du es wusstest, denn so lag die Entscheidung allein bei mir. Andererseits hatte ich auch Angst, du würdest das Kind behalten wollen, aber ich liebte dich doch nicht mehr. Wenn ich ehrlich bin, hast du mir zwar immer gefallen, aber ich konnte mir dich nie als Vater meiner Kinder vorstellen. Es war schwer, darüber wegzukommen. Du weißt ja nicht, wie oft ich in all den Jahren geweint habe, wenn ich daran dachte. Anfangs ging es mir schon schlecht, wenn jemand mir ein Kompliment machte. Da dachte ich immer: Das sagt ihr nur, weil ihr nicht wisst, wer ich wirklich bin. Selbst mit Andrea: Ich habe still gelitten, ohne dass er den Grund dafür kannte.«

»Hast du es ihm nie gesagt?«

»Nein. Davon wissen nur du und Federica. Ich habe mir das lange übelgenommen, aber ich war noch sehr jung, und jetzt muss ich nach vorne schauen. Schon bevor ich dich neulich in der Buchhandlung traf, habe ich an dich gedacht und den Wunsch gehabt, es dir zu erzählen. Und als du plötzlich vor mir aufgetaucht bist, nahm ich das als Zeichen. Entschuldige.«

Wir blieben noch ein bisschen in der Bar. Sprachen über anderes. Sie hatte noch immer gerötete Augen. Wie sie so vor mir saß, nach dieser Beichte, wurde mir bewusst, wie sehr sie gelitten hatte, wie sehr sie dieses Geheimnis belastet hatte. Ich entdeckte, dass mich diese Frau immer noch anzog, aber anders. Sie würde mich nach diesem Treffen womöglich nie mehr sehen wollen, aber ich wusste, dass sie mir als eine der wichtigsten Empfindungen meines Lebens erhalten bleiben würde, im Guten wie im Schlechten. Am liebsten hätte ich jene pathetischen Worte zu ihr gesagt, die gewöhnlich von Herzen kommen und die man oft nicht zurückhalten kann: Was auch passiert, Camilla, ich werde immer für dich da sein. Ich sagte sie nicht. Ich dachte sie nur. So wirkte das Versprechen aufrichtiger.

Auf dem Nachhauseweg überlegte ich, dass ich das Kind damals vielleicht auch nicht gewollt und auch kein schlechtes Gewissen gehabt hätte. Ein schrecklicher Gedanke, typisch Mann. Ich stellte eine schnelle Berechnung an: Dann hätte ich jetzt ein zehnjähriges Kind. An diesem Abend dauerte es eine Weile, bis ich einschlief.

Ich war nicht erschüttert, so schlimm das klingen mag, mir war höchstens unwohl in meiner Haut. Ich war gereizt, wie wenn man im Sommer mit Flipflops läuft und abends ins Bett geht, ohne sich die Füße gewaschen zu haben. Ein leises Kribbeln irgendwo ganz unten.

Frauen und Unglück

Etwa drei Uhr nachmittags. Es schneite. Komisch, Ende März noch Schnee. Die Flocken waren so leicht, dass manche wieder hinaufflogen. Allerdings konnte ich sie in diesem Augenblick nicht sehen, weil ich auf dem Boden meiner Dusche lag. Das Wasser prasselte weiter auf mich herunter, schaffte es aber nicht, das Blut fortzuwaschen, das mir aus Lippe und Nase lief.

Ich war nicht von selbst gefallen.

Beim Einseifen hatte sich plötzlich der Vorhang geöffnet, dann Finsternis. Den ersten Faustschlag hatte ich gar nicht kommen sehen. Ich schlug mit dem Kopf gegen die Wand. Dann fünf, sechs weitere Schläge, und als ich schon am Boden lag, noch ein paar Fußtritte hinterher. Während der Unbekannte auf mich einprügelte, beschimpfte er mich laut brüllend. Dann die Stimme von Monica: »Das reicht jetzt, hör auf, du bringst ihn ja um!«

Sie verschwanden. Erst nach mehreren Minuten konnte ich mich hochrappeln und im Spiegel betrachten. Geschwollene Lippe, geschwollenes Auge, blutende Nase. Der Kiefer muss gebrochen sein, dachte ich. Mein Atem ging schwer, als hätte ich mich soeben total beim Laufen verausgabt. Im Mund hatte ich den metallischen Geschmack von Blut.

Ich öffnete das Fenster. Es schneite noch immer. Der Hof

unten war vollkommen weiß und wegen des Schnees an diesem Samstagnachmittag noch stiller als sonst. Nackt und nass stand ich am geöffneten Fenster, aber mir war nicht kalt. Ich spürte nur das Pochen in meinem Gesicht. Am liebsten wäre ich hinuntergegangen und hätte mich in den Schnee gelegt, mich von dieser Stille einhüllen lassen.

Ich schloss das Fenster und rief Silvia an.

»Ist Margherita noch bei den Großeltern?«

»Ja, warum?«

»Notfall, ich erwarte dich bei mir.«

Silvia kam sofort angerast. Sie erschrak, als sie mich sah. Mit dem Gesicht müsse ich sofort in die Notaufnahme, meinte sie.

»Was ist passiert?«

»Heute ist doch Samstag, und mit wem treffe ich mich Samstagnachmittags gewöhnlich?«

»Mit Monica.«

»Genau. Ich habe auf sie gewartet und wollte vorher noch schnell duschen; weil ich Angst hatte, sie könnte klingeln, während ich unter der Dusche stehe, wartete ich aber noch. Als es klingelte, machte ich sofort auf, ohne zu fragen, wer da war, ließ die Wohnungstür angelehnt und bin unter die Dusche. Sie war nicht allein, ihr Freund ist mitgekommen und hat mich mit Fäusten und Füßen traktiert.«

»Wahrscheinlich hat er sie gezwungen, ihm zu sagen, mit wem sie sich traf.«

»Ich weiß es nicht, ich hatte nicht die Zeit zu fragen, was er in meiner Wohnung zu suchen hatte, ich hätte gern eine Erklärung verlangt und ihm gesagt, dass es nicht so ist, wie er denkt, aber da hatte ich schon seine Faust in der Fresse.«

»Na, wir wussten ja, dass so was früher oder später passieren würde …«

Da, genau deswegen ist sie meine beste Freundin, weil sie nie verurteilt. Sie sagt nie: »Hab ich dir ja gleich gesagt«, obwohl sie es mir tatsächlich fast immer gleich gesagt hat.

»Ich muss übrigens noch schnell bei meiner Oma vorbei, die Pflegerin ablösen, meine Mutter kann heute nicht, sie kriegt neue Möbel geliefert.«

»Dann fahre ich dich hin.«

»Okay!«

Wir gingen zusammen nach unten. Ich humpelte. Während sie das Auto holen ging, das ein Stück weit weg stand, lief ich durch den schneebedeckten Garten, der noch unberührt dalag. Das Geräusch des knirschenden Schnees unter meinen Füßen gefiel mir wahnsinnig gut. *Crock crock*: eins meiner Lieblingsgeräusche. Dann tat ich etwas, das ich schon als kleiner Junge getan hatte, wenn es schneite. Ich sah nach oben und schloss die Augen, um die Flocken auf meinem Gesicht zu spüren. Dann öffnete ich den Mund und streckte die Zunge raus, als wollte ich die Flocken kosten.

Ich steckte ein wenig Schnee in den Mund, dorthin, wo es weh tat. Dann legte ich mich mit ausgestreckten Armen rücklings in das Weiß, wie ich es mir ein paar Minuten zuvor, als ich aus dem Fenster schaute, vorgestellt hatte. Auch das hatte ich als kleiner Junge mit meinen Freunden immer gemacht: den »Schnee-Engel«. Das geht so: Man lässt sich rückwärts in den Schnee fallen und wedelt mit ausgestreckten Armen, so dass eine Flügelform entsteht. Man braucht aber jemanden, der einem beim Aufstehen hilft, damit der Abdruck nicht beschädigt wird.

Als Silvia wiederkam, dachte sie im ersten Moment, ich sei ohnmächtig geworden. Sie rannte los, aber ich konnte sie gerade noch rechtzeitig aufhalten.

»Nicht zu nah rankommen, sonst machst du den Engel kaputt.«

»Hä?«

»Komm langsam näher, aber nicht zu nah, nur bis du mir die Hand reichen und beim Aufstehen helfen kannst.«

»Bist du sicher, dass du keine Schläge auf den Kopf abbekommen hast?«

Mit ihrer Hilfe stand ich auf. Ich drehte mich um und besah mir den Abdruck. Mein Engel war im Schnee gefangen. Perfekt.

Wir fuhren zu Oma, der Mutter meiner Mutter. Sie war krank. Das heißt, manchmal war sie normal, aber es gab Momente, da klinkte sich ihr Gehirn aus, und sie sagte Sachen, die keinen Sinn ergaben. Mich nannte sie oft Alberto, so hieß nämlich mein Opa. Einmal hat sie mich sogar Paolo genannt, und da musste ich lachen, denn ich hatte keine Ahnung, mit wem sie mich verwechselte.

Ihr Zustand hatte sich in letzter Zeit verschlechtert. Als wir kamen, schlief sie noch, obwohl es später Nachmittag war. Wir machten uns einen Kaffee, und während Silvia mit Carlo telefonierte, ging ich ins Schlafzimmer, setzte mich neben Oma und betrachtete sie. Erinnerungen kamen hoch. Die leckeren Dinge, die es immer bei ihr gab: Brot mit Nutella, Pudding, Butterbrot mit Marmelade, Hefeschnecken, Fruchtsaft. Als Kind hatte sie gehungert, und bei mir machte sie alles wieder gut. Wenn wir nachmittags ins Kino gingen, nahm sie eine Tüte mit Essen und Fruchtsaft für mich mit. Und immer wollte sie wissen, was ich mir als Nächstes zu essen wünschte. Wenn ich sie am Wochenende besuchte, fragte sie, kaum dass ich aufgegessen hatte, schon wieder, was ich die Woche drauf haben wollte. Zumindest bis vor ein paar Jahren, solange sie noch rüstig war.

»Oma, ich bin so satt, wie kann ich da ans Essen von nächster Woche denken?«

»Dann mache ich dir erst einen schönen Teller Pasta und hinterher vielleicht Fleischklößchen.«

Als ich klein war, blieb ich nach dem Mittagessen oft bei ihr, weil meine Mutter arbeitete. Ich erinnere mich, dass ich am Tisch saß und Hausaufgaben machte, während meine Großmutter Geschirr spülte oder aufräumte und sich dann aufs Sofa setzte und ein Nickerchen machte. Wenn sie wieder aufwachte, sagte sie immer den gleichen, obligatorischen Satz. Sie öffnete die Augen und stieß einen kleinen Schrei aus: »Ach du Schreck!«

Darauf ich: »Was ist denn?«

»Ich hab mich glatt aufs Ohr gehauen!«

Heute finde ich das nicht mehr allzu witzig, aber als kleiner Junge musste ich immer lachen. Solche Albernheiten fand ich unheimlich lustig. Genau wie der Witz mit dem ollen Gruselkäse. Es ist mir schleierhaft, wie der einen solchen Erfolg bei mir haben konnte.

»Huuuh ... ich bin der olle Gruselkäse! Husch aufs Brötchen, sonst gibt's was auf die Näse!«

Na ja.

Toll fand ich es immer, wenn sie mich bat, für sie einen Faden einzufädeln, weil sie nicht mehr gut sah. Mir machte das Spaß, Kinder haben ja kaum je Gelegenheit, den Erwachsenen behilflich zu sein. Wenn ich mitbekommen hatte, dass sie den Faden zuvor im Mund angespitzt hatte, versuchte ich es mit dem anderen Ende, weil ich mich ekelte. Manchmal verhinderte eine winzig kleine Faser, dass der Faden durchs Nadelöhr ging. Aber nach ein paar Fehlversuchen schaffte ich es. Beim Strümpfestopfen schaute ich auch gerne zu, wegen des Holzeis, das sie hineinsteckte.

Wenn Oma grüne Bohnen kochte, half ich ihr, mit den Fingernägeln die Enden abzuknipsen. Auf dem Tisch lag Zeitungspapier, da kamen die Enden hinein und wurden hinterher weggeworfen. Die Taschentücher durfte ich auch bügeln. Mit der Spitze des Eisens fuhr ich in die Ecken, bis sie unter der Kante zu verschwinden schien. Manchmal rief Oma mich, um Bettlaken zusammenzulegen. Aus Spaß drehte ich sie immer genau andersherum als sie, so dass sie sich verdrehten, anstatt ordentlich gefaltet zu werden. Und wenn sie am Schluss, bevor wir aufeinander zugingen, kräftig an ihrem Ende zog und ich auf sie zugeflogen kam, schütteten wir uns aus vor Lachen. Sie hatte unendliche Geduld mit mir, und sie hatte mich sehr lieb. Selbst beim Fußtest machte sie mit: Dabei fuhr ich mit den Fingern zwischen meine Zehen und hielt ihr die Finger dann unter die Nase. »Du musst dran riechen, wenn du mich lieb hast.«

Wenn sie jetzt, in diesem Augenblick aufgewacht wäre, hätte sie vielleicht der Schlag getroffen. Ich mit zerschlagenem Gesicht an ihrem Bett sitzend, da wäre sie bestimmt erschrocken … Leise stand ich auf, doch als ich an der Tür war, klingelte plötzlich mein Handy. Ich drückte sofort die »Lautlos«-Taste.

Meine Großmutter öffnete die Augen, sah mich eine Sekunde lang an und sagte: »Ciao, Alberto.«

»Ciao, Teresa.«

Dann schloss sie die Augen wieder, und ich ging zu Silvia.

»Ich bin ganz froh, dass Monicas Verlobter mir eine geknallt hat, weißt du?«

»Na, dann herzlichen Glückwunsch.«

»Es geschieht mir recht, vielleicht ist es ein Zeichen, dass ich etwas ändern muss.«

»Davon redest du ja schon seit längerem, du denkst an Michela …«

»Ja, ich denke oft an sie, aber vielleicht noch mehr an die Idee, die sie verkörpert. Vielleicht ist es aber auch nur so, dass Leute, die man nicht gut kennt, in unseren Köpfen interessanter werden, zu dem werden, was wir möchten. Wie bei Leuten, mit denen man an der roten Ampel steht: Man lächelt sich an, es wird grün, und sie brausen davon. Und dann meint man, dies sei womöglich der Mensch gewesen, nach dem man schon seit Jahren gesucht hat.«

»Vielleicht stimmt das ja auch. Riechst du noch an ihrem Handschuh?«

»Ja.«

»Dann los, auf sie mit Gebrüll. Versuch's wenigstens.«

Meine Mutter kam und löste mich bei Oma ab. »Entschuldigt die Verspätung und meine Aufmachung, aber die von der Möbelspedition, ich kann euch sagen, das sind vielleicht Grobiane. Wenn ich nicht dageblieben wäre, hätten sie mir das ganze Haus demoliert. Die haben es glatt fertiggebracht, zwei Schrammen in die Wand zu machen, vor die sie den Kleiderschrank stellen sollten. Ich musste ganz schön laut werden ... Was ist mit deinem Gesicht?«

»Ich bin gefallen ...«

»Hat das schon jemand angeschaut?«

»Nein, es ist nichts Schlimmes.«

»Bist du sicher, brauchst du was?«

»Nein, danke. Ich muss los.«

»In Ordnung. Wie geht's Oma?«

»Schläft.«

»Ciao.«

»Ciao.«

»Auf Wiedersehen, Signora.«

»Ciao, Silvia.«

»Ach, Mama ...«

»Was ist?«

»Wo haben sie die Schrammen denn reingemacht?«

»Zum Glück in die Wand, wo jetzt der Kleiderschrank steht, so dass man sie nicht sieht, aber ich habe mich trotzdem aufgeregt, ich meine ... es ist doch ihr Beruf, aufzupassen.«

»Ach so, ciao.«

»Ciao.«

Ein paar Tage später fasste ich den Entschluss, zu Michela nach New York zu fahren. Ich erinnere mich noch genau an den Moment. Ich saß auf der Bank im Umkleideraum des Fitnessstudios. Plötzlich war alles klar. Ich saß in Unterhosen auf dieser Bank und krempelte gerade eine Socke auf, um sie anzuziehen. Ich hielt inne. Die Socke in den Händen, die Ellbogen auf die Oberschenkel gestützt, saß ich reglos da und starrte ins Leere. In mir breitete sich eine Stimme aus. Sie verscheuchte die Verwirrung, und alles wurde so kristallen wie Wasser. Ich musste zu ihr fahren. Das war das einzig Richtige.

Meine Oma hat mal zu mir gesagt: »Im Alter lebt man von den Erinnerungen. Deshalb musst du dir schöne Erinnerungen verschaffen, solange du jung bist.«

Seitdem sage ich mir jedes Mal, wenn ich etwas Schönes gemacht – oder auch Scheiß gebaut – habe: »Ach … das kann ich später mal meinen Enkeln erzählen.«

Ich wollte also nach New York fahren, egal wie es ausging, weil ich es mir schön vorstellte, mich eines Tages daran zu erinnern, was ich für eine Unbekannte getan hatte. Ich wollte ein Jäger von Gefühlen und Erinnerungen sein.

Ich stand auf, zog mich fertig an, wusch die Badelatschen ab und ging.

Ich rief Silvia an und teilte ihr meinen Entschluss mit.

»Ich fliege nach New York.«

»Großartig … dann stelle ich schon mal eine Liste der Dinge zusammen, die du für mich besorgen musst.«

»Ach, deshalb wolltest du unbedingt, dass ich fahre …«

»Was dachtest du denn? Ich bin gerade mit Margherita unterwegs. Sehen wir uns später auf einen Aperitif?«

»Ja, klar, bis dann!«

Natürlich fuhr ich nicht gleich am nächsten Tag. Doch die Entscheidung war gefallen. Ich brauchte etwa zwei Wochen, um mich in Ruhe vorzubereiten, ich musste meine Abwesenheit auf der Arbeit regeln. Morgens ging ich jetzt früher ins Büro. Und Alessandro erwies sich einmal mehr als wahrer Freund, er unterstützte mich.

Eines Morgens erschien er mit der Sporttasche, er wollte Tennis spielen.

»Du wirst doch nicht etwa heute Tennis spielen gehen, bei dem Berg von Arbeit?«, sagte ich im Scherz.

»Ich gehe in der Mittagspause, nerv nicht.«

»Eigentlich bist du aus dem Alter raus, wo man so viel spielt.«

»Ich habe mir einen leichten Gegner ausgesucht. Pietro.«

»Mir hast du immer gesagt, er sei ein wahres Tennis-Ass.«

»Das war er mal, aber in letzter Zeit hat er private Probleme und kann sich nicht konzentrieren. Außerdem ist er immer wie gerädert. Seit zwei Monaten lässt ihn seine Frau auf dem Sofa schlafen.«

»Dabei hat Silvia mir doch neulich noch erzählt, sie sei mit ihnen essen gewesen und Patrizia habe Pietro so oft umarmt, dass sie sich wegen ihrer eigenen Ehe wie eine Versagerin vorkam.«

»Ich weiß. Das liegt an Patrizia. Obwohl sie praktisch seit einem Jahr nicht mehr miteinander sprechen, fordert sie, dass er in der Öffentlichkeit so tut, als wäre alles in Butter, damit niemand was mitkriegt. Pietro platzt fast.«

»Warum haut er nicht einfach ab?«

»Er wartet auf den richtigen Moment. Die Wohnung läuft auf ihren Namen.«

»Schöner Schlamassel … Na gut, ich telefoniere kurz, und dann geht's an die Arbeit.«

Am Abend vor der Abreise schaute ich bei Silvia vorbei, um mich von ihr zu verabschieden. Plötzlich kam Margherita ins Zimmer und sagte: »Fahr nicht weg, Onkel Giacomo, bleib hier und spiel mit mir.«

»Ich kann nicht, ich muss fort, aber ich komme bald zurück.«

»Komm mit, Onkel Giacomo, ich muss dir was zeigen.«

Ich folgte ihr ins Kinderzimmer und spielte ein bisschen mit ihr. Als ich wieder in die Küche kam, weinte Silvia. Ich schloss sie fest in die Arme.

»Ach komm schon, ich bin doch bald wieder da. Du brauchst nicht so zu weinen, nur weil ich wegfahre.«

Sie zog die Nase hoch und lächelte über meinen Scherz.

Ich weiß nicht, aber ich habe noch nie jemanden so liebgehabt wie Silvia. Ich küsste sie auf die Stirn, und sie brachte mich an die Tür.

»Vergiss nicht, mir Zimtbonbons mitzubringen.«

Ich ging zu Fuß nach Hause, denn ich wollte ein bisschen nachdenken.

Ich machte mich auf die Reise, um in New York eine Frau zu treffen, bei der ich manchmal nicht mal mehr genau wusste, wie sie aussah. Ständig schwirrte sie in meinem Kopf umher, doch oft konnte ich ihr Gesicht nicht richtig scharfstellen.

Eine Frau, die mit ziemlicher Wahrscheinlichkeit fest liiert war.

Trotzdem, ich musste fahren. Es war Zeit, auf neue Menschen zuzugehen.

Michela hatte zu lange meine Neugier auf sich gezogen.

Wo magst du sein?

Ich habe keine Angst vorm Fliegen. Trotzdem ist mir wohler, wenn ich wieder festen Boden unter den Füßen habe. Es ist keine richtige Angst, mehr wie wenn man sich fiebrig fühlt, ohne Fieber zu haben.

Ich schlucke auch keine Beruhigungsmittel oder Schlaftabletten. Ich versuche nur, so müde wie möglich zum Abflug zu erscheinen. Der Flug nach New York ging um zehn Uhr morgens. Den Koffer hatte ich frühmorgens gepackt, nach einem nächtlichen Spaziergang durch die Stadt. Schön. Und wie immer auf meinen Spaziergängen hatte ich auch in dieser Nacht plötzlich dieses Gefühl, das ich nie habe benennen können. Eine Mischung aus Melancholie, Trauer, Unbefriedigtheit, Sorge, Glück. Das haut mich jedes Mal um. Früher hatte ich das oft. Es war etwas, das ich nicht mehr unter Kontrolle hatte und das ich vor allem dann empfand, wenn ich allein war oder innehielt, um nachzudenken. Es kam schnell, wie der Schmerz nach einem Schlag. Als ich um fünf Uhr morgens von meinem Spaziergang nach Hause kam, schlief ich, nachdem ich den Koffer fertig gepackt hatte, auf dem Sofa ein. Abrupt wachte ich wieder auf. Duschte und verließ die Wohnung. Bis kurz davor hatte ich gedacht, ich hätte alle Zeit der Welt, doch als ich jetzt die Tür abschloss und die Treppe hinunterlief, hatte ich plötzlich das

Gefühl, zu spät zu kommen. Die Panik, ich hätte etwas vergessen, überkam mich. *Entspann dich!*, rief eine Stimme in mir. Ich ging noch mal die Liste mit den wesentlichen Dingen durch: *Ticket, Pass, Kreditkarte*. Wenn man diese drei Sachen dabeihat, kann man losfahren, alles andere ist ersetzbar.

Die Angst, zu spät zu kommen, ist ein Erbe der Zugfahrten mit meiner Mutter und meiner Oma, glaube ich. Zumindest in dieser Hinsicht sind die beiden sich ähnlich: Sie müssen mindestens eine Stunde früher am Bahnhof sein. Wenn der Zug um sieben ging, standen wir immer schon um zehn vor sechs auf dem Bahnsteig. »Es schadet nichts, ein bisschen früher da zu sein.«

Ohne Verspätung kam ich am Flughafen an, erledigte den Check-in und gab meinen Koffer auf. Bücher, Schreibheft, Musik und Zahnbürste nahm ich im Handgepäck mit. Dann ging ich in die Flughafenbar frühstücken. Als ich an der Kasse anstand, drängelte sich eine oberschlaue ältere Frau vor. Es macht mir nicht sonderlich viel aus, wenn mir jemand meinen Platz in der Schlange streitig macht, aber bei alten Menschen macht mich das traurig. Denn wenn alte Leute sich so benehmen, bezweifle ich, dass man mit dem Alter weiser wird. Und was für ein Gesicht sie machte … Ich sagte nichts: Es war auch nicht nötig, sie wusste es eh. Jedenfalls, während ich in der Schlange wartete und mir sagte, dass ich besser Tee als Kaffee bestellte – weshalb hätte ich mir sonst die ganze Nacht um die Ohren schlagen sollen? –, bekam ich eine Nachricht aufs Handy. Camilla: »Ich bin froh, dass wir uns getroffen und miteinander geredet haben. Mach's gut.«

Seltsam, so eine Botschaft ausgerechnet am Tag meiner

Abreise. Wenn ich einen Flieger nehme, sehe ich in jedem Zufall und jeder unerwarteten Sache ein Zeichen. *Ausgerechnet jetzt schickt Camilla mir eine* SMS*… das Flugzeug stürzt ab.* Ich las die Nachricht noch einmal.

»Mach's gut« hat mir noch nie gefallen. Normalerweise klingt da ein Konflikt durch, zum Beispiel wenn eine Frau einem verständlich machen will, dass man drauf und dran ist, sie zu verlieren. Dann schreibt sie nicht: »Du Arsch«, sondern »Mach's gut«. Diesmal war es aber offenbar anders gemeint. Mach's gut, Camilla. Ich steckte das Handy in die Hemdtasche und war so von meinen Gedanken über die alte Frau und der SMS abgelenkt, dass ich doch einen Espresso bestellte. Erst als ich das Tässchen sah, bemerkte ich meinen Fehlgriff. Ich goss etwas Milch dazu, was ich sonst nie tue. Vielleicht ist er dann nicht so stark, dachte ich. Als ich mir Zucker nahm, begegnete ich dem Blick der Alten, und ihr Gesichtsausdruck bestätigte mir, dass sie sich ihrer Schuld bewusst war.

Anschließend ging ich auf die Toilette. Normalerweise mache ich Pipi lieber ins Urinal. Doch an diesem Morgen werkelte dort gerade ein Reinigungsmann herum, deshalb ging ich in eine Kabine. Ich sah einen Haken an der Wand und wollte meine Tasche daran aufhängen, doch als ich den Arm hob, glitt das Handy aus der Hemdtasche und landete dort, wo es unter keinen Umständen landen sollte. *Platsch!*

Verdammte Schei…!!! Mist, was soll ich jetzt machen?

Ich ging raus und fragte den Klomann, ob er mir mal kurz seine Plastikhandschuhe leihen könne.

»Was wollen Sie damit?«

»Mein Handy rausholen.«

»Warten Sie, ich komme mit.«

Er nahm einen kleinen Aquariumskescher vom Wagen, so einen zum Fischefangen.

»Auf so was bin ich vorbereitet. Da sind Sie nicht der Erste, wissen Sie. Manchmal lassen die Leute es auch drin liegen.«

Er holte mein Handy aus dem Lokus und überreichte es mir; ich wickelte zwölf Meter Toilettenpapier ab und bettete das Handy in meine Hände, als wäre es ein Küken im Nest. Gleich danach legte ich es auf den Waschbeckenrand und wusch mir die Hände. Ich wusste nicht, ob ich das Klowasser abwaschen und das Handy damit noch nasser machen oder ob ich es sofort abtrocknen sollte.

Und das mir! Wenn ich eine öffentliche Toilette aufsuche, muss ich immer daran denken, dass mein Vorgänger nach dem Pinkeln Spülknopf und Türgriff berührt hat, weshalb ich das lieber mit dem Fuß erledige: Wie ein Samurai betätige ich mit dem Fuß den Spülknopf und öffne so auch die Tür, die ich nicht verriegele, sondern nur anlehne.

Da stand ich also mit einem Handy, das ins Klo gefallen war, und hoffte, dass es mich nicht verließ, dass es noch funktionierte. Schließlich wusch ich es nicht ab, sondern hielt es unter den heißen Luftstrahl des Händetrockners.

Der Klomann schien sich für mein Problem nicht sonderlich zu interessieren, vielleicht weil er gerade putzte, vielleicht weil das für ihn einfach nichts Neues war. Im Vorbeigehen sagte er aber doch: »Ich glaub nicht, dass das noch funktioniert. Das können Sie wegschmeißen. Wenn Sie Glück haben, ist die SIM-Karte noch in Ordnung, falls nicht … Pech gehabt.«

Ich hielt das Handy noch eine Weile unter den Föhn, dann schaltete ich es ein. Das Licht ging an, aber das Display erstrahlte in den Farben des Regenbogens. Und keine Schrift.

Ich packte es wieder ein und steckte es in die Tasche.

Verdammte Sch…!!!

Bevor ich in den Wartebereich vor der Bar ging, wo ich am Tag, als ich nach Michela suchte, gewesen war, musste ich einen Zickzackparcours aus blauen Absperrbändern bewältigen. Wie eine Laborratte. Manchmal, wenn keiner wartet, klettere ich drunter durch, denn man kommt sich ja schon bescheuert vor, wenn man den Parcours in einer Schlange abtrottet, aber wenn keine Schlange da ist, ist es völlig daneben. Ich stelle mir immer wieder vor, ich sei in einem Glaskasten, und Menschen in weißen Kitteln machen sich Notizen über mein Verhalten. Ich winkte ihnen zu.

Verdammte Sch…!!! Und wenn es jetzt kaputt ist? Michelas Büroadresse war in dem Handy eingespeichert. Hoffentlich hat Silvia sie noch.

Das Flugzeug hob mit einstündiger Verspätung ab. Es war riesig und mit einer Menge Leute samt Gepäck schwer beladen. Wie schafft es das nur?, frage ich mich immer. Ich habe es nie recht begriffen.

Kurz darauf wurde das Mittagessen serviert. Ich nahm ein paar Bier dazu, in der Hoffnung, dass mir das beim Einschlafen helfen würde, aber ich machte trotzdem kaum ein Auge zu. Ab und an dämmerte ich ein bisschen weg, hier und da ein Halsrucken, wenn mein Kopf nach vorn fiel.

Müde genug wäre ich zwar gewesen, aber es war sinnlos, ich kann im Sitzen einfach nicht schlafen. Meine Füße schwellen an, und die Beine fühlen sich an, als wären sie aus Holz.

Mein Sitznachbar hingegen schlief die ganze Zeit. Irgendwann holte ich das in Klopapier eingewickelte Handy hervor und nahm es auseinander. Trocken war es jetzt. Ich betrachtete die Teile vor mir auf dem Tischchen, nahm sie einzeln in die Hand und pustete darüber. Ich wusste nicht, ob das was brachte, doch es war das Einzige, was ich tun konnte. Ich baute es wieder zusammen: Ob es wieder funktionierte? Wie einen Edelstein trug ich es aufs Klo. Ich stellte mir vor, wie das Flugzeug explodierte, sobald ich mein Handy einschaltete. Ich war neugierig, hatte aber auch Angst, grob fahrlässig zu handeln. Schließlich schaltete ich es ein. Wie zuvor ging das Licht an, doch die Aufforderung PIN-CODE EINGEBEN leuchtete nicht auf. Ich schaltete es aus.

Eine Stimme verkündete uns, dass wir in Kürze in New York landen würden. Bei solchen Anlässen tue ich stets dasselbe. Ich stecke das Buch in die Tasche, schalte die Musik aus, stecke mir ein Bonbon in den Mund, und wenn Zeit ist, gehe ich noch mal auf die Toilette und wasche mir das Gesicht. Mit anderen Worten, ich bereite mich auf die Landung vor.

Schon holperte das Flugzeug über die Piste. Was ich einfach nicht verstehe, ist, warum die Leute sofort aufstehen, wenn das Flugzeug zum Stillstand kommt. Die Türen sind noch geschlossen, aber alle stehen schon, mit schiefen Köpfen unter den Gepäckfächern, unbequemer geht's nicht. Bei Inlandsflügen von einer Stunde genauso. Wenn ich beruflich mal von Mailand nach Rom fliegen musste, hörte ich die Männer vor dem Abflug am Handy über Zahlen, Budgets, Kürzungen, Dividenden, Wachstumsraten, Partner und so weiter reden. Bis zur letzten Sekunde hingen sie am Telefon, womit sie bewiesen, wie bedeutend sie waren. Wenn sie neben einer Frau saßen, sagten sie häufig Sachen wie: *Ohne mich tut ihr erst mal gar nichts, Wenn ich nein sage, heißt das auch nein …* Ich mit Rucksack und T-Shirt kam mir gegenüber all diesen Profis wie ein Taugenichts vor. Manche hatten sogar das Mittagessen ausfallen lassen, das roch ich an ihrem Atem. Sobald der Flieger gelandet war, schalteten alle ihr Handy ein, sprangen auf und beugten den Kopf vor, wie Raubvögel. In dieser höchst unbequemen Haltung zeigte sich ihre ganze Intelligenz. Im Gang sagten sie dann Entschuldigung, darf ich mal, bis sie ihre Aktentaschen hatten. Dann wieder warten, im Stehen, bis die Türen geöffnet wurden. Im Zubringerbus warteten sie stehend und dicht gedrängt wie Ölsardinen auf den letzten Passagier, der bis zum Schluss sitzen geblieben war und alles in drei Sekunden erledigt hatte: Aufstehen, Handgepäck holen, Aussteigen. Da er als Letzter in den Bus stieg, war er am Terminal auch der Erste, der ausstieg. Sie mögen große Geldmengen bewegen, aber wenn es nicht um Zahlen geht, ist ihr Hirn nicht existent.

Auf dem New Yorker Flughafen fiel mir auf, dass die Einreiseprozedur sehr viel aufwendiger war als beim letzten Mal: Abdruck des rechten und linken Zeigefingers, digitales Foto, eingescannter Pass. Ich sah schon eine Prostatauntersuchung auf mich zukommen. Ein echtes Problem bekam ich dann kurze Zeit später, als ich merkte, dass mein Koffer nicht auf dem Gepäckband lag. Es war noch nie vorgekommen, dass er als Erster herauskam, doch dies war das erste Mal, dass er gar nicht herauskam. *Ein Zeichen?* Ich stellte mir meinen

Koffer auf irgendeinem europäischen Flughafen vor, wo er mutterseelenallein seine Runden drehte. Vielleicht war er sogar als Allerersten herausgekommen, zwar nicht an dem Flughafen, wo ich mich befand, aber das war dann doch ein kleiner Trost. Mir wurde gesagt, man werde ihn mir am nächsten Tag ins Hotel bringen. Ich wusste nicht, ob ich dieser Auskunft trauen sollte, aber das Fräulein am Schalter war sehr freundlich, und Freundlichkeit lässt in mir Vertrauen entstehen. Ich glaubte ihr.

Im Taxi nach Manhattan begann ich sofort ein Gespräch mit dem Fahrer. Das tue ich immer, unter anderem um herauszufinden, wie es um mein Englisch bestellt ist, nachdem ich es so lange nicht gesprochen habe. Ich verstand ihn gut. Es ist ein gutes Training, Filme und Fernsehsendungen in der Originalsprache zu sehen. Außerdem habe ich mir angewöhnt, das Wort *get* zu benutzen, falls ich etwas nicht ausdrücken kann, das funktioniert fast immer. *Get* ist für mich das, was *schlumpfen* für die *Schlümpfe* ist. Funktioniert immer.

Der Taxifahrer wollte wissen, woher ich kam. In Italien sei er noch nie gewesen, meinte er. Aber nächste Woche fahre er nach Jamaika, in die Flitterwochen.

»Ich habe ein Fünf-Sterne-Hotel gebucht, all inclusive, mit so einem Armband … Einmal im Leben.«

»Gute Wahl, Jamaika ist wunderschön.«

»Und du, bist du in guten Händen?«

»Nein.«

»Glückspilz. Selbst die schönste und faszinierendste Frau der Welt wird nach einem Jahr langweilig.«

»Und warum heiratest du dann?«

»Weil mir schon langweilig ist. Es ändert sich nichts für mich.«

Wir mussten lachen. Als ich ausstieg, sagte ich: »Viel Spaß in den Flitterwochen und – viel Sex.«

»Mit meiner Frau?«

»*Of course!*«

»Bist du verrückt? Du hast ja keine Ahnung …«

Mein Hotel lag im Norden von Chelsea. Bevor ich hineinging, kaufte ich schnell die Sachen ein, die ich zum Überleben brauchte, bis man meinen Koffer wieder aufgetrieben hatte: Unterhosen, ein sauberes T-Shirt, Socken und Deo. Ich dachte ständig darüber nach, wie ich übers Internet irgendjemandes Festnetznummer und darüber dann Silvias Handynummer herauskriegen konnte, in der Hoffnung, dass sie Michelas Adresse noch hatte. Ich erinnerte mich an niemanden, der noch eine Festnetznummer besaß, außer Oma, die allerdings von niemandem, den ich kannte, die Nummer hatte. Außerdem war sie nicht mehr besonders gut beieinander, und ihr Telefon benutzte sie fast nie. Früher, als es ihr noch besser ging, hatte ich mal einen vergeblichen Versuch gestartet, sie von den Vorzügen eines Handys zu überzeugen. Aber das ging nicht lange, sie konnte sich nicht mal merken, wie man es an- und ausschaltete. Also ließ sie es immer an, vergaß aber, es aufzuladen. Und vor allem bereitete ihr das Lesen Mühe, sie sagte, sie könne nichts erkennen. Da sie nicht wusste, was sie mit der Funktion »Meldungen« anfangen sollte, empfing sie einzig und allein Werbe-SMS des Anbieters, und das Handy machte so lange *piep*, bis sie sie öffnete. Ich versuchte ihr ein paar Funktionen zu erklären, resignierte aber, als sie bei der Taste »Menü« meinte: »Ach, und da kann man sich was zum Essen aussuchen, wie im Restaurant.« Manchmal, wenn sie sich aufs Sofa setzte, begrub sie das Handy unter sich und stellte, ohne es zu merken, eine Verbindung zur letzten gewählten Nummer her. Was fast immer meine war. Dann brüllte ich immer: »Oooooomaaaaa, Oooooomaaaaa ...« Aber natürlich hörte sie nichts, sie war praktisch taub, und da sie auf dem Handy saß, hätte sie schon Ohren an den Pobacken haben müssen.

Schließlich landete ihr Handy, immer noch mit der Schutzfolie über dem Display, in einer Schublade. Ausgeschaltet für immer.

Jedenfalls war Oma jetzt nicht die Lösung. Ich beschloss, erst mal mein Zimmer zu beziehen und zu duschen, um mich ein wenig von der Reise zu erholen. Danach würde ich schon wissen, was zu tun war. Eins nach dem anderen. Schließlich hatte ich ja nur die Adresse von Michelas Arbeitsstelle, und deshalb nutzte sie mir samstags sowieso nicht so viel. Obwohl ich ja schon gerne gesehen hätte, wo sie arbeitete.

Doch zunächst richtete ich das Zimmer her. Das tue ich immer, wenn ich ein Hotelzimmer beziehe. Als Erstes ziehe ich die Tagesdecke ab, die wird nämlich nicht für jeden Gast gewechselt, was ich ein bisschen fies finde, und werfe sie auf den Boden oder in den Schrank. Dann ziehe ich das Laken am Fußende unter der Matratze hervor. Ich kann nicht schlafen, wenn ich eingewickelt bin wie eine Frühlingsrolle. Manchmal vergesse ich das und versuche das Laken herauszuziehen, wenn ich schon im Bett liege. Ich hebe ein Bein, aber das Laken klemmt normalerweise unter der schweren Matratze richtig fest. Irgendwann habe ich dann auch das Bettlaken herausgezogen, auf dem ich liege, und morgens stelle ich fest, dass ich auf der blanken Matratze geschlafen habe. Da hätte ich auch die Tagesdecke an ihrem Platz lassen können. Bei manchen Hotelbetten mag ich auch die Laken nicht. Sie sind nicht weich wie zu Hause und rutschen immer weg, irgendwie merkwürdig. Die Handtücher oft auch. Als hätten sie eine unsichtbare Folie. Besonders eklig finde ich jedoch die Fernbedienung. Ich muss an all die Finger nackter Menschen im Bett denken, die diese Tasten schon gedrückt haben.

Nach der Dusche machte ich einen Spaziergang. Für die ersten Schritte durch New York legte ich *Live Wire* von AC/DC auf. Danach wählte ich ruhigere Musik: *Back in Your Arms* von Wilson Pickett, *Tired of Being Alone* von Al Green, *Use Me* von Bill Withers …

Um acht war ich wieder im Hotel, todmüde. Acht Uhr abends in New York entsprach zwei Uhr nachts in Italien. Mir war immer noch nicht eingefallen, wie ich an die Telefonnummern kommen konnte.

Bei meinem Hotel um die Ecke hatte ich Alfred kennengelernt, einen Penner. Auf ein Pappschild hatte er geschrieben: »Ein Witz, ein Dollar«. Ich gab ihm einen Dollar. Er erzählte einen, aber ich begriff ihn nicht.

Ich ging hinauf ins Zimmer. Beim Einschlafen sprach plötzlich mein Unterbewusstsein zu mir. Eine ferne Stimme stieg in mir auf, Dantes Stimme: »Ist dir an meiner Nummer nichts aufgefallen? Sie ist ein Palindrom … Ganz leicht.« Ich öffnete die Augen und sprach seine Nummer laut aus. Sofort notierte ich sie auf einem Notizblock des Hotels.

Verdammt … meine Rettung. Ich hatte keine Wahl. Wenn

ich meinen Film mit Michela sehen wollte, musste ich den Umweg über Dante nehmen: wie wenn man eine DVD einlegt und es nicht erlaubt ist, die Werbung zu überspringen.

Wie praktisch! Zu dieser Uhrzeit würde der Anrufbeantworter anspringen. Es war bestimmt einfacher und schneller, ihm eine Nachricht auf Band zu sprechen, als ihm alles im direkten Gespräch zu verklickern. Ich würde ihn bitten, Silvia aufzutreiben und ihr auszurichten, sie solle mich im Hotel anrufen. Gesagt, getan. Da Silvia die Nummer meines Hotels nicht hatte, musste ich die allerdings auch hinterlassen. Und das hieß, dass Dante ab jetzt die Nummer meines Hotels und meines Zimmers kannte.

Um zehn Uhr morgens, italienische Zeit, rief er an. Vier Uhr nachts, amerikanische Zeit.

Ich versuchte ihm zu erklären, dass es bei mir tiefste Nacht war, aber er quasselte unbeeindruckt weiter; er erzählte mir, dass er sich bis sechs um seinen Sohn kümmern müsse, sich dann aber gleich auf die Suche nach Silvia machen werde. »Wie ist New York? Wie lange bleibst du? Wenn du länger da bist, nehm ich mir vielleicht eine Woche frei und komm dich besuchen … Na?«

»Lass uns heute Abend darüber reden. Erst mal vielen Dank. Ciao, ciao.«

Danach konnte ich nicht mehr einschlafen. Ich blieb im Bett, aber vergeblich. Um sechs Uhr morgens, diesmal Ortszeit, war ich schon auf den Beinen. Ich verließ das Zimmer und machte einen Spaziergang. Es ist wunderbar, um diese Uhrzeit durch die Stadt zu laufen. Ich ging ins Le Pain Quotidien auf der 7th Avenue frühstücken. Danach spazierte ich durch den Central Park.

Gegen zehn kehrte ich ins Hotel zurück, und da dort noch Frühstückszeit war, ging ich in den Speisesaal. Ich nahm Schinken und Käse und belegte mir ein Brötchen. Das Laufen hatte mich hungrig gemacht. Ich nahm noch ein Stück Melone. Leider gab es keinen rohen Schinken. Bei Melone mit Schinken frage ich mich immer, wer diese Kombination wohl erfunden haben mag. Ich esse das, weil ich es bei anderen gesehen habe und es mir schmeckt, aber ich weiß nicht, ob ich von allein darauf gekommen wäre, Melone und Schinken zu kombinieren, wenn ich beides in meinem Kühlschrank gehabt hätte. Egal!

Es waren nur sehr wenige Leute da: ein junges Pärchen aus Südamerika, das spanisch sprach, ein Mann in Sakko und Krawatte sowie am Nebentisch eine Frau um die vierzig. Ein Kellner, der den Tisch in der Mitte abräumte, ließ eine Glaskaraffe mit Grapefruitsaft fallen. Die Frau und ich sahen uns an und grinsten.

Als ich aufstand, um mir noch mal Kaffee nachzuschenken, bevor er abgeräumt wurde, fragte ich sie, ob sie auch noch welchen wollte. Sie sagte ja und lud mich an ihren Tisch ein. Sie war Amerikanerin, aber nicht aus New York, und begleitete ihren Mann auf einer Dienstreise. Sie hieß Dinah.

Um elf Uhr vormittags hatte ich immer noch nichts von meinem Koffer gehört. Ich klemmte mich ans Telefon.

»Vielleicht gegen zwei …«, bekam ich gesagt. Mein Problem an diesem Morgen war aber weniger, den Koffer zu finden, als Michelas Adresse ausfindig zu machen und Dante zu überleben.

Seine Hartnäckigkeit, sein Durchhaltevermögen, seine

Entschlossenheit, die mich so fertigmachten, erwiesen sich bei der Mission, die ich ihm aufgetragen hatte, als äußerst nützlich. Um zwei Uhr nachmittags, also um acht Uhr abends in Italien, rief Dante mich im Hotel an und sagte nach fünfundzwanzig Minuten sinnloser Vorreden: »Auftrag ausgeführt. Ich habe einen Zettel an Silvias Wohnungstür gehängt, denn auf mein Klingeln hat niemand aufgemacht.«

»Danke, Dante.«

»Schon gut … Dafür schuldest du mir jetzt eine Pizza und ein Bier. Dann können wir uns endlich mal sehen und plaudern …«

Aber klar doch.

Waiting for Michela

Silvia rief mich an, und zum Glück hatte sie Michelas Adresse noch. Ich schrieb sie auf einen Zettel, den ich anschließend in der Hand hielt wie ein magisches Pergament. Ich machte sogar drei Abschriften davon.

Erfreut stellte ich sogleich fest, dass es gar nicht weit vom Hotel war. Kein Wolkenkratzer in Uptown, eine Adresse in West Village.

Am Montag ging ich frühmorgens in den Frühstücksraum hinunter, nahm einen Kaffee im Pappbecher und postierte mich gegenüber von Michelas Büro in der Hoffnung, sie das Gebäude betreten zu sehen. In der Perry Street Ecke 7th Avenue South liegt das Doma Cafe. Ich ging hinein und setzte mich an einen Tisch; von dort aus hatte man den Eingang zu ihrem Bürohaus im Auge. Ich wusste nicht mal, wann sie zur Arbeit ging. Ich war sehr aufgeregt, vielleicht auch, weil ich bereits zwei Riesenbecher Kaffee getrunken hatte.

Ich beobachtete die Passanten. Das habe ich schon immer gern getan. Als Kind stand ich im Sommer stundenlang auf dem Balkon meiner Oma und schaute mir die Leute an, die auf der Straße vorübergingen. Kinder wie ich, die Eis aßen, mit Mama und Papa an ihrer Seite. Meine Mutter musste oft arbeiten, und meine Oma ging nicht gern aus dem

Haus. Vom Balkon blickte ich auch ab und zu in das Zimmer hinein, wo Oma im blauen Schein des Fernsehers dasaß, meist nur im Unterrock, und sich mit einem Fächer Luft zuwedelte, die Füße auf den Schlappen.

Während ich darauf wartete, dass Michela auftauchte, kam ich mir vor wie in einer Seifenblase. Gewiss spielte auch die Zeitverschiebung eine Rolle. Ich beobachtete alles um mich herum aufmerksam, aber unbeteiligt, als hätte ich mit dem Leben nichts zu tun, das an mir vorbeilief. Das ist immer so, wenn ich an einem neuen Ort ankomme. Dann plötzlich kommt der Moment, in dem ich mir nichts sehnlicher wünsche, als daran teilzunehmen. Ich beneide die Leute, die dort leben. Im Ausland versuche ich immer wie ein Einheimischer zu wirken. Ich meide die touristischen Gegenden und trage weder Stadtplan noch Fotoapparat mit mir herum. Ich erinnere mich, wie ich einmal in London den Leicester Square überquerte und italienischen Urlaubern mit den typischen kleinen Rucksäcken begegnete. Ich betrachtete sie wie ein Londoner. Ich mied sie, doch gleichzeitig hatte ich auch den Wunsch, zu ihnen zu gehen und ihnen zu sagen, wo man gut essen und sich amüsieren konnte. Kurz, ich wollte so tun, als würde ich mich auskennen.

Wie ich so an dem Tisch im Doma Cafe saß, fiel mir auf, dass man den Namenszug auf dem Schaufenster von innen andersherum sah, das D wurde von einer Säule verdeckt, deshalb las ich AMO, »ich liebe«. Ein Zeichen?, fragte ich mich.

Gegenüber dem Lokal stand eine öffentliche Telefonzelle, und ich beschloss, Michela anzurufen. Mithilfe der Büroadresse fand ich nach ein paar Telefonaten die Nummer heraus. Den Zettel in der Hand saß ich dann eine halbe Stunde da.

Soll ich sie anrufen? »Hallo, hier ist Giacomo, ich weiß nicht, ob du dich an mich erinnerst, ich bin der Typ aus der Straßenbahn. Ich wollte mich für den Kaffee revanchieren, ich warte draußen auf dich.« Also ehrlich, das geht doch nicht.

Ich holte tief Luft und rief sie an.

Der Anrufbeantworter sprang an.

Please leave a message …

Click! Ich legte auf. Mein Herz, das ihre Stimme erkannt hatte, obwohl sie englisch sprach, klopfte zu heftig. Als wollte es herausspringen.

Da ich nun wusste, dass der Anrufbeantworter dranging, wappnete ich mich und rief noch mal an. »Michela, ciao, hier ist Giacomo, der Typ aus der Straßenbahn; ich bin beruflich in New York und wollte dich fragen, ob du Lust auf einen Kaffee hast, falls ja, ich bin unt … ich bin im Hotel. Ruf mich an, hier ist die Nummer.«

Ich hinterließ Namen und Telefonnummer des Hotels und legte auf.

Um ein Haar hätte ich ihr verraten, dass ich unten vor ihrem Büro saß und wartete … Gott sei Dank hatte ich mir auf die Zunge gebissen, sonst hätte sie doch gedacht, ich spioniere ihr hinterher. Schließlich tat ich das nicht. Oder doch, ich tat genau das, aber anders. Anders wie? Keine Ahnung! Ich war völlig verwirrt …

Ich verließ das Café und wanderte ziellos durch New York. Jede Stunde rief ich im Hotel an und fragte, ob Nachrichten für mich gekommen seien. Nichts. Das machte mich fertig. Das war, wie wenn man einer Frau, die einem gefällt, eine SMS schickt und sie nicht umgehend antwortet. Dann liest man die SMS alle drei Sekunden noch mal durch und kontrolliert die Sendezeit. Man zählt die Minuten, die Sekunden. Man liest ihre letzten Nachrichten noch mal. Weil man sie allesamt gespeichert hat. Da stehen sie, eine nach der anderen. Alle anderen, die nicht von ihr stammen, hat man gelöscht.

Es ist schlimm, wenn man selbst die letzte Nachricht verschickt hat und nichts tun kann als warten. Wenn man Angst hat, lästig zu sein. Wenn man denkt, man habe einen falschen Zug gemacht, wie beim Schach, und man merkt: Jetzt ist's aus. Man stellt sich vor, wie sie zu ihren Freundinnen sagt: »Der bombardiert mich vielleicht mit Nachrichten.« In dieser Situation kann man nichts tun, man fühlt sich hilflos. Das einzig Vernünftige ist, ihr nicht noch mehr Nachrichten zu schreiben. Irgendwann antwortet sie vielleicht, und man stellt fest, dass man auf einem negativen Trip war, der gar nichts mit der Wirklichkeit zu tun hatte.

Glücklicherweise gehört ein Spaziergang durch Manhattan zu den schönsten Sachen der Welt. Die Stadt ist prallvoll von allem, Anregungen, Leuten, Farben, Gerüchen. Überall riecht es wieder anders, mal nach Pizza, dann nach orientalischen Gewürzen und gerösteten Nüssen. Gerüche aller Art. Die Leute, die einem begegnen, sehen aus, als wären sie genau so, wie sie sein wollen. Jeder kleidet sich anders, wie es ihm gefällt. In New York habe ich immer das Gefühl, die Welt ist hier in dieser Metropole, und der ganze Rest ist einfach nur Stadtrand. Ich male mir oft aus, wie es wäre, an einem ruhigen Ort auf dem Land oder am Meer zu leben, aber die Wahrheit ist, dass ich in der Stadt aufgewachsen bin und die Stadt mir gefällt. Ich liebe es, durchs Zentrum zu spazieren und die Schaufenster zu betrachten. Eine Buchhandlung zu betreten, in eine Bar einzukehren und in den soeben erstandenen Büchern zu blättern, das Cover einer CD zu studieren, während ich einen Tee trinke. Dann nehme ich mir fest vor, immer wieder von neuem herauszufinden, wo ich leben will. Denn die Orte und Städte eignen sich je nach Alter und Lebensphase mehr oder weniger. Wer immer in derselben Stadt wohnt, läuft Gefahr, sich nie zu verändern.

Ich kehrte ins Hotel zurück. Vier Uhr nachmittags, und noch immer keine Nachricht von Michela. Ich ging in die Bar und bestellte ein Bier.

Was mag sie gedacht haben, als sie die Nachricht abhörte?, fragte ich mich. Bestimmt was Schlimmes, denn sie hat nicht zurückgerufen, nicht mal, um nein zu sagen. Sie hatte mir damals in der Bar ja auch gesagt, sie hätte mich auf einen Kaffee eingeladen, weil sie unter ihr bisheriges Leben einen Strich ziehen und einen neuen Abschnitt beginnen wolle. Aber wenn sie mich nicht wiedersehen wollte, hätte sie problemlos tausend Ausreden vorbringen können, anrufen hätte sie also schon können. Vielleicht hatte sie meine Nachricht nicht abgehört …

Plötzlich hörte ich jemanden meinen Namen rufen: »Giacomo!«

Ich drehte mich um. Es war Dinah, die allein in einem Sessel saß. Sie lud mich auf einen Drink ein. Sie wartete auf ihren Mann. Wir unterhielten uns ein wenig, aber ich war nicht bei der Sache. Der Gedanke an Michela bedrückte mich.

Ich bekam langsam Angst vor der eigenen Courage, mit jedem Augenblick verlor das Ganze die Faszination des Abenteuers und wurde mehr und mehr zur Schnapsidee. Aber Dinah war echt nett, und letztendlich tat mir die Unterhaltung mit ihr gut, denn so konnte ich die Geschichte für kurze Zeit vergessen. Dann wurden wir plötzlich von der jungen Frau vom Empfang unterbrochen. Es sei eine Nachricht für mich gekommen.

Ich entschuldigte mich bei Dinah und ging sie holen.

Auf dem Zettel stand: BRINGST DU MIR BEI DEINER RÜCKKEHR EIN CAP VON DEN YANKEES MIT? DANTE. Manche haben einfach das Talent, unwissentlich immer den falschen Zeitpunkt zu erwischen. Ich verabschiedete mich von Dinah und zog mich in mein Zimmer zurück.

Um acht Uhr ging ich wieder hinunter und machte einen weiteren Spaziergang. Diesmal am Fuße der Wolkenkratzer in Uptown. Ich hegte die törichte Hoffnung, Michela zu begegnen. Einen dieser komischen Zufälle zu erleben. Aber Fehlanzeige.

Ich ging hinunter in die U-Bahn. Ich fahre gern U-Bahn, in allen Städten, die ich besuche. Auf der Fahrt durch die Tunnel erfährt man viel über eine Stadt. Als würde man einen Körper durch seine Blutbahnen erkunden. New York fand ich immer komplizierter als andere Städte. Die Pariser Metro gehört zu den besten der Welt, da habe ich mich nie verfahren, doch in der New Yorker U-Bahn habe ich oft die Orientierung verloren. Es kann aber durchaus schön sein, sich zu verirren, wenn man keine beruflichen Verpflichtungen hat. Oft kommt man dann an interessante Orte. Nach ein paar kurzen Fahrten hin und her stieg ich wieder ans

Licht. Bei einem Straßenhändler aß ich ein paar Hotdogs. Drei, um genau zu sein. Dann kehrte ich ins Hotel zurück. In einer Straße der Lower East Side wurde ich von einer Nutte angesprochen. Hübsch war sie. Wir unterhielten uns ein wenig. Sie fragte, wo ich herkäme: »Italia.«

»Italiaaaa … ich spreche Italienisch … los, komm mit mir … ich blas ihn dir, dass dir Hören und Sehen vergeht.«

Sie ließ mich sogar ihre Brüste sehen, aber schließlich merkte sie, dass ich nicht interessiert war, und sagte, ich solle mich zurück in mein Land scheren. Ich hätte den Satz sagen sollen, den ein Freund einmal bei einer Pufftour hat fallen lassen: »Tut mir leid, ich hab's eilig. Pack mir 'n Blowjob ein, ich hol ihn mir später ab.«

Ich ging zu Bett. Ich weiß nicht, ob es an den vielen Hotdogs lag oder daran, dass Michela nicht auf meine Nachricht antwortete, jedenfalls hatte ich an diesem Abend Mühe einzuschlafen, und als es mir endlich gelungen war, schlief ich schlecht. Am nächsten Morgen um sechs war ich wieder wach, und um acht saß ich schon im Doma Cafe, gegenüber Michelas Firma.

Nach ein paar Stunden kam ich mir nur noch dämlich und lächerlich vor. Selbst wenn ich sie gesehen hätte – sie hatte nicht zurückgerufen, damit war alles klar. Ich überlegte, ob ich den Rückflug vorverlegen und noch zwei, drei Tage bleiben sollte. Aber es nervte, so weit gereist zu sein und nicht mal wenigstens ein schlichtes »Nein« mit nach Hause nehmen zu können.

Ich ging zurück zum Hotel. Ich lief durch den Park auf dem Washington Square. Jede Menge Leute. Manche lernten, andere lasen, machten Musik oder Sport, wieder andere führten den Hund auf ein eingezäuntes Gelände. Jeder widmete sich seiner Tätigkeit. Auf der Platzmitte stand eine Statue von Giuseppe Garibaldi. »Ciao, Garibaldi, ich bin's, Giacomo, der Sohn von Giovanni, der von zu Hause fortgegangen ist.«

Ich war zwar noch nicht lange Gast in meinem Hotel, aber ich hatte schon meine Gewohnheiten. So ging ich schnell noch in den Frühstücksraum, bevor alles abgeräumt wurde. Ich trank einen Kaffee, und nach ein paar Minuten kam auch Dinah. Inzwischen fragten wir den anderen gar nicht mehr um Erlaubnis und setzten uns einfach zueinander. Zwei einsame Menschen in einem Hotel. Wir unterhielten uns ein wenig, dann verabschiedeten wir uns, und ich ging hoch aufs Zimmer.

Eine Viertelstunde später klingelte das Telefon. Ich ging sofort dran. Es war Dinah. Sie fragte, ob ich mit ihr ins Guggenheim Museum gehen wollte. Ich hatte sowieso nicht viel vor… warum also nicht?

Ich weiß noch, dass ich ihr sagte, ich bräuchte noch zehn Minuten.

»I'll pick you up.«

Als sie an meiner Tür klopfte, putzte ich mir gerade die Zähne. Ich machte ihr auf und ging zurück ins Bad. Dinah setzte sich auf den Bettrand. Nach ein paar Sekunden küssten wir uns. Als ich sie auszog, sah ich an ihrer Unterwäsche, dass sie von vornherein beschlossen haben musste, mit mir zu schlafen. Ihre Hand mit dem Trauring erregte mich. An diesem Morgen schaffte ich ein Triple. Zwischen dem ersten und zweiten Mal kam das Zimmermädchen herein. Wir hatten keine Zeit gehabt, ein *Do-not-disturb*-Schild rauszuhängen.

Als wir Mittagessen gingen, war es schon nach zwei. Danach ging sie ins Hotel zurück, um auf ihren Mann zu warten. Ich drehte noch eine Runde. Das Guggenheim fiel natürlich aus.

Als ich abends zum Essen hinunterging, begegnete ich Dinah und ihrem Mann zufällig an der Rezeption. Es war so schön gewesen, mit ihr zu schlafen, dass ich eine Erektion bekam, als ich sie nur sah. Wir tauschten einen raschen Blick, dann ging jeder zurück in sein Leben. Am nächsten Tag reiste sie ab.

Ich hatte Lust auf Pizza und ging in John's Pizzeria in der Bleecker Street. Der Kellner, der mich bediente, war in Brooklyn geboren, doch seine Familie stammte aus Kalabrien. Die klassischen italienischen Einwanderer, wie im Film. Er redete eine Mischung aus Amerikanisch und Kalabresisch. Italienisch kaum. *How are you, cumpà?*

Als ich wieder ins Hotel kam, rief mich die Frau vom Empfang zu sich. Ich mag es, wenn Ausländerinnen meinen Namen aussprechen, oft betonen sie ihn auf der Mittelsilbe ... *Giacòmo*. Sie hatte eine Nachricht für mich. Ich hatte damit gerechnet, dass Dinah mir wenigstens ein paar heimliche Zeilen dalassen würde. Doch die Nachricht war von Michela. Ich schluckte.

»Ciao, Giacomo, ich hab deine Nachricht auf meinem Büroanrufbeantworter erst jetzt gehört. Ich hatte in Boston zu tun. Morgen kann ich um fünf freimachen. Komm morgen früh bei mir im Büro vorbei, wenn du kannst, und sag dem Pförtner deinen Namen. Wenn du Zeit hast, gehen wir um fünf einen Kaffee trinken. Hier ist meine Handy-Nummer.«

Sie hinterließ mir auch ihre Büroadresse, aber die kannte ich ja schon auswendig.

Ich war selig. Ich ging auf mein Zimmer, und nachdem ich die ersten Minuten der Euphorie überstanden hatte, fiel mir auf, dass ich eins nicht verstanden hatte: Warum sollte ich beim Pförtner vorbeischauen und meinen Namen nennen, wenn wir uns doch um fünf sowieso trafen? Musste man sich registrieren lassen, um einen Kaffee mit ihr zu trinken?

Am nächsten Morgen um sieben war ich putzmunter. Ich arbeitete eine Stunde am Computer, dann überlegte ich, dass ich das genauso gut in einem Café tun könnte, zum Beispiel im Doma, da konnte ich vielleicht sogar einen heimlichen Blick auf sie erhaschen. Nur um zu testen, welchen Eindruck sie auf mich machte. Um die Aufregung zu kanalisieren, um nicht bei der ersten Begegnung zu explodieren und zu sterben.

Wie immer setzte ich mich an das Tischchen am Eingang. Praktisch ins Schaufenster. Statt zu arbeiten, saß ich starr und unbeweglich da und glotzte wie eine Eule auf das Bürogebäude.

Das Doma war wirklich hübsch. Dielenfußboden, an den weißgestrichenen Backsteinmauern hingen Bilder eines unbekannten Künstlers. Ich sehe lieber Originale als Drucke oder Reproduktionen berühmter Bilder. Mitten im Raum standen zwei Säulen, die ebenfalls weißgestrichen waren. Die Holztheke war alt und mit lauter Kuchen, Muffins, Gebäcken sowie mehreren Tischlampen vollgestellt. Daneben listete eine große Schiefertafel die Speisen auf.

Die Musik kam aus einem iPod, der mit Boxen verbunden war, und war wunderbar abwechslungsreich: Nina Simone, Crosby & Nash, Carole King, R.E.M., Sam Cooke, Janis Joplin, John Lennon, Cindy Lauper.

Die rund zehn Tische hatten unterschiedliche Abmessungen. An den größeren saßen zum Teil Leute zusammen, die sich nicht kannten. Die Stühle sahen aus, als stammten sie aus ausgemisteten Kellern und Speichern. Ich schaltete den Computer ein und arbeitete weiter, was mir aber nicht leicht fiel, denn ich ließ mich ständig von meiner Umgebung ablenken. Viele lasen Bücher, manche schrieben mit dem Stift, andere mit Computer. Ein Mädchen machte Fotos, auch von den Leuten an den Tischen. Niemand beschwerte sich. Wir waren Unbekannte und doch Komplizen. Die Zeit an diesem Ort schien im Rhythmus der langsam sich drehenden Flügel der beiden Ventilatoren zu vergehen.

Ich bestellte ein Stück Apfelkuchen und eine Tasse Kaffee. Der Kuchen war mit Zimt gewürzt. Die New Yorker tun oft Zimt ins Gebäck, allein deshalb würde ich gerne hier leben.

Ich konnte einfach nicht arbeiten. Also beschloss ich, sie von der Telefonkabine aus auf dem Handy anzurufen. Unser erstes Telefonat. Hoffentlich störte ich nicht.

»Ciao, hier ist Giacomo.«

»Ciao, wie geht's? Hast du meine Nachricht bekommen? Musst wohl, wenn du mich anrufst; entschuldige, ich bin ein bisschen benebelt heute Morgen. Und, sehen wir uns nachher?«

»Ja, klar. Ich wollte nur sichergehn, vielleicht hat das Mädchen im Hotel es nicht richtig verstanden … ich soll also vorher vorbeikommen?«

»Wenn's geht, ja. Ich habe beim Pförtner etwas für dich hinterlegt, aber wenn du es nicht schaffst, bringe ich es mit.«

»Nein, nein, ich hab frei heute. Ich komme. Hoffentlich findest du es nicht zu aufdringlich, dass ich anrufe, aber weißt du, ich war grad in der Gegend, und da dachte ich … Ich hoffe, du bekommst deswegen keine Schwierigkeiten.«

»Nein, nein, ich freue mich, gut, dass du angerufen hast. Ciao, bis nachher.«

»Ciao.«

»Hast du kein Handy?«

»Nein, es ist mir ins, äh … hingefallen, die SIM-Karte funktioniert nicht mehr.«

Aus der Pförtnerloge lächelte mich ein Koloss von Farbigem an und händigte mir einen Umschlag aus.

For Giacomo.

Ich nahm den Umschlag, quittierte den Empfang, bedankte mich und ging zurück ins Café, wo ich einen Obstsalat bestellte. Ich weiß noch, dass Wassermelone drin war, was ich nicht mag. Meine Oma aß Wassermelone immer mit Brot, das habe ich nur bei ihr gesehen. Dann sagte sie immer: »Wie großzügig die Natur ist. Schau, so viele Samen in einer einzigen Frucht. Das nennt man das Leben lieben.« Von da an konnte ich nie mehr Wassermelone essen, ohne an ihre Worte zu denken. Ich erinnere mich auch daran, dass Oma die Wassermelone immer ohne Cellophan in den Kühlschrank stellte, und wenn ich später davon aß, hatte sie wie ein Schwamm die Aromen aller anderen Speisen aufgenommen.

Als ich mich setzte und den Umschlag öffnete, erkannte ich sofort, was er enthielt: das orangefarbene Heft, in das Michela morgens in der Straßenbahn so oft geschrieben hatte. Ein Zettel lag bei: WENN DU NICHT INNERHALB VON SECHS MONATEN GEKOMMEN WÄRST, HÄTTE ICH ES DIR GESCHICKT. WIR SEHEN UNS UM FÜNF UHR UNTEN. ANGENEHME LEKTÜRE. MICHELA.

Das Tagebuch

Ich hatte noch nie das Tagebuch einer Frau gelesen. Einmal, ich war so um die zwanzig, hat mich ein Mädchen, mit dem ich eine Zeitlang zusammen war, ein paar Seiten aus ihrem lesen lassen. Sie hieß Luisa. Auf einer der vielen Seiten, die sie Abend für Abend vollschrieb, beschrieb sie das eine Mal, als ich vergessen hatte, Kondome mitzubringen. Ich wusste, dass sie in den superfruchtbaren Tagen war, und traute mich nicht. Deshalb sagte ich, wir hätten nicht so viel Zeit und sollten lieber warten, bis wir es ohne Eile machen könnten. Völliger Schwachsinn. Auf dem Heimweg hätte ich mich ohrfeigen können, dass ich die Kondome vergessen hatte. Im Tagebuch wurde dieses Ereignis als Beleg dafür gedeutet, dass es für mich um mehr ging als um Sex. Ach, die Frauen …

Luisa tat etwas, das mich nervte. Ich mag es durchaus, wenn eine Frau mich auf die Augen küsst, doch sie hatte die schreckliche Angewohnheit, sie mit speicheltriefender Zunge abzulecken; der Speichel war so kompakt, dass ich hinterher Schwierigkeiten hatte, die Augen zu öffnen, weil die Wimpern so nass und schwer waren. Sie hatte Schnecken im Mund.

Aufgeregt hielt ich Michelas Tagebuch in meinen Händen. Bevor ich es aufschlug, besah ich es von allen Seiten. Es ließ in mir gleich ihr Bild in der Straßenbahn erstehen, ich sah sie wieder vor mir, wie sie schrieb. Wie hatte ich mir damals gewünscht zu erfahren, was sie schrieb. Ich öffnete das Heft wie eine heilige Schrift. Nun konnte ich in das Geheimnis jener Morgen eintauchen.

Ich war allgegenwärtig. Sie schrieb nur über mich, was ich anhatte, ihre Phantasien über mich. Ich bin ein passionierter Leser. Und hier ging es um mich, was das Ganze noch spannender machte. Einige Stellen überraschten mich.

Donnerstag

Ich schreibe in dieses Heft. Ich hebe den Kopf nicht, doch ich spüre, dass du mich anschaust. Ich spüre deine Augen auf mir. Sie liebkosen mich, durchdringen mich. Wenn du mich anschaust, wächst in mir das Verlangen, mich zurechtzumachen. Ich komme mir schlampig vor, so schlampig kann sich nur eine Frau gegenüber einem Mann fühlen.

Wenn dein Blick mir eine Pause gönnt, versuche ich, Bilder von dir zu stehlen. Heute bist du nicht bei der Sache. Einerseits macht mir das Angst, ich könnte nicht mehr interessant sein, andererseits kann ich dich so etwas mehr anschauen. Heute Morgen habe ich, sooft ich konnte, bei deinen Händen verweilt. Schöne Hände, Hände ohne Buch heute, aber voller Worte.

Dienstag

Ich habe mir angewöhnt, deine Haltestelle abzusuchen, wenn sich die Bahn nähert. Aber ich halte es nicht immer aus. Manchmal schließe ich die Augen und öffne sie erst wieder, wenn die Bahn anfährt. Ich suche nach dir, unter all den uninteressanten Gestalten. Heute bist du da. Du wirkst, als hättest du nicht geschlafen, du siehst noch besser aus. Deine Haare sind strubbelig, ungekämmt. Ich kämme sie mit unsichtbaren Händen, und dann, wenn du schön ordentlich aussiehst, wuschele ich sie mit einem Kuss wieder durcheinander. Ich wuschele mit meiner Hand deine Gedanken.

Heute bist du eingestiegen und stehst vor mir. Ich werde nicht aussteigen. Du auch nicht, bitte. Lass uns bis zur Endstation fahren. Bis ans Ende. Ans Ende dieser Fahrt. Wo ein neuer Atemzug beginnt. Lass uns hier bleiben, als unendliche Spiegelbilder.

Freitag

Wenn es stimmt, dass die Begegnung zweier Menschen dazu führt, dass beide sich verändern, was würde dann mit uns geschehen, wenn wir uns wirklich träfen? Wenn wir jetzt miteinander sprächen?

Wer bist du, wie bist du ohne mich? Und wie wärst du nach unserer Begegnung?

Und ich? Was würde sich in meinem Leben verändern, zu was würde ich, das ich heute nicht bin?

Heute wäre ich mit diesen Fragen zu keinem Schluss gekommen, wenn ich dich nicht wenigstens einen Augenblick lang gesehen hätte.

Du könntest mich aus dem Gleichgewicht bringen. Mein Chaos ins Gleichgewicht bringen.

Montag

Als ich heute den grauen Himmel sah, konnte ich nicht mehr atmen. Luft fand ich nur im Korb meiner Spiele. Ich habe sie mitgebracht, um zu überleben. Willst du mit mir spielen? Such einfach aus, irgendwas. Nur nicht das Spiel der Gleichgültigkeit, das ist heute verboten. Dieses Spiel hat uns schon der Himmel gestohlen. Lass uns Versteck spielen. Ich verstecke mich, du suchst mich, und wenn du mich findest, mache ich mich ganz klein, dann kannst du mich in deine Hemdtasche stecken. Oder wir spielen nicht Verstecken, sondern dass ich mich zeige.

Ich trage ein langes Kleid. Wie Aschenputtel. Bring mich fort von hier. Bring mich wieder auf den Ball. Tanz noch einmal mit mir.

Gleich steige ich aus und nehme Reißaus. Ich lasse dir meinen Schuh da, verkleidet als Handschuh. Ist das peinlich.

Donnerstag

Heute tue ich mal so, als würde ich dich nicht bemerken, und werde dich nicht anschauen, bis ich aussteige. Ich lasse dich ein wenig schmoren. Was du dir wohl über mich denkst. Wie ich wohl aussähe, von nahem, in deinen Augen. Ich möchte zu tausend Bläschen verdampfen und mich auf der Scheibe hinter dir wieder zusammensetzen, in der du neulich mein und dein Spiegelbild gesehen hast. Ich möchte noch mal das Bild von mir sein, das ich neulich nicht erkannt habe. Du bist der Abgrund zwischen dem, wie ich mich fühle, und dem, zu was ich geworden bin. Früher, als ich noch nicht so war wie jetzt, hätte ich dich nie gesehen. Du bist die Begegnung zwischen mir und uns. Vielleicht erwarte ich dich irgendwie. Irgendwie habe ich dich erwartet. Ich werde weiter auf dich warten.

Donnerstag

Morgen reise ich ab, ich verlasse diese Straßenbahn mit dir drin. Du hast mir die Kraft gegeben, die Dinge zu verändern, die mir nicht gefielen. Ich habe noch nie mit dir gesprochen, ich weiß nicht mal, ob du so bist, wie ich dich mir vorstelle. Du warst der Träger von Gefühlen, Gedanken, Wünschen. Du warst Kraft, Muskel, Aktion. Ich lasse dich hier sitzen, auf diesen morgendlichen Fahrten, verlasse dich und nehme dich für immer mit mir. Ich lade dich auf einen Espresso ein.

Wieso hast du dich meiner Sehnsucht so schnell zu erkennen gegeben?

Wie viele Löffel Zucker möchtest du in »meine« Tasse?

Je weiter ich las, desto mehr wurde mir bewusst, dass ich, ohne es zu ahnen, ihrem Plan gefolgt war. Der offensichtlichste Beweis dafür stand auf der letzten Seite. Datiert auf den Tag, an dem sie das Flugzeug nach New York genommen hatte.

... gestern haben Giacomo und ich einen Espresso getrunken. Er ist sehr süß und sympathisch, nur vielleicht ein bisschen tollpatschig. Nachdem wir uns eine Weile unterhalten hatten, spürte ich plötzlich das Verlangen, ihn zu küssen, doch ich stand lieber auf und tat so, als müsste ich auf die Toilette. Den Umschlag ließ ich auf dem Tisch lie-

gen. Ich hoffte, er hätte den Wunsch und den Mut, sich die Adresse zu notieren, er hatte ja nicht mal nach meiner E-Mail-Adresse gefragt. Jetzt bin ich weg, und ich weiß nicht, ob ich ihn noch mal wiedersehen werde. Wie dem auch sei, es war schön, mit diesem Schicksal zu spielen. Bevor ich heute durch die Passkontrolle ging, habe ich mich kurz umgedreht. Ich hatte gehofft, er würde kommen und sich von mir verabschieden. Ich hab mich mehrmals umgedreht, meinem Bruder ist das auch aufgefallen, er fragte mich, ob ich auf jemanden warte. Nein, sagte ich. Von uns beiden weiß nur ich.

Vielleicht hätte ich ihn darum bitten sollen, mir seine Adresse, Nummer oder E-Mail zu geben. Vielleicht ist es nur weiblicher Stolz. Du hast sechs Monate, um mich anzurufen, ausfindig zu machen oder zu mir zu kommen. Danach werde ich dir dieses Heft schicken, doch dann wird es keinen Sinn mehr haben, dass wir uns wiedersehen.

Ich wusste nicht, ob ich glücklich sein oder mir wie ein Volltrottel vorkommen sollte. Es war, als säße ich in der Falle, als wäre ich einem Weg gefolgt, den sie vorgegeben hatte, wie eine Laborratte. Während ich zu Hause wochenlang mentale Verrenkungen veranstaltet hatte, hatte sie einfach hier auf mich gewartet.

Schließlich war ich aber doch froh. Die Empfindungen, die ich morgens in der Straßenbahn gehabt hatte, waren nicht einfach nur in meinem Film vorgekommen, sie waren Wirklichkeit.

Ich stand auf und ging, ihr Heft in der Hand. Um fünf würde ich zurückkommen. Ich war glücklich, und mein Kopf war leicht. An diesem Morgen konnten die Menschen, die mir auf den Gehwegen von Manhattan begegneten, sehen, wie man mit den Beinen lächeln kann. Mit das Tollste daran, im Ausland zu sein, ist die Anonymität. Die Tatsache, dass man niemandem begegnet, der einen kennt. Keine Freunde, Nachbarn, Kollegen, Leute aus dem Fitnessstudio oder so. Niemand weiß, wer du bist, welchen Job du hast, wo du wohnst. Niemand kennt dich, und du kennst auch niemanden.

Das erlaubt mir, Dinge zu tun, die ich an Orten, wo man mich kennt, nicht tue. Wenn ich durch meine Stadt laufe, fällt mir oft auf, dass ich ein Lied vor mich hin trällere und mich plötzlich dafür schäme. Wie albern. Ich breche sofort ab, aus Angst, jemand könnte mich hören. Vielleicht hatte ich die Melodie im Ohr, weil ich sie in einer Bar oder so gehört habe, und nun findet sie den Ausgang nicht mehr, wie eine Fliege, die gegens Fenster brummt. Lieder, die man singt, ohne es zu merken. Wenn mir das im Ausland passiert, singe ich einfach weiter. An diesem Morgen war ich so glücklich, dass ich ein gutes Stück die 8th Avenue hinunterlief und dabei *Uomini soli* von I Pooh sang. Und zwar von Anfang bis Ende, zumindest so weit ich es kannte. In Italien hätte ich sofort damit aufgehört, doch *Uomini soli* auf der 8th Avenue ist ein spaßiges Schämen. Besonders der Refrain: *»Dio delle Cittàààààààààààààààà e dell'immensitàààààà …«*

Um fünf stand ich vor Michelas Büro. Ein paar Minuten später kam sie heraus und lächelte mich an. Als ich sie sah, schwappten meine Gefühle über. Ich war aufgeregt, glücklich, verlegen, stolz, froh. Ich fühlte mich dieser eigentlich Unbekannten schon jetzt auf verwirrende Weise verbunden, ohne die üblichen Ängste. Dieses Gefühl habe ich aber erst später auseinanderklamüsert, im Augenblick der Begegnung war ich nur benommen und mir dessen, was ich erlebte, nicht im Geringsten bewusst.

Auch Michela war aufgeregt. Unübersehbar. Wir gingen ins Doma und setzten uns auf eine der beiden Bänke draußen.

»Es kommt mir ein bisschen albern vor, dass ich hier bin. Nach der Lektüre deines Hefts kam ich mir vor wie eine Laborratte, die alle deine Schellen zum Klingeln gebracht hat, wie ein Fisch im Netz.«

»Mir gefiel die Vorstellung zu spielen, zu wagen, ich wollte sehen, was passiert. Und da bist du. Etwas ist passiert. Du warst mir immer nah, ich weiß nicht warum.«

»Woher wusstest du, dass ich kommen würde?«

»Ich wusste es nicht.«

»Und als du gestern die Nachricht auf dem Anrufbeantworter gehört hast, was hast du da gedacht?«

»Endlich. Nach der Lektüre meines Tagebuchs kannst du dir denken, dass ich mich gefreut habe. Obwohl du nicht meinetwegen hier bist, sondern beruflich … natürlich.«

Ihr leises Lächeln ließ vermuten, dass sie zwei und zwei zusammengerechnet hatte.

Ich war so aufgeregt und froh, dass ich ohne Unterlass redete, bis sie nach einer Weile sagte: »Erhol dich mal einen Moment, ich erzähle dir ein bisschen von mir. Wieso hast du mich in der Straßenbahn nie gebeten, mit dir auszusteigen? Du machtest auf mich nicht den Eindruck, als wärst du schüchtern. Ich hab alles versucht. Sogar einen Handschuh habe ich dir geschenkt. Vielleicht bist du liiert, dachte ich, und bist es noch immer …«

»Ich bin nicht liiert. Das Gleiche habe ich übrigens von dir gedacht, am Tag deiner Abreise war ich nämlich auf dem Flughafen.«

»Du warst auf dem Flughafen? … Und hast mich nicht gesehen?«

»Doch, ich hab dich gesehen. Ich habe dich mit einem Mann gesehen, und da bin ich gegangen.«

»Das war mein Bruder.«

»Das weiß ich inzwischen aus deinem Tagebuch. Ich muss das ein bisschen ausführlicher erklären. Ich befinde mich in einer Phase meines Lebens, in der ich nicht weiß, wo mir der Kopf steht. Nein, eigentlich hat das nichts mit einer Phase zu tun – du hast das ausgelöst. Normalerweise bin ich lockerer und nicht so ungeschickt, was Frauen betrifft. Aber im Grunde bin ich froh, dass ich bei dir gezögert habe. So etwas habe ich noch nie für eine Frau getan, und ich weiß auch nicht, warum ich es jetzt tue.«

»Na, das ist doch ein gutes Zeichen, oder? Oder wärst du lieber derselbe wie immer?«

»Nein, so ist es besser. Ach, ich weiß nicht!«

Wir redeten über alles Mögliche. Anders als beim ersten Mal fühlte ich mich trotz meiner Aufregung nach einer Weile gut, ruhig. Ich war glücklich, es prickelte unter der Haut. Vielleicht war der Film diesmal ja für beide gleich, und darüber hinaus spielte er in New York.

Mir gefiel, dass sie mich nicht um jeden Preis verführen wollte, während sie mit mir sprach. Wie manche Frauen, die zu diesem Zweck Blicke, Stimme, Worte oder Gestik einsetzen. Sie war ganz natürlich. Zumindest reimte ich mir das so zusammen.

»Was hast du heute Abend vor?«, fragte ich sie, nachdem wir zusammen gelacht hatten.

»Was ich heute Abend vorhabe? Ich hatte gehofft, du würdest mir das sagen.«

Romantisches Abendessen (Hamburger mit Pommes)

Gleich nach dieser kurzen Begegnung begriff ich, dass ich es bei Michela vielleicht zum ersten Mal in meinem Leben nicht mit einem Mädchen zu tun hatte, sondern mit einer Frau. Worin der Unterschied liegt, könnte ich nicht erklären. Es war ein Gefühl, ein Duft, eine bestimmte Art zu sprechen und vor allem zu schauen. Vielleicht ist es der Blick, der aus einem Mädchen eine Frau macht. Ganz bestimmt die Bewusstheit. Ein bewusstes Mädchen ist eine Frau, unabhängig vom Alter. Michela war eine Frau, das sah man daran, wie sie den Raum durchquerte, wie sie die Luft aufwirbelte.

Wir hatten uns unten vor dem Hotel verabredet. Während ich wartete, malte ich mir unser Abendessen in einem kleinen Restaurant in Manhattan aus, gedämpftes Licht, Musik im Hintergrund und Wände in warmen Farben oder aus weißem Backstein. Wir waren für halb zehn verabredet. Das Doma hatten wir gegen sieben verlassen; im Hotel hatte ich die miserable Idee, mich nach der Dusche kurz aufs Bett zu legen. Zum Glück merkte ich rechtzeitig, dass ich am Einschlafen war. Ich floh sofort aus dem Zimmer und vor allem aus diesem riesigen Wattebausch von Bett.

Mein Koffer war endlich eingetroffen, deshalb konnte ich

mein Lieblingshemd anziehen. Ich weiß nicht, ob ich diesen Abend ohne eigene Klamotten überstanden hätte. Ich ging hinunter in die Bar und trank einen dreifachen Espresso. Ich hatte Angst, während des Essens einzuschlafen oder, noch schlimmer, dauernd zu gähnen, wie immer, wenn ich müde bin. Wenn ich gegessen und besonders wenn ich dazu auch noch Rotwein getrunken habe, muss ich gähnen. *Und wenn mir das passiert, während sie gerade spricht?*

Ein Essen um halb zehn Uhr abends bedeutete für mich um drei Uhr morgens. Wenn ich müde bin, schaffe ich es gewöhnlich nicht, lange aufzubleiben. An solchen Abenden kann ich kein Essen-Kino-Sex, eins der drei muss gezwungenermaßen ausfallen. Schon vom Kino allein fühle ich mich dann oft überfordert.

Um kurz nach neun setzte ein Herr mit Schnurrbart und Turban Michela mit seinem gelben Taxi vor dem Hotel ab – der Auftakt unseres ersten gemeinsamen Abends.

Als Erstes drückte sie mir ein Handy in die Hand. »Das habe ich bei meiner Ankunft gekauft, bevor ich das von der Firma bekam. Wenn du willst, kannst du damit telefonieren … Erinnere mich daran, dass ich dir nachher das Ladegerät gebe.«

»Danke.«

Als Nächstes fragte sie mich, was ich essen wolle.

Frauen stehen auf entschlossene Männer, die wissen, wohin sie wollen, hatte zumindest Silvia mal behauptet. Also schlug ich einfach einen guten Kompromiss vor: »Du kennst dich besser aus in Manhattan, deshalb möchte ich es heute Abend gern dir überlassen. Aber nur heute Abend.«

»Hast du Lust auf einen Spaziergang?«

»Ja.«

Wir gingen los, Richtung Greenwich Village.

Kleines hübsches Restaurant mit Musik und gedämpftem Licht? Von wegen …

»Hättest du Lust auf einen Hamburger?«

»Ja, warum nicht?«

Michela führte mich in ein Lokal, in dem es geradezu gigantische Hamburger gab, dazu Pommes, Zwiebeln und Ketchup.

»So was esse ich nicht oft, aber ab und zu tue ich es ganz gern. Und wenn schon, denn schon. Hier machen sie jedenfalls die besten Hamburger Manhattans.«

Das Lokal hieß Corner Bistro und lag in der West 4th Street. Ein altmodischer Ort mit Fernseher an der Wand, in der Ecke hinter der Theke. Nicht sehr gepflegt, aber eindeutig originell. Holztische, die mit eingeritzten Namen übersät waren, wie in einer Paninoteca in der italienischen Provinz. Nirgendwo war etwas Trendiges zu erkennen, weder bei der Bedienung noch bei der Einrichtung. Das Essen wurde auf Papptellern serviert. Ich nahm den klassischen Hamburger, Michela einen Cheeseburger.

Es war der beste Hamburger, den ich je gegessen habe, das muss ich zugeben. Auch wenn ich zur Verdauung ein paar Colas hinterhertrinken musste. Ich bestellte die Cola mit Zitrone, obwohl ich sie eigentlich lieber ohne trinke. Ich mag den Zitronengeschmack zwar, doch beim Trinken verklemmt sich die Scheibe immer zwischen den Lippen, und die Cola passt nicht mehr durch. Mit Strohhalm trinke ich noch weniger gern. Jedenfalls hatte dieses Abendessen mit meiner Vorstellung von unserem ersten gemeinsamen

Date nichts gemeinsam; das Lokal war alles, nur nicht romantisch, doch am Ende unseres Abends wurde es trotzdem romantisch. Dank Michela.

Wenn ich eine Frau kennenlerne, die mich interessiert, versuche ich unwillkürlich zu gefallen. Ich möchte Dinge sagen, die ihr gefallen. Möchte etwas aus meinem Leben erzählen, bei dem sie sagt: *Das gibt's doch nicht … genau das habe ich auch immer gedacht, aber ich dachte, ich wäre der einzige Mensch auf der Welt, dem das aufgefallen ist.*

Wir unterhielten uns ausgiebig über unsere morgendlichen Fahrten in der Straßenbahn. Lachend fragte ich sie: »Sag mal, Michela, wie kommt es, dass eine so hübsche Frau wie du keinen Freund hat? Was ist dein Problem? Wo ist der Werksfehler, den man leider erst nach einer Weile entdeckt? Raus mit der Sprache.«

»Also, das ›eine so hübsche Frau‹ will ich ja lieber überhört haben, aber ich antworte dir trotzdem.«

Da, ich hatte es gleich am Anfang verpatzt, trotz bester Absichten.

»Ich glaube nicht, dass ich ein Problem mit Männern habe – dafür tausend andere …«

Wenn sie sprach, tat sie es stets mit einem leicht ironischen Lächeln.

»Wenn ich ehrlich bin, ein großes Problem habe ich doch. Ich bekomme nie die Antwort, die ich haben möchte, sondern immer die entgegengesetzte.«

»Inwiefern?«

»Mein Problem ist, wenn ein Mann mir gefällt und ich gern mit ihm zusammen wäre, also ein bisschen mehr als nur ab und zu zusammen in die Kiste gehen, und ich ihm das aus Versehen zu verstehen gebe, dann kann es passieren, dass er sofort zumacht: Er schiebt einen Riegel vor, erklärt mir, dass er sich nicht binden will, und nimmt Reißaus. Dabei wollte ich ihn ja nicht gleich heiraten. Deshalb habe ich gelernt, das zu nehmen, was die Männer mir geben, und nicht mehr zu verlangen. Leider ist das manchmal nicht gerade aufregend. Wenn es umgekehrt einmal so ist, dass ich eine Geschichte unverbindlich ausleben will, finde ich nur Männer, die schon beim zweiten Treffen meinen, sie hätten sich unsterblich in mich verliebt, und mich mit Süßholzgeraspel, peinlichen Gedichten, nächtlichen Gedanken und eindeutigen Versprechungen überschütten.«

»Mich hat auch mal ein Mädchen mit romantischen Gedichten und Phrasen bombardiert ... bis ich ihr eines Tages geantwortet und sie offenbar beleidigt habe, denn von da an herrschte Funkstille.«

»Was hast du ihr denn geantwortet?«

»Der Nebel auf den kahlen Hügeln steigt abregnend auf! Jedenfalls haben wir das gleiche Problem. Auch ich habe mir oft gewünscht, Dinge zu sagen oder zu tun, die über das Sexuelle hinausgingen, ohne dass es dadurch automatisch auf die wahre große Liebe hinauslief. Aber sofort kamen die Ansprüche. Bedürfnis nach Sicherheit, Garantien, Versprechen. Forderungen und Erwartungen, die ich erfüllen sollte.«

»Wir sind ganz schön kompliziert.«

»Allerdings. Sag mal, ist New York für dich nur eine Etappe, oder beabsichtigst du, für immer hierherzuziehen?«

»Ich weiß nicht. Ich bin noch nicht lange hier, nach den ersten Anlaufschwierigkeiten fühle ich mich jetzt ganz wohl.

Mir fehlt zwar vieles aus dem alten Leben, aber ich bin froh, in dieser Stadt zu sein.«

»Wieso kamst du überhaupt auf die Idee, nach New York zu ziehen?«

»Ich wollte ein wenig Abstand von meinem Leben. Es ist eine amerikanische Firma, für die ich schon in Italien gearbeitet habe, eine Versetzung war kein Problem. Die Gelegenheit schien mir günstig, ich wollte sowieso schon lange einen Schnitt machen und etwas verändern. Ich bin froh über diese Wendung in meinem Leben.«

»Gab es denn einen besonderen Anlass?«

»Nein, mir hat einfach nicht mehr gefallen, wie ich lebte. Wie ich geworden war. Das hatte mich schon länger beschäftigt. Den letzten Anstoß hat letztes Jahr mein Ex gegeben, als er mich fragte, ob ich ihn heiraten wolle. Da habe ich ihn verlassen.«

»Du nimmst ja auch Reißaus! Hast du plötzlich gemerkt, was für ein Blödmann er war?«

»Schön wär's ... das hätte es leichter gemacht. Nein, er war eigentlich perfekt. Paolo ist ein gutaussehender, intelligenter Mann, und er hat mich aufrichtig geliebt. Abgesehen von meinem Bruder meinten alle, er sei ein Goldjunge, ich könne mich von schreiben, so einen wie ihn würde ich nie mehr wieder kriegen. Meine Freundinnen, meine Mutter, meine beiden Schwestern, alle behaupteten, er sei der Richtige. Ich weiß gar nicht, ob es den Richtigen geben kann. Ich denke eher, den Richtigen gibt es nur, wenn man daran glaubt. Wenn man daran glaubt, kann man aus einem Menschen den Richtigen machen. Eine Zeitlang. Obwohl er mir gefiel und ich all seine Vorzüge sah, liebte ich ihn im Grunde nicht. Besser gesagt, ich liebte ihn, aber mehr wie einen Bruder, nicht wie einen Geliebten. Jedenfalls habe ich ihn verlassen, und ich kann dir sagen, es gibt nichts Schrecklicheres, als jemanden zu verlassen, der einen liebt. Man muss sehr stark sein. Er wollte etwas von mir, das ich ihm nicht geben konnte. Das Einzige, was ich tun konnte, als Akt der Liebe, war, dafür zu sorgen, dass er nicht noch mehr Zeit mit mir verlor. Es wäre unfair gewesen, mit ihm zusammenzubleiben. Aber wir reden hier über ein Ich, das ganz anders war als ich heute. Ich habe mich im letzten Jahr mehr verändert als in meinem ganzen vorherigen Leben.«

»Er hat dich gefragt, ob du ihn heiraten willst, und du hast ihn verlassen?«

»Ja, so kann man es sagen. Komisch, was? Ich erinnere mich auch noch genau an den Moment. Es geschah im Verlauf eines einzigen Gesprächs. Wir sind vom Paradies seiner Worte in die Hölle der meinen hinabgestiegen. Ich erinnere mich an jeden Satz und jeden Gesichtsausdruck. Ich weiß noch, wie er am Schluss sagte: ›Was, ich frage dich, ob du mich heiraten möchtest, und du sagst nicht nur einfach nein, sondern verlässt mich auch noch? Das hieße ja, wir wären noch zusammen, wenn ich nichts gesagt hätte? Hör zu, Michela … tu einfach so, als hätte ich das nicht gefragt, tun wir so, als ob nichts wäre, vergessen wir das Ganze.‹ Ich habe aber nicht so getan, als ob nichts wäre. Zwei Stunden später bin ich ausgezogen.«

Ich hörte Michela zu, die mir gegenübersaß, und hatte das Gefühl, als würde ich sie schon Jahre kennen. Während sie sprach, stellte ich sie mir nackt vor. Ich wollte sie küssen und mit ihr schlafen.

Diese Bilder lenkten mich ab, und als sie mich fragte: »Und was tust du hier? Was ist das für eine Arbeit, die dich nach New York geführt hat?«, musste sie ihre Frage wiederholen, weil ich nicht zugehört hatte. An meinem Gesicht musste sie es erraten haben.

»Die Arbeit war nur ein Vorwand, ich bin hier, weil ich dich sehen wollte. Aber keine Angst, versteh mich nicht falsch. Ich werde dich nicht bitten, mich zu heiraten.«

»Ich habe keine Angst.«

Nach dem Essen mussten wir erst mal die Hamburger verdauen, aber daraus wurde nichts, denn Michela führte mich in die Magnolia Bakery in der Bleecker Street, wo wir ein Gebäck zum Dessert kauften. Eins für uns beide. Reine Butter und Zucker.

»Ich hoffe schwer, dass du so was nicht jeden Tag isst. Meine Leber schreit nach Rache.«

»Nein, nur heute Abend. Ich wollte dir ein paar von meinen Lieblingsorten zeigen. Sollen wir noch eins bestellen?«

»Möchtest du einen menschlichen Körper platzen sehen?«

Nach einer kurzen Pause fragte Michela: »Weshalb wolltest du mich wiedersehen?«

»Vermutlich, weil du mir gefällst und weil ich oft an dich gedacht habe. Wahrscheinlich war es auch eine Mutprobe, die ich für mich bestehen musste. Ich wollte das Risiko eingehen, mich zu blamieren. Eine Freundin hat mich davon überzeugt, dass es besser wäre, die Tür zu öffnen, auf der dein Name stand. Anhand deiner Büroanschrift hat sie für mich deine E-Mail-Adresse herausgefunden und mich gedrängt, dich zu kontaktieren. Aber dann sagte mir ein Gefühl, gleich herzukommen wäre das Beste. Ich habe dir ja erzählt, dass ich das noch nie für eine Frau getan habe, aber was mich wundert, ist, dass es mir vorkommt wie das Natürlichste auf der Welt. Es kommt mir überhaupt nicht komisch vor. Herzukommen, ohne zu wissen, ob ich dich treffe und ob du dich darüber freust, finde ich seltsamerweise nicht absurd. Ich weiß zwar, dass es absurd ist, aber ich empfinde es nicht so. Ganz schön merkwürdig das alles … Nicht dass ich in dich verliebt wäre oder eine Beziehung wollte oder dass ich denken würde, du wärst die Frau meines Lebens. Ich bin nur einem Gefühl gefolgt, ohne mich sonderlich zu fragen, ob das, was ich tue, richtig ist oder nicht. Vielleicht bin ich nur aus Neugier hier. Ich weiß nicht, warum ich ständig an dich denke, und möchte es herausfinden. Wahrscheinlich reizt mich das, was ich nicht verstehe.«

Ich begleitete sie nach Hause. Sie wohnte in der Prince Street, über einer Bäckerei, der Vesuvio Bakery. Ich wollte sie küssen. Ihr Tagebuch erwähnten wir mit keinem Wort, doch weil ich es gelesen hatte, glaubte ich, dass auch sie mich küssen wollte. Ich war mir sogar sicher, doch sie gab kein Signal.

Ich sah ihr in die Augen, während ich innerlich Blütenblätter zupfte: »Ich versuch es, ich versuch es nicht, ich versuch es, ich versuch es nicht …«

In dem Moment, als ich mich ihr nähern wollte, sagte sie: »Du wirst todmüde sein, besser wir gehen jetzt schlafen.«

»Ja, das ist besser«, sagte ich abrupt. Dann fügte ich hinzu: »Du bist ein voller Mensch.«

»Ist das jetzt ein Kompliment, oder willst du sagen, ich habe zu viel gegessen?«

»Nein … das heißt: Doch, es ist ein Kompliment. Du bist voll in dem Sinn, dass vieles in dir steckt. Klingt nicht besonders nach Kompliment, ich weiß, aber es soll eins sein.«

Sie lächelte. »Ich glaube, ich weiß, was du meinst. Das ist aber schon ein ungewöhnliches Kompliment.«

Wir verabschiedeten uns. Sie gab mir das Ladegerät und betrat das Haus. Ich kehrte zu Fuß ins Hotel zurück. Unterwegs grübelte ich die ganze Zeit: Vielleicht hat sie es sich anders überlegt. Vielleicht gefalle ich ihr nicht mehr. Aber warum hat sie mich dann zum Abendessen eingeladen? Vielleicht, um die Sache gleich zu den Akten zu legen. Wie blöd aber auch von mir zu sagen: »Du bist sehr hübsch« … Vielleicht hätte ich es doch versuchen sollen, vielleicht hätte sie ja gesagt.

Ich konnte es nicht erwarten, ins Hotel zu kommen, um Silvia anzurufen und ihr den Anrufbeantworter vollzuquatschen.

Plötzlich kam eine SMS auf das Handy, das Michela mir gegeben hatte: »Das war schön. Danke. Ich weiß, was dich beschäftigt: Die Antwort wäre ein Ja gewesen.«

Tags darauf

Das Telefon klingelte. Michela. Sie fragte, ob ich sie zum Mittagessen abholen wollte. Wie am Tag zuvor stand ich ein paar Stunden später vor ihrem Büro. Wir gingen in ein Lokal in der Nähe. Morandi vini e cucina, 7th Avenue South.

»Was hast du heute Vormittag getrieben?«

»Nichts. Ich bin spazieren gegangen. Nach dem Essen von gestern Abend nehme ich heute wohl besser nur einen Salat.«

»Ich auch.«

»Kannst du eigentlich kochen?«

»Ja, meine Mutter hat es mir beigebracht. Mir und meinen Schwestern. Sie meint, für eine Frau ist das wichtig.«

»Nicht nur für Frauen. Es ist doch was Schönes, kochen zu können.«

»Da gebe ich dir recht.«

»Hast du mit deinem Ex zusammengelebt? Hast du gekocht?«

»Ja, wir haben unter einem Dach gelebt. Und wir haben beide gekocht. Aber zusammengelebt würde ich es nicht nennen, eher zusammenexistiert.«

»Wo ist der Unterschied?«

»Zusammenleben heißt doch vor allem, das Leben miteinander zu teilen, und das war mir oft zu viel.«

»Und deshalb bist du gegangen?«

»Auch. Aber ich brauchte eine Weile für diesen Entschluss, das habe ich dir ja schon gesagt.«

»Eine Freundin von mir macht gerade das Gleiche durch, nur dass sie auch eine Tochter hat. Es muss hart sein, in einer Wohnung zu leben, in der man nicht mehr bleiben mag.«

»Ja, ziemlich. Aber mit Kindern wird es bestimmt noch mal komplizierter. Ich war an einem Punkt angelangt, dass ich abends froh war, wenn es bei ihm auf der Arbeit spät wurde. Zu Hause versuchte ich, vor ihm ins Bett zu gehen, oder ich saß bis spät in die Nacht auf dem Sofa. Wenn ich vor ihm ins Bett ging, pirschte er sich manchmal an, und ich tat dann so, als würde ich schlafen. Hätte ich wirklich geschlafen, wäre ich irgendwann aufgewacht; stattdessen gab ich komische Klagelaute und Gejaule von mir, bis er es aufgab und einschlief. Er war nicht dumm, er wusste, was los war, aber Verliebte tun immer so, als wäre nichts, und vermeiden panisch gewisse Gespräche, um ja nicht Gewissheit zu bekommen, dass ihre Liebe nicht erwidert wird. Ich fühlte mich furchtbar, wenn ich wiederholt sagen musste: ›Nein, Schatz, es ist nichts, ich bin nur müde und muss zurzeit so viel arbeiten.‹ In so eine Situation will ich nie mehr geraten. Am Schluss kriegte ich schon einen Plural-Horror. Du weißt schon, wenn einen Freunde einladen oder mit einem reden und immer den Plural benutzen: Kommt ihr, geht ihr mit, was macht ihr heute? Und doch war ich lange nicht bereit dazu, ihn zu verlassen. Vielleicht, weil ich zu sehr auf meine Freundinnen und meine Mutter hörte.«

»Aber am Schluss hast du es doch geschafft. Das schaffen nicht alle.«

»Es ist ja auch nicht leicht. Als ich Paolo verließ, bekam ich nicht nur Schwierigkeiten mit seiner Familie, sondern auch mit meiner. Seine Mutter rief mich an und bat mich, es mir noch einmal zu überlegen, ihr Sohn sei ein guter Junge, und auch wenn sie es nie direkt gesagt hat, ließ sie doch durchblicken, dass es auch wirtschaftlich nicht zu meinem Nachteil gewesen wäre, bei ihm zu bleiben. Und meine Familie stieß ins selbe Horn. Meine Eltern fanden mich immer nur seltsam. Sie konnten mit mir nicht richtig etwas anfangen, da ich anders war als sie. Sie haben mich stets gedrängt zu heiraten, sie dachten, die Ehe würde mir ›den Kopf zurechtrücken‹, wie meine Mutter es ausdrückte. Eine Sorge weniger. Jedenfalls erwarteten alle von mir, ich würde bei ihm bleiben. Obwohl ich nicht mehr verliebt war. Das enttäuschte mich am meisten. Eine Freundin meinte, ich solle Paolo trotzdem heiraten, er sei ein guter Junge, einen besseren würde ich nicht kriegen, und in meinem Alter sei es ratsam, bei so einem Mann zu bleiben. ›Du bist fast vierzig, was soll da noch kommen?‹ Abgesehen davon, dass ich erst fünfunddreißig war … Ich war es leid, unter Leuten zu leben, die einen, sobald man die dreißig überschritten hat, fragen: ›Warum bist du eigentlich nicht verheiratet?‹ Wenn eine Frau nicht heiratet, dann hat sie offenbar nicht den Richtigen gefunden; dass sie es vielleicht aus freien Stücken nicht will, kommt ihnen nicht in den Sinn. Ihnen scheint das die einzig logische Konsequenz. Stell dir mal vor, es wäre umgekehrt und wir würden eine Frau fragen: ›Warum hast du geheiratet?‹ Ich hatte es satt, dass alle mich mitleidig anschauten, als wünschte ich mir nichts sehnlicher, als endlich Ehefrau zu werden. Also habe ich für ein wenig Luftveränderung gesorgt.«

»Und jetzt bist du auf der Suche nach dem perfekten Mann?«

»Ich hoffe nicht … Weißt du, der perfekte Mann sucht die perfekte Frau, nehme ich mal an. Da hätte ich keine Chance.«

»Was suchst du dann?«

»Ich weiß es nicht. Vielleicht nichts, vielleicht alles. Jetzt im Moment möchte ich eigentlich gar nicht suchen, sondern einfach in den Tag hineinleben und nehmen, was das Leben mir gibt. Ich spiele gern. Ich liebe meine Freiheit. Ich habe einen Job in New York, der mir Spaß macht und den ich mir ganz allein gesucht habe. Ich bin glücklich und stolz auf mich, selbst wenn ich nur einkaufen gehe und den Wagen schiebe. Wenn ich Lust habe, gehe ich abends aus, oder ich bleibe zu Hause und lese oder schaue mir einen Film an oder koche was Gutes für mich oder Freunde. Manchmal decke ich für mich allein den Tisch, oder ich setze mich auf den Boden und lehne mich ans Sofa. Ab und zu mache ich mir auch eine Flasche Wein auf, nur für mich. Ich muss mich nicht rechtfertigen. Ich bin unabhängig. Diesen Zustand würde ich mit Zähnen und Klauen verteidigen. Jederzeit. Trotzdem sehne ich mich manchmal nach Nähe, möchte mich hingeben und mich in den Armen eines Mannes geborgen fühlen. Ich sehne mich nach einer Umarmung, die mir Schutz gibt, obwohl ich mich durchaus allein beschützen kann. Ich bin in der Lage, den Alltag zu bewältigen, aber manchmal würde ich gern so tun, als wäre es anders, einfach weil es mir gefällt, wenn ein anderer ihn für mich erledigt. Aber deshalb will ich nicht um jeden Preis mit einem Mann zusammen sein. Ich will keine Kompromisse machen und, nur weil ich gern mal in den Arm genommen werde, auf all meine Freiheiten verzichten. Ich bin eine Spätentwicklerin. Ich habe nicht viele Männer gehabt und war ihnen immer treu. Meine Beziehungen dauerten Jahre, meine Männer lassen sich an den Fingern einer Hand abzählen. Meine neunzehnjährige Nichte hat jetzt schon mehr gehabt als ich. Ich konnte mich nicht auf einen Mann einlassen, wenn ich nicht in ihn verliebt war oder wir verlobt waren.«

»Genau umgekehrt wie bei mir: ganz wenige Beziehungen und viele Abenteuer. Damit es mir mit einer Frau gutgeht, brauche ich genau das Gegenteil: Je weniger ich mich gebunden fühle, desto besser geht's mir. Aber was suchst du denn in einem Mann?«

»Ich weiß nicht … ich möchte einen Mann, mit dem ich gern zusammen bin. Einen Mann, der im Kino, im Restaurant oder im Bus an meiner Seite sitzt. Ich möchte einem Menschen begegnen, mit dem ich nach vorne schauen kann. Damit meine ich aber nicht unbedingt Ehe, Kinder und so weiter. Aber auch keinen von den Männern, die Angst bekommen, wenn man mit ihnen über etwas spricht, das weiter als zwei Tage in der Zukunft liegt. Einen, mit dem ich zusammen war, habe ich mal im Juni gefragt, wohin wir im August gemeinsam in Urlaub fahren sollten. Das stresste ihn derart, dass er zwei Tage lang kein einziges Wort sagte und dann meinte, dass er mit mir reden müsse – im August wäre er nämlich vielleicht lieber allein. Ich suche keine Familie, aber auch niemanden, mit dem ich nicht mal einen Urlaub planen kann, weil er Panik bekommt. Bubis stehen mir bis hier. Ich bin zu alt, um junges Mädchen zu spielen, und zu jung, um alte Frau zu sein. Ich möchte einen Mann, der mir gefällt, und ich möchte ihm das sagen können, ohne dass er erschrickt, ohne dass er mir das Gefühl gibt, ich würde ihn bedrängen. Ich möchte einen Mann, der unerschütterlich meine Nähe sucht, unabhängig davon, was ich tue. Wie du, als du hergekommen bist. Und vor allem möchte ich einen Mann, der da ist.«

»Und was heißt das für dich?«

»Das kann ich nicht erklären. Einen Mann, der da ist, erkenne ich an seinem Blick. An seinem Blick, der hinter die Dinge schaut. An seiner Art, wie er mich still ansieht – das bedeutet mir alles. Das bedeutet, dass er da ist.«

Michela sprach frei heraus, und am Schluss hatte ich den Eindruck, als suchte sie in den Menschen das Gleiche wie ich. Als ich erwähnt hatte, ich hätte wenige Beziehungen und viele Abenteuer gehabt, war ich nicht in die Details gegangen. Mir war zum Beispiel nicht danach, ihr zu erzählen, dass eins meiner Probleme in Beziehungen ist, dass meine Gefühle mit der Zeit nachlassen, wenn ich länger mit einer Frau zusammen bin. Der Körper lügt nie. Wenn ich mit einer Unbekannten schlafe, wird mein Schwanz hart wie Marmor, und ich hätte am liebsten sechs davon, weil einer mir nicht genügt. Ich möchte ihn überall gleichzeitig hineinstecken. Wohingegen meine Erektion in einer dauerhaften Beziehung nach einer Weile weniger heftig ist. Es war schon vorgekommen, dass ich mit den Fingern nachhelfen musste, damit er drinnen blieb. Einmal, als ich es so machte, wollte sie plötzlich oben sein, und als ich mich umdrehte, glitt er heraus. Unter diesen Umständen muss ich entweder wieder oben liegen oder von hinten eindringen – eine Stellung, die mich immer sehr erregt.

Denn was mich an einer Frau am meisten erregt, ist das

Mysterium, die Unbekannte, die in ihr wohnt. Ich will herausfinden, wie ihr Körper, ihre Haut, ihr Geruch ist, wie sie stöhnt, wenn wir uns lieben. Ich bin ein Entdecker, ein Seefahrer, ein Matrose, ein Pionier, ein Reisender. Ich liebe die Frauen. Deshalb hatte ich praktisch nie eine feste Freundin. Weil ich die Frauen liebe und weil ich sie nicht gern betrüge. Die anderen Frauen würden mich von der ablenken, mit der ich zusammen bin. Ich kann auf die anderen nicht verzichten, ich bin ein Opfer des nicht gegebenen Kusses, des unbekannten Körpers, des geheimnisvollen Blicks. Wie erregend doch ein langersehnter erster Kuss ist. Ein neuer Körper, der mir erlaubt, ihn zum ersten Mal zu berühren. Endlich den Busen zu sehen, den ich bisher nur durch die Kurven der Kleidung erahnen konnte. Den Rock zu heben und die Beine zu sehen, die Schenkel. Den Saum des Höschens. Einen Fuß zu küssen, einen Hals zu beschnuppern. Den Gesichtsausdruck einer Frau auf dem Höhepunkt zu entdecken. Zu bemerken, dass die Welt stillsteht, wenn eine Frau dich anlächelt. Selbst wenn eine Frau nicht besonders hübsch ist, ihr Dekolleté ist wie ein Autounfall auf der Gegenfahrbahn: Man fährt langsamer, um zu glotzen. All diese Empfindungen haben auf mich die Wirkung einer Droge.

Ich liebe die Frauen, ich habe sie immer geliebt. Wie sollte man sie nicht lieben? Frauen sind schön. Ihre Kurven, ihre Hände, die Haut, die wirren Fäden ihrer Gedanken sind schön. Die bunten Düfte ihrer Begierden. Ihre Ängste, ihre kleinen Irritationen. Ich liebe die Schönheit ihrer Gesten. Ich liebe es, wie sie mit der Hand die Tränen trocknen, und das plötzliche Lächeln, nachdem sie zuvor wie kleine Mädchen geheult haben. Unerwartet geht die Sonne auf. Ich liebe die Frauen. Ohne sie wäre ich längst über alle Berge. Ohne sie wäre ich nie zurückgekehrt.

So war ich schon immer. Wenn ich telefoniere und mittendrin höre, dass ich eine SMS bekommen habe, will ich nicht weitersprechen, weil ich total neugierig bin, von wem sie stammt. Ich kann mich auf nichts anderes mehr konzentrieren. So ähnlich ist es mit den Frauen: Wenn ich mit einer zusammen bin, habe ich Angst, alle anderen zu verpassen. So war ich in allem. Zum Beispiel habe ich Karate, Tischtennis, Fußball und Basketball gemacht, alles auf einmal. Ich habe mich nie nur auf eine Sache konzentriert. Ich habe immer gleich tausend Löcher gegraben, und vielleicht habe ich deshalb nie etwas gefunden.

Michela hat mich etwas Wichtiges gelehrt.

Doch in jenen Tagen wusste ich das noch nicht.

Erste gemeinsame Dusche (und erste Nacht)

Abends gingen wir wieder zusammen essen. Diesmal zum Glück in ein Restaurant. Wir aßen im Macelleria Restaurant, im Meatpacking District. Am Nebentisch saß auch ein Paar. Der Mann hatte ein Tattoo am Hals: rote Lippen wie von einem Lippenstiftkuss. Ich hatte nie den Mut gehabt, mir ein Tattoo machen zu lassen. Wegen meiner Angst vor dem »für immer und ewig«. Vielleicht lasse ich mir irgendwann eins machen. Aber bestimmt nicht am Hals.

»Hast du ein Tattoo?«

»Nein, aber ich will mir eins machen lassen.«

»Wo?«

»Vielleicht am Knöchel.«

»Und welches Motiv?«

»Hm, ich denke schon länger drüber nach, aber ich habe noch nichts gefunden, was mir gefällt. Hast du eins?«

»Nein ... aber früher oder später lasse ich mir eins machen.«

Nach dem Abendessen liefen wir ziellos durch die Stadt und setzten uns auf dem Father Demo Square auf eine Bank, weil dort zwei Japaner Musik machten, ein Junge und ein Mädchen. Er spielte E-Gitarre, sie Bass, berühmte Westernsongs. Ich schaute ihnen zu und hoffte, dass sie ein Paar wären. Ich weiß nicht warum, mir gefiel die Vorstellung eines Liebespaars, das musizierend durch die Weltgeschichte reist.

»Glaubst du, die beiden machen nur zusammen Musik, oder sind sie auch ein Paar?«, fragte ich Michela.

»Ich glaube, sie sind ein Paar.«

»Ich auch.«

Wir überquerten die 6th Avenue und landeten in einer kleinen Straße namens Minetta Street. Dort küssten wir uns zum ersten Mal. Ich schob ihre Haare zur Seite und nahm ihr Gesicht in meine Hände. Ein wunderschöner Kuss. Endlos, weich, langsam. Echt. Als unsere Lippen sich berührten, durchfuhr es mich wie ein Stromstoß. Ich war glücklich, als hätte ich nach langer Suche endlich das Puzzleteil gefunden, das ich brauchte, um den Himmel zu vollenden. Ich küsse wahnsinnig gern. Ein Gefühl, als wäre ich der fünfzehnjährige Junge von einst geblieben. Ich habe nie mit dem Küssen aufgehört, auch nicht als Erwachsener. Ich mag es, wenn man sich küsst, bevor man miteinander schläft, währenddessen und auch danach. Ja, ich küsse auch hinterher gern. Es gefällt mir sogar, auch wenn es nicht das Vorspiel zum Sex ist. Ich mache es mir gern auf dem Sofa bequem und küsse so lange, bis mir der Unterkiefer weh tut und meine Lippen brennen. Ich verzehre die Lippen der Frauen. Möglichst ohne klebrigen Lippenstift oder Lipgloss. Ich will sie roh. Geraubte Küsse mag ich auch. Also wenn man auf dem Weg zum Kühlschrank an der Frau vorbeigeht und innehält, um sie zu küssen. Man schiebt sie gegen die Wand und betäubt sie mit den Lippen. Plötzliche, unerwartete Küsse. Manchmal unterbreche ich die Frau auch mitten im Satz, weil ich es einfach nicht abwarten kann. Ich betrachte ihre Lippen und höre nicht mehr, was sie sagt. Dann will ich nur noch ihre Lippen auf meinen spüren.

Diese Nacht schlief ich bei ihr, doch bevor wir uns liebten, duschten wir zusammen. Der Körper der Frau aus der Straßenbahn, den ich mir monatelang vorgestellt hatte, bot sich mir auf einmal nackt dar. Ich zog sie nicht Stück für Stück aus, wie sonst meistens. »Ich gehe duschen«, hatte sie gesagt, und ich hatte spontan erwidert: »Darf ich mit?« Es war mir einfach so herausgeschlüpft, wie einem Kind, das nicht darüber nachdenkt, was sich schickt, sondern unverblümt die eigenen Wünsche äußert. Ich besitze nämlich nicht den Wahnsinnskörper, der mir bei der Eroberung hilft. Im Gegenteil. Und so begann ich sofort meine Mängel aufzuzählen, bevor sie es tat. Aber sie schien nicht sonderlich interessiert, sie sah mich zärtlich an und lachte sogar über meine Sprüche. Ehrlich gesagt besteht mein Körper praktisch nur aus Mängeln. Manche sind unerklärlich, zum Beispiel bin ich eigentlich nicht behaart, aber ausgerechnet am Rücken, knapp unter den Schulterblättern, habe ich zwei Büschel Haare. Zwei haarige Inseln. Es sind nicht viele, aber sie sind da. Weiß Gott, wozu. Doch das konnte ich an dem Abend verstecken, ich stand nämlich hinter ihr.

Auf meine Frage antwortete sie spontan, ohne nachzudenken: »Klar. Ich hol dir ein sauberes Handtuch.«

Ein paar Minuten später begann sie sich im Bad auszuziehen, und ich sah sie in dem schmalen Lichtstreifen zwischen Tür und Rahmen. Ich war gespannt auf die Gestalt ihres Körpers. Am liebsten hätte ich sofort die Schwelle überschritten, und sie hätte vor mir gestanden, ganz für mich, und hätte mir erlaubt, sie zu berühren, sie zu streicheln, sie zu begehren und sie zu haben.

Als ich in die Dusche trat, stand sie schon unter dem heißen Strahl. Es gefiel mir, wie ihre Haare nass wurden und vom Wasser an den Kopf geklebt wurden. Ich merkte sofort, dass das, was sie als »ziemlich heiß« bezeichnete, für mich einer »Verbrennung« gleichkam. Ich versuchte, mich nicht dafür zu schämen, dass ich schon eine Erektion hatte. Wir küssten uns. Ihre Haut war weich. Ich wusch sie. Aus einer der Flaschen auf dem Duschboden nahm ich ein wenig Flüssigseife und seifte sie ein. Schultern, Hals, Busen, Bauch, Rücken. Ich versuchte, nicht gleich an die Stelle zu gehen, obwohl ich sie genau da berühren wollte. Ich bückte mich und wusch ihr die Füße. Als wäre sie eine Göttin. Was sie für mich ja auch war. Dann die Beine, und schließlich die Stelle. Immer noch gebückt. Es kam mir unwirklich vor, dass ich sie so berühren und küssen konnte. Kniend küsste ich sie. Trank sie. Zusammen mit dem Wasser, das über ihren Körper rann.

Ich drang nicht in sie ein. Wir liebten uns nicht. Nachdem ich sie gewaschen hatte, wusch sie mich.

Als wir die Dusche verließen, nahm ich das Handtuch, kniete mich wieder hin und begann sie abzutrocknen, damit ihr nicht kalt wurde. Ich begann bei den Füßen, trocknete sie ab und legte gleich darauf die Lippen auf die Haut und küsste sie. Es gefiel mir, ihre Füße zu küssen. Von dort ging es aufwärts. Beine, Knie. Ich trocknete ab, berührte und küsste alles. Sie duftete. Ich gelangte zum Busen, zum Hals, zu den Schultern. Sacht, damit es nicht knallte, küsste ich sie auf die Ohren. Dann trocknete ich schnell mich ab und widmete mich gleich wieder ihr. Ihren Haaren. Ich kämmte sie und küsste sie auch dort, auf den Kopf.

Wir gingen ins Bett, ein hohes, weißes, weiches Bett. Wie eine Wolke. Michela lag auf dem Bauch, ich cremte sie ein. Keine Massage, nur eincremen. Sie zu massieren kam mir zu klischeehaft vor. Ich fuhr an ihren Beinen entlang und überschritt die Grenze. Sie war erregt. Ich auch. Ich wollte verrückt werden und sie verrückt werden lassen. Ich wollte, dass wir uns liebten, wie sie noch nie jemanden geliebt hatte. Ich wollte, dass sie die anderen Male vergaß. Ich wollte ihr erstes Mal sein. Wenigstens dazu war es hilfreich, dass ich schon mit vielen Frauen geschlafen hatte. Gefühlsmäßig war ich gefangen, blockiert, verkrampft, doch beim Sex fühlte ich mich als Herr der Lage. Ich wollte ihr den Satz sagen, den mein Automechaniker immer zu mir sagt, wenn ich den Wagen bringe: »Mach dir keine Sorgen, verlass dich auf mich, ich weiß, was zu tun ist.« Aber es kam mir zu wenig elegant vor. Michela hatte mir gestanden, dass sie erst mit wenigen Männern geschlafen hatte, und mit fast allen war sie fest liiert und in sie verliebt gewesen. Diese Männer sind fast immer die, die am schlechtesten vögeln.

Ich begann sie zu berühren. Als ich sie bald darauf stöhnen hörte, bat ich sie sanft, sich auf den Rücken zu drehen und die Augen zu schließen. Ich küsste sie von einem Winkel ihres Körpers zum anderen. Ich wollte, dass sie meine Lippen erst in dem Augenblick bemerkte, wenn sie ihre Haut berührten. Sie sollte meinen Atem spüren. So ging das eine ganze Weile. Ich wollte ihren Duft aufnehmen, bevor wir miteinander schliefen. Ihn mit der Zungenspitze stehlen, als wäre es Nektar aus einer Blüte. Ihn mit den Fingern stehlen und an ihren Mund, ihre Lippen führen. Lange ging das so, sehr lange. Als ich in sie eindrang, war es so ersehnt, dass sie in wenigen Augenblicken zum Orgasmus kam. Ich weiß noch, dass es zu den Klängen von Pink Floyd, *The Division Bell,* geschah. Ihre Haut zu berühren, ihr in die Augen zu schauen, sie zu riechen, meinen Körper gegen ihren zu pressen, ihren Busen mit meiner Brust plattzudrücken. Es war ein erhabenes Erlebnis, zu den Klängen von *Cluster One* oder *Marooned* oder *Coming back to Life* zu sehen und zu hören, wie sie es genoss.

Ich weiß nicht, ob ich die anderen Männer aus ihrer Erinnerung gelöscht habe, ich hoffe es. Nachdem wir uns geliebt hatten, lagen wir im Bett, die Köpfe auf einem Kissen, und sahen uns still an. Dann gingen wir in die Küche und kochten uns Tee. Sie wie eine Madonna in ein weißes Laken gehüllt, ich wieder in Boxershorts. Das Zimmer war dunkel, erhellt nur von der schwachen Küchenlampe über dem Herd. Michela, das weiße Laken, ihre *Post-orgasmic-chill*-Haare, die beiden weißen Tassen und sie, die aussah, als würde sie mit dem Faden des Teebeutels nach abstrakten Gedanken angeln: Dieses Bild hat sich mir eingeprägt, und ich sehe es oft vor mir. Vielleicht weil es die perfekte Einheit von Phantasie und Wirklichkeit darstellte. Wie die Linie des Horizonts, an der die Welten der Erde und des Himmels zusammentreffen. Sie saß auf dem Stuhl, die Arme um die Knie geschlungen, und trank ihren Tee. Klein und sexy. Genau das habe ich gedacht, das weiß ich noch. Michela war wahnsinnig sexy. Zum Sterben. Ihre Art nachzudenken war sexy. Ihre Art zu sprechen, zu lachen, zu gehen. Der Geruch ihrer Haut löste bei mir eine Erektion des Herzens aus. Zuvor, während wir uns liebten, hatte ich gedacht, dass ich nur dies allein im Leben wollte: so viel es ging mit ihr zusammen sein.

Wir gingen zurück ins Bett, und mit ineinander verschlungenen kleinen Fingern schliefen wir ein.

Um halb sieben war ich hellwach. Durchs Fenster sickerte ein wenig Licht herein. Das Bett war hoch. Michela hat vier Kissen im Bett, und ich stellte fest, dass sie in Embryonalstellung auf der Seite schläft und sich eins dieser Kissen zwischen die Knie klemmt. Es gibt ja schon seltsame Arten zu schlafen. Ich zum Beispiel schlafe oft mit gespreizten Beinen, eins unter der Decke und eins draußen.

Langsam, um sie nicht zu wecken, schlüpfte ich aus dem Bett und ging aufs Klo. In der ganzen Wohnung knarrte der Boden. Anschließend ging ich in die Küche und versuchte, Frühstück zu machen, aber ich wusste nicht, was sie normalerweise aß. Ich kannte sie noch nicht gut. Ich machte einen Kaffee und einen Tee, holte Orangensaft aus dem Kühlschrank, toastete Brot und stellte sämtliche Marmeladen auf den Tisch. Dann schaltete ich die Anlage in der Küche ein und legte eine CD auf. Ich wusste nicht, welche von den zehn ich aussuchen sollte. Schließlich hatte ich die Wahl zwischen dem Album *Come Away with Me* von Norah Jones und *Big Calm* von Morcheeba. Ich entschied mich für die erste. Ich machte ganz leise, ging Michela wecken und fragte, was sie am liebsten trinken wollte.

»Kaffee.«

Ich brachte ihr den Kaffee ans Bett. Dann ging ich duschen. Ich zog die Hose an, und sie kam an den Tisch. Sie aß etwas Brot mit Marmelade.

»Danke für das Frühstück«, sagte sie mit zerknautschter Stimme.

Ich setzte mich aufs Sofa und trank dort meine Tasse Kaffee aus. Sie hatte sich das erstbeste Kleidungsstück übergezogen, das sie gefunden hatte: Mein Hemd war entschieden zu groß und reichte ihr fast bis an die Knie. Es war ein erregender Anblick, wie ihre Beine darunter hervorschauten. Wir sahen uns in die Augen, während sie die Tasse zum Mund führte und den Rest ihres Gesichts verbarg, bis auf die Augen. Ein klarer Blick, direkt und tief. Dann schlug sie die Beine übereinander, und ich verlor die Kontrolle. Ich stand auf, setzte mich auf sie, nahm ihr Gesicht in die Hände und küsste sie. Ich steckte meine Zunge so weit es ging in ihren Mund, zog sie zu Boden, knöpfte das Hemd auf und ließ mich von ihrer hellen Haut hypnotisieren. Ich nahm ihre Brust mit einer Hand, während ich mit der anderen ihren Nacken hielt, damit sie nicht auf den Boden schlug. Lange betrachtete ich Schultern und Hals. Alles war weich und duftend vom Erwachen. Ich drang in sie ein. Ihre Küsse, ihre Zunge schmeckten nach Kaffee. Sie umklammerte das Tischbein und hielt sich daran fest. Irgendwann mussten wir ins Bett gelangt sein, denn als wir kamen, lagen wir dort. Was für ein guter Morgen. Das sagten wir uns auch, als wir hinterher lachend »Nase-Nase« und »Wimper-Wimper« machten: »Guten Morgen.«

Später begleitete ich sie zur Arbeit.

Das Spiel

An diesem Vormittag hatte ich ihren wunderbaren Geruch an mir. Ich wusch mich absichtlich nicht. Mit ihrem Duft an mir hatte ich das Gefühl, die Menschen würden mich irgendwie freundlicher behandeln.

Nachdem ich sie ins Büro begleitet hatte, ging ich spazieren und landete im Lotus Lounge Café an der Ecke Clinton und Stanton Street. Roter Fußboden, Tische und Stühle aus Holz in verschiedenen Formen und Farben, an der Rückwand ein Bücherregal. Auch dieses Lokal war voller junger Leute, die allein dasaßen und schrieben, lasen oder aus dem Fenster schauten und nachdachten. Ich kann mich nicht erinnern, in einer Bar meiner Heimatstadt je einen jungen Menschen gesehen zu haben, der allein gewesen wäre. In New York ist das normal. Bei uns geht man in eine Bar, um einen schnellen Kaffee zu trinken oder um sich mit Freunden zu treffen. In New York sitzen sie stundenlang vor dem Laptop und arbeiten, und wenn der Akku leer ist, stecken sie das Kabel in eine Steckdose und fragen nicht mal. Ich trank meinen Kaffee und schaute ebenfalls ein bisschen nach draußen. Der Himmel war düster, an diesem Vormittag schien die Sonne nicht. Ich ließ mich vom Strom der Passanten verzaubern. Viele hielten einen Coffee-to-go-Becher in der Hand, Leute auf dem Fahrrad mit Umhängetasche, die gelben Taxis, Autos mit so viel Hubraum, dass sie sich wie Schiffe anhörten. Ich dachte, ich wäre im Kino. Ich war in einem Film. Ich schickte Silvia eine SMS: »Ich habe Sex gehabt. Aber diesmal mit ihr.« Zwei Minuten später rief sie an. Es wurde ein langes Gespräch. Ein Freund hätte mich sofort in allen Einzelheiten ausgefragt, wie Michela nackt aussah und wie sie im Bett war. Silvia hingegen interessierte sich mehr dafür, wie es mir ging, worüber wir uns unterhalten hatten, ob sie mir noch so gut gefiel wie vorher oder ob sich etwas verändert hätte. Nachdem ich ihr alles erzählt hatte, merkte ich an ihrer Stimme und an dem, was sie zu mir sagte, dass sie sich für mich freute. So was spüre ich. Zum Abschied sagte sie: »Ich würde jetzt gern das Gesicht sehen, das du heute hast.«

Plötzlich kam eine wunderschöne junge Frau herein. Helle Hautfarbe, dunkles Haar, rote Lippen. Sie sprach mit französischem Akzent. Im Arm hielt sie einen schwarzen Welpen. Ganz klein. Ein Anblick, der selbst so rohe Typen wie mich rührt. Als sie ihren Kaffee in Empfang nahm und bezahlte, setzte sie ihn auf den Boden. Und der Hund machte sofort Pipi. Die Frau entschuldigte sich und versuchte es mit einer Papierserviette wegzuwischen, doch der junge Mann von der Theke sagte freundlich, er werde sich darum kümmern. Ich musste an den Tag denken, mein Vater war schon weg, als Oma mich zu einer Freundin mitnahm, sie habe eine Überraschung für mich. Als wir ankamen, führte die Freundin uns hinters Haus in den Hof, wo eine Kiste mit vier Welpen stand.

»Such dir einen aus«, sagte Oma. Ich wusste nicht, was ich tun sollte, ich hätte am liebsten alle vier gehabt. Ich konnte mich nicht entscheiden, so dass Oma schließlich zu mir sagte: »Komm schon, Giacomo, entscheide dich, wir können nicht alle nehmen.«

Wirklich nicht? Sie sind doch klein, sie haben genug Platz bei uns, hätte ich am liebsten geantwortet.

Plötzlich versuchte einer der vier, aus der Kiste zu krabbeln, überschlug sich und fiel nach hinten. Diesen nahm ich. Nicht ich hatte meinen Hund ausgesucht, er hatte sich mich ausgesucht. Es war ein Rüde, und ich nannte ihn Cochi. Aber meine Mutter wollte ihn nicht in der Wohnung, weil er nicht stubenrein war und Kratzer auf den Boden machte, und deshalb lebte er bei Oma, obwohl er mir gehörte. Aber da ich ja auch fast immer bei ihr war, war es eigentlich egal.

Cochi war erst ein paar Tage bei Oma, als er in der Küche Pipi machte. Da packte sie den Hund am Kopf und wischte damit wie mit einem Lappen das Pipi auf. Sie wischte das Pipi mit Cochis Kopf auf. Ich fing an zu weinen. Ich hätte nie gedacht, dass meine Oma so etwas Grausames tun könnte, so kannte ich sie gar nicht. Aber sie erklärte mir, dadurch lernten die Hunde, dass sie das nicht dürfen. Ich hörte auf zu weinen, nahm den Hund und redete ihm gut zu, dass er das nicht mehr tun solle. In meiner Anwesenheit ist es dann auch nicht mehr passiert, vielleicht, wenn ich nicht dabei war. Jetzt hätte ich der wunderschönen Frau gern den Tipp gegeben, das Pipi mit dem Gesicht des Hundes aufzuwischen und nicht mit Servietten. Wie sie wohl reagiert hätte? Ich sagte nichts und verließ das Lokal.

Es fing an zu regnen. Ein Platzregen. Wenn es so regnet, sagt man in Amerika: *It's raining cats and dogs*. Katzen und Hunde … Also echt!

Auf der Suche nach Schutz vor dem Regen landete ich unter dem Vordach eines Kinos. Das Sunshine Cinema in der East Houston Street. Es war halb elf, um elf begann die erste Vorführung. Kino am Vormittag, märchenhaft. Ich kaufte eine Karte und ging hinein. Es roch nach Popcorn, aber um diese Uhrzeit fand ich das eher unangenehm. Ich war allein im Saal. Als der Film begann, waren wir zu fünft.

Meine Englischlehrerin hatte einmal gesagt, eine Sprache lerne man mit am schnellsten, indem man ins Kino oder ins Theater geht, auch wenn man anfangs nichts versteht. Es muss eine weitverbreitete Theorie sein, denn die Leute im Saal sahen alle aus wie Ausländer.

Ich füge der Liste mit den Dingen, die ich mag, hinzu: vormittags ins Kino gehen.

Als ich wieder draußen war, entdeckte ich eine SMS von Michela: »Ich habe um zwei Mittagspause, sollen wir zusammen essen? Ich möchte dir einen Vorschlag machen.«

Ich ging auf einen Sprung ins Hotel, dann holte ich sie ab. Vor dem Hotel traf ich Alfred, der mir für den üblichen Dollar einen weiteren Witz erzählte, mal einen, den ich verstand: »Ein Mann geht zu seiner Ärztin und sagt: ›Entschuldigung, Frau Doktor, ich habe da ein Problem. Ich hab immer einen Steifen, vierundzwanzig Stunden am Tag, hätten Sie nicht was für mich?‹ Die Ärztin strahlt ihn an und antwortet: ›Freie Kost und Logis und tausend Dollar monatlich …‹«

Michela führte mich in ein Geschäft mit Theke, wo es Wolle und Strickutensilien zu kaufen gab und wo man auch essen konnte. Im Grunde ist es ein Laden, wo die Leute an Tischen sitzen und stricken. Sie trinken, essen, unterhalten sich, und unterdessen stricken sie einen Pullover oder einen Schal. Auch Männer sind dabei, die klappern mit den Nadeln wie alte Jungfern. Der Laden heißt The Point und liegt in der Bedford Street.

Ich musste an Oma denken: Sie strickte so viel, dass ich sie irgendwann fragte, ob sie es mir beibringen könne, und ein bisschen habe ich es sogar gelernt.

Auf einem Tischchen lagen zwei Nadeln mit einem angefangenen Pulli, wer wollte, konnte weiterstricken. Als ich Michela erzählte, ich könne stricken, nötigte sie mich, ein Stück anzufügen. Ich war langsam, aber ich wusste noch, wie es ging. Dann setzten wir uns und aßen.

»Was hast du unternommen?«

»Ich war im Kino.«

»Wenn du magst, nehme ich mir einen der nächsten Tage frei, und wir laufen zusammen durch die Stadt. Hast du Lust?«

»Natürlich, ich bin doch deinetwegen hier.«

»Es gefällt mir, wenn du das sagst.«

Während wir einen *Bagle with cream cheese and tomato* aßen, erläuterte sie mir ihren Vorschlag.

»Wir haben uns doch neulich darüber unterhalten, dass, immer wenn du einfach nur mit einer Frau eine Affäre haben willst, sie sich in dich verliebt und sie umgekehrt Reißaus nimmt, wenn du gern mit ihr zusammen bist und ihr das sagst, weißt du noch?«

»Ja, klar. Das Problem des Jahrhunderts.«

»Und du hast gesagt, dass du dich oft zurückhältst, weil es passieren kann, dass sie es missverstehen, wenn du dich gehenlässt, stimmt's?«

»Ja, ich erinnere mich.«

»Also, gestern Abend habe ich mich mit dir sehr wohl gefühlt, obwohl – eigentlich habe ich mich schon immer sehr wohl mit dir gefühlt. So absurd es klingt, sogar schon ehe ich dich kennenlernte, seit wir uns in der Straßenbahn begegnet sind.«

»Das gilt genauso für mich.«

»Dann mache ich dir einen Vorschlag.«

»Da bin ich ja gespannt.«

»Eigentlich ist es eher ein Spiel. Spielst du gern?«

»Ja … das heißt, kommt drauf an.«

»Wie lange bleibst du in New York?«

»Noch neun Tage oder so.«

»Gut. Damit keiner von uns sich zurückhalten muss oder wegen der Aufmerksamkeiten des anderen Angst kriegt, habe ich mir was überlegt.«

»Dann schieß mal los.«

»Dass wir uns verloben.«

»Verloben? Wie meinst du das?«

»Für die Zeit, die uns bleibt. Ich schlage vor, wir spielen Verlobte, und in neun Tagen trennen wir uns, egal wie es gelaufen ist. Eine Verlobung auf Zeit. Mit Verfallsdatum, ganz groß auf der Verpackung.«

»Eine Verlobung auf Zeit?«

»Ja, wir verloben uns, beschließen aber schon jetzt, dass wir uns trennen werden, komme, was da wolle. Solange du noch hier in New York bist, sehen wir uns und tun alles, wonach uns ist, und nach Ablauf des neunten Tages, wenn du abreist, trennen wir uns. Dann gibt es keine Missverständnisse. Du sehnst dich danach, hast du gesagt, eine Frau zu lieben, dich gehenzulassen, ihr Blumen zu schenken, Gedichte zu schreiben, aber du tust es nicht, weil du Angst hast, du könntest falsche Hoffnungen wecken und dann deine Meinung ändern … Ich für mein Teil nehme all das gern an, wenn du es mir geben möchtest, und umgekehrt, wenn ich es dir geben möchte, dann will ich das auch tun können. Da wir nun schon mal hier sind und es uns gefällt, warum nur zusammen ins Restaurant und ins Bett gehen? Nutzen wir doch lieber alle Möglichkeiten, unsere Gefühle auszuleben. Ein albernes Spiel, okay, aber vielleicht macht es ja Spaß, wer weiß? Warst du je mit einer Frau zusammen und wusstest schon, wann Schluss sein würde? Es ist ein Mittelding, weder nur miteinander schlafen und sonst nichts noch der Liebesschwur auf immer und ewig. Ein dritter Weg des Zusammenseins. Was hältst du davon? Lass es uns versuchen. Was haben wir zu verlieren? Lass uns schauen, ob's funktioniert, ob wir uns genug sein und uns all das nehmen können, was möglich wäre. Die Idee ist mir gekommen, weil ich glaube, dass wir etwas gemeinsam haben. Eine Vertrautheit, die man erleben und erkunden könnte. Es wäre schade, das zu versäumen. Es ist immer aufregend, einem Geistesverwandten zu begegnen. Und das bist du nun mal für mich. Mit dir spüre ich das Flimmern.«

»Was meinst du mit Flimmern?«

»Den Einklang mit einem anderen Menschen. Die Wahlverwandtschaft. Das, was man mit anderen nicht mal nach Jahren hat.«

Ich wusste wirklich nicht, was ich sagen sollte.

»Die Mittagspause ist zu Ende, ich muss gehen, denk drüber nach … Ciao, bis später.«

Sie gab mir einen Kuss und ging. Ich machte mich auf zum nächsten langen Spaziergang und konnte an nichts anderes denken als an dieses Spiel. Ich verstand nicht, wozu es gut sein sollte. Wozu spielen, man wäre verlobt? Den Moment genießen hätte völlig gereicht. Aber Michela war ja nicht dumm. Wenn sie mir einen solchen Vorschlag machte, dann steckte etwas dahinter. Mir fiel wieder ein, was ich am Morgen zu ihr gesagt hatte: »Hör zu, ich will dir keine Angst einjagen, aber ich fühle mich dir sehr nahe, ich gewöhne mich daran, mit dir zusammen zu sein, und gestern Abend, als wir zusammen geduscht und uns dann geliebt haben, war mir, als würde ich dich schon ewig kennen. So etwas habe ich noch nie empfunden. Aber das soll dich jetzt nicht erschrecken. Heute Morgen, als ich aufwachte, hatte ich sogar Lust, nach unten zu gehen und Blumen für dich zu kaufen, aber dann hatte ich Angst, das wäre vielleicht übertrieben.«

»Blumen schenken«, hatte Michela geantwortet, »tut man, aber man redet nicht darüber. Und wenn ich furchtbar ängstlich wäre, dann wärst du nicht hier, stimmt's? Also hör auf, so überheblich zu sein.«

»Überheblich? Wann war ich denn überheblich?«

»Du bist überheblich. Seit du hier bist, sagst du dauernd, ich soll keine Angst haben, ich soll mir keine Sorgen machen. Am ersten Abend zum Beispiel, als wir essen waren, hast du gesagt, du bist hergekommen, weil du Lust hattest, mich wiederzusehen. Das war ein schöner Satz. Er hat mich berührt. Warum musstest du gleich hinterherschieben, ich solle das nicht missverstehen, ich solle keine Angst haben? Und jetzt hast du wieder gesagt, ich soll mir keine Sorgen machen.

Du bist überheblich. Du glaubst, du müsstest alles erklären, du meinst, du müsstest andere vor dir schützen oder warnen. Auf den ersten Blick wirkt das rücksichtsvoll, doch in Wirklichkeit zeugt das von einem Überlegenheitskomplex.«

»Überlegenheitskomplex?«

»Wir sind erwachsene Menschen: Jeder ist sein eigener Herr. Und wenn der andere leidet, dann bedeutet das nur, dass er Lehrgeld zahlen musste, dass er vermutlich eine nützliche Erfahrung gemacht hat. Das sollte einen nicht kaltlassen, aber wahnsinnige Sorgen muss man sich deshalb auch nicht machen. Denn Angst hat hier nur einer, und das bist du. Ich weiß nicht, weshalb du mir in der Straßenbahn aufgefallen bist. Nicht alles in meinem Leben geschieht, weil ich es so beschlossen hätte. Du hast meine Neugier geweckt. Mehr nicht. Aber jetzt können wir entscheiden, wie es weitergehen soll. Das Leben ist nicht das, was geschieht, sondern das, was wir aus dem, was geschieht, machen ...«

»Deshalb bin ich ja hier, schätze ich. Um zu lernen, mit mehr Gelassenheit zu leben. Ich mag dich, Michela. Und diesmal sage ich nicht: keine Angst.«

»Ich mag dich auch, Giacomo.«

Michela ist mir gegenüber immer sehr direkt gewesen. Wie Silvia. Aber Michela mochte ich auf eine andere Art. Vielleicht sollte dieses Spiel bezwecken, dass ich mich völlig frei fühlte zu tun, was ich wollte. Vielleicht hatte sie es weniger um unseretwillen vorgeschlagen als um meinetwillen. Vielleicht war es nur ein Spiel, aber im Grunde genommen war es mir wie auf den Leib geschneidert, ich merkte, wie mir immer neue Gelüste kamen. Ich wollte mit ihr schlafen, sie anfassen, sie riechen, ihren Körper unter meinem spüren. Meine flache Hand unter ihren Rücken legen und ihre Knochen spüren, während ihr Körper sich bog. Ich hatte Lust auf Eindrücke, Seufzer, Vertraulichkeiten, Lachen und Geflüster. Lust auf Aufmerksamkeiten, Zärtlichkeiten, Liebkosungen. Ich hatte Lust, ihr ins Ohr zu flüstern, wie sehr sie mir gefiel. Und ich hatte Lust, sie zu küssen. Immerzu. Lust, mit ihr im Bett zu liegen, nachdem wir uns geliebt hatten, zu schwitzen, Obst zu essen, auf die Welt zu pfeifen. Ich wollte mich völlig meinen Gefühlen hingeben, keine Worte, Gesten und Aufmerksamkeiten abwägen müssen. Mich nicht zurückhalten müssen. Wollte die Freiheit zu sein, wie ich wollte. Ohne die Angst, jemanden zu enttäuschen, ohne die Angst, Reißaus nehmen zu müssen. Michela war dafür genau die Richtige. Es war seltsam, aber durch dieses Spiel konnte ich nicht falsch verstanden werden, und ich musste keine Versprechungen machen.

Insgeheim beruhigte mich die Vorstellung, dass diese Geschichte in jedem Fall nur neun Tage dauern würde, egal wie sie lief. Jeder von uns begegnet mindestens einmal im Leben einem Menschen, bei dem er sofort Vertrautheit und Nähe empfindet. Der die gleiche Sprache spricht. Der alles einfacher macht. Dass Michela für mich dieser Mensch war, hatte ich schon am ersten Abend gemerkt, als ich ihr sagte, ich hätte noch nie etwas ähnlich Tollkühnes für eine Frau getan. Schon als ich diesen Satz aussprach, war mir bewusst geworden, dass ich auch hätte schweigen können, dass er überflüssig war, weil das zwischen uns keiner Erklärungen bedurfte.

Ich schickte ihr eine SMS: »Ab sofort sind wir verlobt. Das Spiel kann beginnen.«

Die Regeln

Noch am selben Abend ging ich mit meiner Verlobten essen. Michela führte mich ins Lucky Strike auf der Grand Street. Wir sprachen über das Spiel und darüber, dass es vielleicht Regeln bräuchte. Wir nahmen es leicht und lustig und dachten uns ein paar aus:

In diesen neun Tagen verspricht jeder, das zu tun, wonach ihm ist. Alles, was man erlebt, wird geteilt, weil es beiden gehört.

Wenn einer etwas tut, das der andere nicht gut findet, muss er es sofort sagen. Kein Taktieren. Beide sind frei.

Es ist verboten, »für immer und ewig« zu sagen. Für immer und ewig ist eine Illusion, zu bequem. »Jetzt« ist besser.

Es ist verboten, ein Gefühl zu unterdrücken oder sich zurückzuhalten: Egal wie es läuft, in neun Tagen trennen wir uns.

Es ist verboten zu sagen, wie man ist, das müssen wir im Zusammensein herausfinden. Am Anfang des Spiels sind wir jungfräulich, als würden wir uns zum ersten Mal begegnen. Da jeder Mensch, mit dem wir zusammen sind, wie ein Spiegel ist, der uns ein sich dauernd veränderndes Bild unserer selbst vorhält, das wir häufig noch gar nicht kennen, leben wir diese Begegnung ohne den Ballast dessen, was wir gewesen sind. Als wären wir bei einem Picknick. Zu einem Picknick nimmt man ja auch nicht Sofa, Küche, Bett und die ganze Wohnungseinrichtung mit. Wir werden federleicht. Manchmal hat man nur eine vage Vorstellung von sich selbst. Oft kennt man sich nicht, man entwirft ein Bild von sich selbst, wie man sich sieht und wahrnimmt. Wir werden uns im Zusammensein begreifen.

»Ich glaube, ich bin schon mittendrin in unserem Spiel, denn wenn du sagst, dass wir uns trennen werden, egal wie es läuft, tut's weh«, sagte ich.

»Stimmt. Aber es beruhigt.«

»Wie bist du eigentlich auf diesen Blödsinn gekommen?«

»Es tat mir leid, als du heute Morgen meintest, du hättest Angst gehabt, mir Blumen zu kaufen, weil du es übertrieben fandst. So ist alles klar, und es gibt keine Probleme.«

»Richtig. Es ist zwar Blödsinn, aber möglicherweise funktioniert es trotzdem. Und wie bist du darauf gekommen?«

»Da die Verlobung, die Bindung, das Paarsein unsere Krankheit ist, wollte ich mal die homöopathische Methode anwenden. Weißt du, was ich meine?«

»Erklär's mir.«

»Die homöopathische Methode besteht bekanntlich darin, dem Organismus eine winzige Dosis der Substanz einzugeben, die ein bestimmtes Problem verursacht. Wer unter Schlaflosigkeit leidet, bekommt Kügelchen mit einer winzigen Dosis Koffein. Damit soll der Organismus angeregt werden, zu reagieren und sich zu verteidigen.«

»Aha, und damit man von der Verlobung geheilt wird,

geben wir unserem Leben eine winzige Dosis davon ein, eine Miniverlobung.«

»Genau. Heute in der Kaffeepause habe ich in einer Zeitung ein Interview mit einem Todkranken gelesen. Seit er erfahren hat, dass ihm nur noch wenige Monate bleiben, erlebt er alles viel intensiver. Das Bewusstsein des nahen Endes hat ihn veranlasst, jedem winzigen Augenblick des Lebens, jeder noch so kleinen Regung Aufmerksamkeit zu schenken. Oft lebt man ja, als würde alles ewig dauern, und vergisst die Augenblicke. Die Artikelüberschrift lautete: *Auf der fröhlichen Suche nach Gefühlen*. Durch den Satz ›Für immer und ewig‹ macht man in Paarbeziehungen die einzelnen Augenblicke vergessen, alles wird zur Gewohnheit. Eine Verlobung auf Zeit scheint mir der geeignete Weg, unsere Begegnung einmal anders zu leben. Ohne Zukunftsparanoia, ohne unsere ganze Vergangenheit zwischen uns zu haben.«

»Und was ist, wenn wir in den nächsten Tagen herausfinden, dass wir zu verschieden sind?«

»Ach, dann werden unsere Gespräche umso interessanter. Oder wir trennen uns.«

»Ja, oder wir schaffen es, die Unterschiede zu überwinden.«

An diesem Abend im Restaurant taten wir etwas, das ich sehr mag: Kommentare zu den anderen Paaren an den Tischen abgeben, sich ausmalen, in welcher Situation sie sich befinden, wie es um ihre Liebe bestellt ist, wie sie das Dasein als Paar gestalten. Herausfinden, wer von beiden der Verliebtere ist, wie lange sie schon zusammen sind und ob sie beide gern bei diesem Abendessen sitzen oder ob einer den anderen dazu drängen musste. Das macht Spaß. Silvia und ich spielen dieses Spielchen oft. Die besten Kommentare kommen immer, wenn das Paar sich anschweigt. Ich hab schon erlebt, dass zwei Menschen während des ganzen Essens nicht ein Wort miteinander gewechselt haben.

»Manche Paare sind echt traurig. Wieso trennen sie sich nicht?«

»Weil es ihnen allein meist noch schlechter geht als zusammen. Wie schade, dabei gibt es so viel Schönes in einer Zweierbeziehung.«

»Die Scheidung.«

»Und den Geliebten. Nein, ich mein's ernst. Es gibt phantastische Paare. Ich glaube, das Entscheidende ist, dass man nicht in eine Rolle verfällt: Verlobter, Verlobte, Ehemann, Ehefrau.«

»Und was, bitte, ist am Paarsein schön?«

»Die Gemeinsamkeit, das Gefühl, zusammenzugehören. Ich zum Beispiel mag es, einen Menschen in- und auswendig zu kennen.«

»Einen Menschen in- und auswendig kennen, ehrlich? Und die Routine? Die Eintönigkeit? Was ist daran schön?«

»Nein, ich spreche nicht von Routine oder Eintönigkeit, sondern davon, einen Menschen in- und auswendig zu kennen. Ich weiß nicht, wie ich es dir erklären soll, es ist wie in der Schule, wenn man ein Gedicht auswendig lernt. Das meine ich mit in- und auswendig.«

»Verstehe ich nicht.«

»Ach, komm schon, wie bei einem Gedicht. Weißt du, was in- und auswendig auf Englisch heißt? *By heart*, mit dem Herzen.«

»Im Französischen sagt man *par cœur* ...«

»Siehst du, in diesem Sinn meine ich. Einen Menschen *by heart*, in- und auswendig kennen bedeutet, auch ein wenig von dem ihm eigenen Rhythmus aufzunehmen, wie wenn man ein Gedicht auswendig lernt. Gedichte und Menschen haben ihren eigenen Rhythmus. Deshalb bedeutet einen Menschen in- und auswendig kennen, den eigenen Herzschlag mit dem des anderen in Einklang zu bringen, sich von seinem Rhythmus durchdringen zu lassen. Das ist es, was mir daran gefällt. Ich bin gern nah mit einem Menschen zusammen, weil es dafür den Mut braucht, sich ein wenig von sich selbst zu entfernen. Sich ein bisschen zu verändern. Das Spannende an einer Zweierbeziehung ist für mich nicht, wenn beide sie selbst sind, sondern wenn sie den Mut haben, anders zu sein. Der zu sein, den du ohne den anderen nie kennenlernen würdest. Mir gefällt es, einen Menschen zu lieben und ihn wie ein Gedicht in- und auswendig zu kennen, weil man den anderen nie vollkommen begreifen kann, wie ein Gedicht. Ich habe gelernt, dass ich als Liebende nur mich selbst kennenlerne. Das Höchste, was man vom anderen verstehen kann, ist das Höchste, was man von sich selbst verstehen kann. Deshalb ist es so wichtig, eine intime Beziehung mit einem anderen einzugehen, weil es zu einer existenziellen Erkenntnisreise wird. Das, was deine Freundin Silvia mit den Türen meint, die man öffnen muss … Verstehst du?«

»Äh … Ja, ich glaube schon. Sag mal, was haben sie dir denn in den Wein getan? Ich bin ja schon kompliziert, aber du bist auch nicht ohne. Deshalb bist du mit niemandem zusammen, du bist ja wie Penelope, die darauf wartet, dass ihr Mann zurückkehrt.«

»Wenn's nur so wäre. Es stimmt, sie hat gewartet, aber in

ihrem Fall war der Rückkehrer ja auch Odysseus. Man kann sich denken, was sie für ihn empfunden hat. In seinen Armen. Bestimmt hat sie gespürt, dass er sie beobachtete, wenn sie ihm den Rücken zudrehte. Wenn sie zum Beispiel das Geschirr spülte und er am Tisch saß. Sie hat seinen Blick auf sich gespürt und dass er sie liebte. Sie hat sich von einem unsichtbaren Blick geliebt gefühlt. Wenn man heutzutage Jahre wartet, läuft man Gefahr, dass da auf einmal einer im Haus steht, der nicht mal einen Wasserhahn reparieren kann oder so tut, als wäre nichts, und kein Wort zu einem sagt, auch wenn's schlecht läuft. Die Frage ist nicht, wie lang man wartet, sondern auf wen.«

Nach dem Abendessen gingen wir nach Hause. Es war zwar Freitagabend, aber Michela musste am nächsten Tag arbeiten. Dafür wollte sie sich in der darauffolgenden Woche zwei Tage freinehmen und mit mir verbringen.

Der Rotwein hatte uns angeheitert. Nicht betrunken gemacht, gerade recht. In dem Maße, dass man, sobald man die Wohnung betritt, übereinander herfällt, und am nächsten Morgen ist die Hose auf links gedreht und der Inhalt der Taschen über den ganzen Boden verstreut. Genau das passierte dann auch.

Sich kennenlernen (-8)

Ich konnte mich austoben. »Egal wie es läuft, in ein paar Tagen trennen wir uns wieder.« In acht, um genau zu sein.

Seit Michela und ich verlobt waren, hatte ich mir etwas angewöhnt. Ich schrieb ihr Briefchen und steckte sie ihr in die Handtasche, die Jacke, den Rock, die Hose oder ins Portemonnaie, klebte sie sogar an den Bildschirm ihres Laptops, damit sie sie entdeckte, wenn sie ihn aufklappte. Ich genoss es, frei auszudrücken, was ich empfand. Am Morgen hatte Michela mir den Wohnungsschlüssel gegeben, wir hatten ausgemacht, abends zu Hause zu essen, ich würde kochen. Den Einkauf erledigte ich bei Dean & Deluca Ecke Broadway und Prince Street. Ich musste mich zurückhalten, denn immer, wenn ich dorthin gehe, bekomme ich Lust, alles zu kaufen. Fisch, Desserts, Obst, Gemüse, Sachen fürs Haus. Ich kaufte nur, was ich zum Kochen brauchte, plus einen Strauß Blumen und eine Flasche Wein. Dann noch einen wasserlöslichen Filzstift, und ab nach Hause. Bevor ich eintrat, bemerkte ich auf der Fußmatte von Michelas Nachbarn eine lustige Aufschrift. Statt des üblichen *Welcome* stand dort: *Oh no! Not you again!*

Ich lud die Einkäufe ab und machte einen Spaziergang. Es war seit langem das erste Mal, dass ich allein in eine ferne

Stadt gereist war. Als junger Mann hatte ich das oft getan. Das erste Mal gleich nach dem Abitur. Nach London. Ich wollte gut Englisch lernen, mit meinen Schulkenntnissen war es nicht weit her. Es war meine erste Auslandserfahrung. Ich wollte allein zurechtkommen. Ich weiß noch, dass ich Angst hatte, doch zugleich schwang auch etwas mit, das ich noch nicht kannte: der Duft der Freiheit. Eine Art persönliche Herausforderung, eine geheime Prüfung, der ich mich stellen musste, als erwartete mich am Ende dieser Erfahrung etwas Wichtiges, ein *point of no return*, den ich überwinden musste. Etwas, das mich zum Mann machen würde. Es waren die Jahre des Erwachsenwerdens, in denen ich spürte, dass ich etwas unternehmen musste.

Ein Hindusprichwort sagt: »Es liegt nichts Edles darin, einen anderen zu übertreffen. Wahre Größe besteht darin, dein früheres Ich zu übertreffen.«

Letztendlich war das der Grund, weshalb ich in New York war.

Die Reise nach London war eine der wichtigsten in meinem ganzen Leben gewesen. Ich landete auf dem Flughafen Heathrow, nachdem der Flieger wegen Triebwerksproblemen eine Zwischenlandung in der Schweiz eingelegt hatte. Vielleicht geht meine Flugangst ja auf diese Episode zurück. Jedenfalls kam ich mittags in London an, und um vier Uhr nachmittags hatte ich schon eine Arbeit gefunden: Tellerwäscher in einem Restaurant in der Nähe der Liverpool Station. Es war ein Freitag. Am Montag sollte ich anfangen. Ich hatte fast drei Tage Ferien.

Zunächst empfand ich eine Art Euphorie, die mir half, mit den Anfangsschwierigkeiten fertigzuwerden, aber nach einer Weile ging es mir immer schlechter. Ich weinte jeden Tag. Ich weinte, aber ich wollte nicht nach Hause fahren. Ich fühlte mich allein, verletzlich, verloren in einer Welt, die mich nicht beachtete, die mich offenbar nicht wollte. Ich hatte mich schon immer, von klein auf, gefühlt wie jemand, der auf ein Fest geht, zu dem er nicht eingeladen ist. In London hatte dieses Gefühl in mir den Wunsch entstehen lassen, mir einen Platz zu erringen. Ich wollte teilhaben. Es ging mir schlecht, ich fühlte mich wie der einsamste Mensch auf der Welt, während meine Freunde am Meer waren und ihr ewig gleiches beschauliches Leben führten, das keine Risiken kannte. Oft fragte ich mich, warum ich so dumm gewesen war, als wollte ich mich bestrafen, wo ich doch das Leben hätte genießen sollen.

Wieso gibst du nicht auf und fährst nach Hause zu deinen Freunden ans Meer?

Diese Stimmen. Die Sirenen des Odysseus. Erst später begriff ich, dass das Überwinden der Schwierigkeiten enorm wertvoll, dass es von grundlegender Bedeutung war, dass ich mich Problemen gestellt und sie gelöst hatte.

Wenn ich zu Hause bei meiner Mutter anrief, erzählte ich ihr, es gehe mir gut und sie brauche sich keine Sorgen zu machen. Aber wenn ich hinterher mit Oma telefonierte, gestand ich ihr mit mühsam zurückgehaltenen Tränen, wie hart es war. Sie beschwor mich dann immer zurückzukommen. Und ich verlor völlig die Kontrolle und heulte los, während sie durchs Telefon immer wieder meinen Namen rief: »Giacomo, Giacomo, Giacomo, wein doch nicht.« Ich hörte auf zu weinen und sagte, dass ich sie liebte, und da fing sie dann an zu heulen.

Ich musste immer darüber lächeln, dass Oma sich bei mir dafür bedankte, dass ich angerufen hatte: »Und danke, ja … dass du angerufen hast.«

Tschüs Oma.

Ein Tag aus meiner Londoner Tristesse ist mir besonders in Erinnerung geblieben. Es war Juli, es regnete. Ich streifte durch diese Stadt, die ich wegen des ständigen Regens verfluchte, wegen der Sprache, wegen der Gesichter der Leute, die mich nie ansahen, jener Menschen, die, wenn ich auch nur ein Wort falsch aussprach, sagten, dass sie mich nicht verstanden, und sich über mich lustig machten. In diese Gedanken versunken, gelangte ich an eine Kreuzung. Bevor ich sie überquerte, schaute ich, ob kein Auto kam. Ich schaute in die Richtung, die ich gewohnt war: nach links. Da kein Auto kam, ging ich los: Rechts bremste ein Taxi scharf und kam erst ein paar Zentimeter vor mir zum Stehen. Ich machte einen Satz nach hinten und sagte kein Wort. Der Taxifahrer beschimpfte mich, dann fuhr er weiter. Ich stand zitternd am Bordstein, die Tränen liefen mir übers Gesicht. Mindestens zwanzig Minuten stand ich reglos da und weinte im Regen. Dann kehrte ich in mein Zimmer zurück und legte mich ins Bett. Erst am nächsten Tag wachte ich wieder auf.

Ich hatte ein Zimmer in einer Wohnung gemietet, in der noch andere Leute wohnten. Ich lebte in meinem Zimmer und verließ es nie, außer um auf die Toilette zu gehen.

Damit ich meine Mutter nicht um Geld bitten musste, lebte ich so sparsam wie möglich. Tagsüber versuchte ich auf der Arbeit zu essen. Ich stahl Sachen aus der Kühlkammer. So machte es auch Duke, ein Afrikaner, mit dem ich zusammenarbeitete. Manchmal, wenn er sich heimlich ein Käsesandwich schmierte, machte er eins für mich mit und versteckte es hinter dem Milchbehälter.

Dass ich mit Duke einen Komplizen auf der Arbeit hatte, gab mir die Kraft, diese Zeit zu überstehen, half mir zu überleben. Nach und nach bekam ich mein Leben wieder in den Griff. Ich begann Englisch zu sprechen und zu verstehen. Dann tauchte Kelly auf. Sie war Kellnerin in dem Restaurant, in dem ich Teller wusch. Sie war blond, hatte blaue Augen und wirkte gar nicht englisch. Wir baggerten uns nicht an, keiner von uns. Sie fragte mich einfach eines Abends, ob ich noch mit auf eine Party gehen wolle. Ich kam mit, und schließlich küssten wir uns und liebten uns und blieben zusammen, bis ich einen Monat später nach Italien zurückging. Ich weiß nicht, ob es an der Sprache lag, aber ich bemerkte irgendwie gar nicht, wie wir zusammenkamen. Es geschah ganz natürlich. Wir schlitterten einfach in diese Geschichte hinein. Die Party fand im Freien statt. Auf eine Leinwand, die so groß war wie die ganze Wand, wurden psychedelische Bilder projiziert. Vorher hatte sie mir eine Pille gegeben. Ich nahm so was zum ersten Mal. Nach der Party, die bis zehn Uhr morgens dauerte, gingen wir zu ihr, und ich schlief dort. Das Bett in ihrem Zimmer war zu klein, es stand an der Wand, deshalb schliefen wir auf dem Boden, auf einer Decke, in dem Zimmer mit dem Sofa. Ich weiß noch, dass ich dort gut geschlafen habe, vielleicht weil ich so müde war. Ich habe nie erfahren, was für eine Pille das war. Ich erinnere mich nur, dass ich an diesem Abend alle liebte. Ich liebte die ganze Welt und hätte sie am liebsten dauernd umarmt, so fest, dass sich auf meinem Bauch der Äquator eingeprägt hätte.

Wir liebten uns auf der Decke, und es war unvergesslich. Auf der Arbeit erzählten wir niemandem etwas davon, deshalb bestand unsere Beziehung dort aus geheimen Begegnungen und kodierten Blicken und Worten. Wenn ich Kartoffeln schälte, schnitzte ich oft eine in Herzform. Sie lachte darüber. Englische Frauen sind Latino-Romantik nicht gewöhnt. Ein Vorteil für uns.

Das Ungewöhnliche an unserer Beziehung war, dass wir uns erst hinterher anbaggerten. Als wir schon zusammen waren. Klingt komisch, sicher, aber sie faszinierte mich, und es war alles ganz natürlich. Kelly lächelte immer, und ich verliebte mich jeden Tag aufs Neue in sie, zwischen schmutzigen Pfannen, Tellern, die abgetrocknet, und Gemüse, das geputzt werden musste.

Damals gab es noch keine E-Mails, wir hatten nur unsere Wohnadressen, und ein paar Monate nach meiner Rückkehr nach Italien verloren wir uns aus den Augen. Später ging sie nach Australien. Das ist viele Jahre her, und auch wenn ich mich manchmal kaum noch an ihr Gesicht erinnere, empfinde ich immer noch eine tiefe Zuneigung und große Sehnsucht, wenn ich an sie denke. Ich würde sie gern einmal wiedersehen, auch wenn wir uns vielleicht gar nicht wiedererkennen würden.

Sie führte mich oft auf einen Friedhof, wo wir uns auf eine Bank setzten und unterhielten, als ob wir im Park wären. Es sei ihr Lieblingsort in London, meinte sie. Anfangs fand ich das grotesk, aber dann merkte ich, dass der Ort tatsächlich etwas Magisches hatte, etwas Verführerisches. Immer wenn ich später wieder mal in London war, machte ich einen Spaziergang über diesen Friedhof. Dank

Kelly heulte ich nun nicht mehr, wenn ich mit Oma telefonierte.

Nach der Londoner Erfahrung bin ich oft allein verreist. Meist mehrere Monate lang. Ich suchte mir eine Arbeit und mietete mir irgendein Loch zum Schlafen. Meine Sommerferien verbrachte ich häufig im Ausland. Paris, Madrid, Prag, Berlin. Immer noch mit dem Adrenalin des Abenteuers, doch ohne die Angst und die Tränen von London. Ich studierte, und im Sommer arbeitete ich. Manchmal jobbte ich auch im Winter, damit ich meiner Mutter nicht auf der Tasche lag.

Bei meiner Ankunft in einer neuen Stadt wusste ich nicht viel über sie. Dafür war ich voller Neugier. Ich war neugierig auf die Gesichter der Menschen, die ich kennenlernen würde, ich stellte mir das Haus vor, in dem ich wohnen, das Mädchen, mit dem ich schlafen würde. Denn früher oder später würde ich mit einem Mädchen schlafen. Wer allein reist, vögelt immer. Das Leben war zu meinem Lieblingsbuch geworden, der Film, den ich unbedingt sehen wollte, die schönste Geschichte überhaupt. Das Leben ist die mächtigste Droge der Welt.

Vor der Abfahrt sagte ich allen Freunden, sie sollten mich besuchen kommen, weil ich dachte, dass ich mich dann weniger allein fühlen würde. In den ersten Tagen, wenn ich noch keine Freundschaften geschlossen hatte, rief ich zu Hause an; ich lebte im Ausland, aber ich war wie ein Drachen, ein unsichtbarer Faden verband mich mit zu Hause. Doch sobald ich jemanden kennengelernt und angefangen hatte, die Sprache zu lernen, begann ein anderes, neues Leben, losgelöst von meinem. Und dann wollte ich nicht mehr, dass jemand mich besuchte. Wenn doch jemand vorbeikam, war ich froh, wenn er nach zwei Tagen wieder abreiste. Das Zusammensein mit den alten Freunden war wie eine Rückkehr in jenes Leben, von dem ich eine Auszeit genommen hatte. Später fuhr ich einfach los und sagte keinem was. Es kam nämlich vor, dass ich vor lauter Ankündigen und Ausmalen bei der eigentlichen Abfahrt das Gefühl hatte, als hätte ich die Reise schon hinter mir. Indem ich darüber redete, erlebte ich die zukünftigen Eindrücke schon vorher, und die Gegenwart wurde zur Vergangenheit. Ich hinkte sozusagen mir selbst hinterher.

An diesem Tag in New York kehrte ich abends gegen sieben in die Wohnung zurück, um zu kochen. Michela musste länger arbeiten. Als sie kam, setzte ich das Wasser für die Pasta auf. Der Sugo war schon fast fertig. Die Speisenfolge hatte ich am Telefon mit Silvia festgelegt. Ich bat sie um einen Tipp, und sie riet mir zu einem einfachen Abendessen: »Nicht übertreiben«. Neben der Pasta bereitete ich ein Gemüse mit Olivenöl und Zitrone vor, außerdem Salat und Tomaten-Basilikum-Bruschette. Den Wein hatte ich schon entkorkt, damit er sein Bukett entfalten konnte. Wir tranken sofort ein Glas und probierten auch von den Bruschette. Ein leichter Aperitif: Tomate, Basilikum und Küsse mit Weingeschmack. Vor dem Küchenfenster stand die Vase mit den Blumen, die ich gekauft hatte. Ein paar Kerzen, die ich in der Wohnung gefunden hatte, brannten. Durchs Fenster sah man das gegenüberliegende Haus. Ein typisches Haus in Manhattan, rote Ziegel, Feuertreppe, genau wie im Film.

Aus den kleinen Boxen meines Laptops rieselte eine musikalische Auswahl, die ich eigens für unseren Abend zusammengestellt hatte. Nur wir beide, die Welt blieb draußen.

Es war alles perfekt. Michela legte sich kurz aufs Sofa. Sie war müde. Ich ließ Wein aus meinem Mund in ihren tropfen. Dann massierte ich ihr kurz die Füße, bevor sie duschen ging. Allein, ich musste ja zu Ende kochen. Als sie zurückkam, trug sie ein Sommerkleid. Bequem, aber sexy. Eins dieser Kleider, bei denen man nur einen Träger beiseiteschieben muss, und sie gleiten zu Boden. Ich konnte es nicht erwarten.

Ich ließ sie einen Holzlöffel Sugo probieren, danach küsste ich sie. Ich wollte alle Geschmäcker der Welt von ihren Lippen kosten.

»Weißt du, was mir aus Italien fehlt?«

»Was denn?«

»Die Badewanne. Wenn ich abends von der Arbeit komme, nehme ich vor dem Essen gern ein Bad. Das habe ich mir vor Jahren angewöhnt.«

Sie trank noch einen Schluck Wein.

»Wie schön, unbekannte Musik in meiner Wohnung …«

»Möchtest du deine auflegen?«

»Nein. Ich höre gern Musik, die ich nicht kenne. Mir kommt es immer so vor, als würde man sie bei anderen Leuten besser hören. Heute Abend ist es zwar neue Musik, aber ich bin zu Hause … Wer ist das?«

»Ich habe extra für uns etwas zusammengestellt: Sam Cooke, John Coltrane, Miles Davis, Ray Charles, Bonnie Raitt, Stan Getz, Elmore James, Dave Brubeck.«

»Ich werde dich als den Verlobten in Erinnerung behalten, der mir die beste Musik vorgespielt hat.«

»Eigentlich wäre ich ja lieber der, mit dem du den besten Sex hattest. Du weißt ja, ich bin auf dem Stand eines Höhlenbewohners.«

»Hm, mal sehen, die Konkurrenz ist groß.«

»Ich werde mich anstrengen. Und wie soll ich dich in Erinnerung behalten?«

»Als die, bei der du dich am besten gefühlt hast. Oder als die Sexyste von allen.«

»Da bist du auf gutem Weg. Allerdings ist die Konkurrenz groß.«

»Wie fühlt es sich an, mein Verlobter zu sein?«

»Bis jetzt gut.«

»Ehen müssten eigentlich auch ein Verfallsdatum haben, finde ich.«

»Alle neun Tage zu erneuern?«

»Nein, neun Tage sind zu kurz, sagen wir nach ein paar Jahren, was weiß ich, nach fünf oder so. Wie ein Vertrag mit begrenzter Laufzeit. Wenn wir uns gegen Ende der fünf Jahre noch lieben und wir Lust haben, erneuern wir ihn, und wenn nicht, dann tschüs. Dann wäre man aufmerksamer, weniger nachlässig.«

Ich fragte sie, was ihr an mir gefiel. Es war eine ganze Menge, wie ich erfuhr.

»Deine Zärtlichkeit. Die Tatsache, dass du sie nicht versteckst, dass du nicht so tust, als wärst du anders, sicherer, und damit wirkst du ehrlich, aufrichtig. Obwohl es noch ein bisschen früh für diese Aussage ist. Im Grunde bist du ein Romantiker, auch wenn du sagst, du hättest viele Abenteuer und wenige Beziehungen gehabt.«

»Ich war gezwungen, es nicht zu sein, das habe ich dir ja gesagt.«

»Mir hat an dir gefallen, wie du mich in der Bahn angesehen hast, ich fühlte mich gestreichelt, es war nie bedrängend oder unangenehm. Na, du hast ja mein Tagebuch gelesen … Mir hat an dir gefallen, wie du an dem Tag in der Bar mit mir geredet und mir gesagt hast, es täte dir leid, dass ich wegging. Mir gefällt dein Blick, die Neugier, die er ausdrückt. Die Art, wie du gestikulierst und die Hände bewegst, wenn du mit mir sprichst. Es ist sexy, wie du die Hände bewegst. Ich mag deinen Hals, die Form deines Kopfs, deine Lippen. Und deine Zähne. Du riechst sauber, wie aufgehängte Wäsche.«

Ich schwieg und dachte darüber nach, was mir an ihr gefiel. Abgesehen von all den Dingen, die ich schon wusste, hatte ich von Anfang an geahnt, dass ich mich mit ihr anders fühlen würde. Dass ich der sein würde, der ich in diesem Augenblick meines Lebens sein wollte. Aber ich sagte es ihr nicht.

»Woran denkst du?«, fragte sie.

»An die Bestenlisten der Frauen, mit denen ich zusammen war.«

»Die Frau, die dich am meisten hat leiden lassen?«

»Camilla, oder nein, vielleicht eher Laura. Du?«

»Attilio. Er hat mich mit meiner besten Freundin betrogen.«

»O-ho, lass uns bitte von was anderem reden. Silvia ist eindeutig Siegerin in ›Lass uns Freunde bleiben‹. Laura aus naheliegenden Gründen Erste in der Kategorie ›Das erste Mal‹.«

»Die Laura, die auch Erste in den Leidens-Top-Ten war? Da hat’s dich ja gleich bös erwischt.«

»Ja. Aber ich war auch erst fünfzehn. Sagen wir als Jugendlicher Laura, als Erwachsener Camilla.«

»Eigentlich ist das erste Mal ja keine richtige Kategorie. Aber wenn's denn sein soll, dann ist es bei mir Veronello.«

»Veronello? Was für ein Name ist das denn? Wie soll man mit einem vögeln, der Veronello heißt? Und dann auch noch beim ersten Mal …«

»Der Name ist aus den Vornamen seiner Großeltern zusammengesetzt, Veronica und Antonello. Glaube ich wenigstens, ich bin nicht sicher.«

»Der gewinnt bestimmt auch in der Kategorie ›Absurdester Name‹?«

»Nein.«

»Nein? Mit wem bist du denn noch ausgegangen, mit Topo Grigio?«

»Wir waren in der Mittelstufe zusammen, aber ohne miteinander zu schlafen. Gilt das trotzdem?«

»Das lassen wir nur gelten, weil ich wissen will, wie er denn nun hieß …«

»Amarildo.«

»Okay, in Ordnung … sag mal, willst du mich auf den Arm nehmen? Wer um Himmels willen heißt denn Amarildo?«

»Ich schwöre es. Amarildo Cocci, aus der E.«

»Amarildo und Veronello. Wo kommen die her, aus Disneyland? Die könnten ja glatt abends in der Disco auftreten. Meine Damen und Herren, unsere Gäste heute Abend sind die fabelhaften Veronello und Amarildo … Applaus! Du gewinnst auf jeden Fall in der Kategorie ›Sammlung der schrecklichsten Namen‹.«

»Erster in ›Der beste Sex‹, das willst du also werden?«

»Exakt.«

»Im Moment stehst du auf den vorderen Plätzen in der Kategorie ›Vorspiel und Küssen‹. Zufrieden?«

»Wer sind denn die Konkurrenten in der Sparte ›Bester Sex‹, die ich besiegen muss?«

»Na ja, auf jeden Fall Veronica?«

»Was, die Oma von Veronello?«

»Nein, eine andere, aber die Geschichte erzähle ich dir nicht.«

»Wie, die erzählst du mir nicht?«

»Ich mach nur Spaß. Schmeckt gut, die Pasta. Du gehörst zu den Besten in ›Musik, Kochen und Vorspiel‹, mit Aussicht auf den ersten Platz.«

»Hm, nicht schlecht … Du bist die Beste in der Kategorie ›Ich weiß nicht, was du mit mir anstellst, aber es geht mir gut‹, und außerdem in der Kategorie ›Supersexy Frau‹. Und ›Gastfreundlichkeit‹.«

»Gastfreundlichkeit kannst du dir sonstwohin stecken, also wirklich, das will ich nicht. Aber wenn das heißen soll, dass du gern hier bist und bleiben möchtest, ohne ins Hotel zurückzugehen, kannst du das, ich muss zurzeit eh oft nach Boston.«

»Oh, danke, du lädst mich ein, weil du verreist?«

»Natürlich, das wäre ja sonst nicht zum Aushalten.«

»Du kannst mich mal.«

»Da hast du deine ›Gastfreundlichkeit‹.«

»Du reist ja mit dem Flugzeug, wie ich Straßenbahn fahre.«

»Wenn ich könnte, würde ich gern seltener fliegen, aber im Moment tut sich einiges in der Firma, und die Zentrale ist in Boston. Todnervige Sitzungen.«

»Stellen die zufällig Leute ein?«

»Du meinst es ja nicht ernst, aber jemand wie du, der Englisch und Italienisch spricht, hätte in meiner Abteilung gute Chancen, weißt du?«

»Wenn wir nicht wüssten, dass wir uns in ein paar Tagen trennen, würde ich darüber nachdenken. Aber ich reise bestimmt nicht jede Woche nach Boston. Ich fliege nicht gern.«

»Hast du eher Angst vorm Sterben oder Angst vorm Fliegen?«

»Ich habe Angst, beim Fliegen zu sterben. Bis vor ein paar Jahren hatte ich noch Todesangst, aber das hat sich in letzter Zeit gebessert. Im Grunde habe ich keine Angst zu sterben, aber dass ich eines Tages nicht mehr da sein werde, nervt mich extrem. Ich möchte nicht von hier weg. Angst ist es nicht, ich ärgere mich nur. Zu sterben ist echt scheiße. Ich gäbe mein Leben, um nicht sterben müssen.«

»Ich hab mal geglaubt, ich müsste sterben. Ich war nah dran.«

»Ein Unfall?«

»Nein, mir ist etwas Komisches passiert. Ich wohnte noch mit Paolo zusammen, und eines Morgens wachte ich auf und konnte nicht mehr aufstehen. Meine Beine trugen mich nicht. Als hätte ich keine Muskeln. Ich hatte nicht die Kraft zu stehen. Eine Woche lag ich im Krankenhaus. Sie konnten die Ursache nicht finden. Ich habe sämtliche Untersuchungen und Analysen über mich ergehen lassen, aber nichts. Eines Nachts konnte ich nicht mehr atmen und dachte, jetzt müsste ich sterben. Ich war mir ganz sicher. Ich rief nach den Ärzten, aber die beruhigten mich. Als ich am nächsten Morgen aufwachte, war in mir noch das Gefühl lebendig, dass ich dabei war, diese Welt zu verlassen. Aber merkwürdigerweise hatte ich plötzlich keine Angst mehr davor. Ich fühlte mich bereit. Ein eigenartiges Gefühl von Frieden und Gelassenheit erfüllte mich. Ich war ruhig. Kurz darauf wurde ich dann wieder gesund. Aber ich werde nie vergessen, was ich an jenem Tag empfand. Ich wurde gesund, und noch heute weiß kein Mensch, was mir eigentlich gefehlt hat.«

Meine Verlobte gefiel mir, ich mochte ihre Geschichten. Es war schön, ihr zuzuhören. Alles, was ich empfand, kam mir so neu vor.

Brunch (-7)

Am Sonntagmorgen standen wir spät auf, nahmen ein leichtes Frühstück ein und gingen dann in die Rehoboth Spa Lounge, ein Wellnesscenter in der 14th Street Ecke 6th Avenue.

Michela machte Maniküre und Fußpflege, ich eine Fußmassage. Nach den vielen Fußmärschen kam mir das wie gerufen. Die Masseurin schüttete Seife in die Schüssel, in der meine Füße standen, und als der Schaum kurz vorm Überquellen war, nahm sie eine Ampulle und ließ zwei Tropfen einer Flüssigkeit hineintropfen, wodurch sich der Schaum zu meinem kindlichen Erstaunen sofort auflöste. Ein bisschen hatte ich Angst, dass auch meine Füße verschwinden könnten. Die Massage selbst war herrlich. Die Frau hatte Bärenkräfte in den Händen, obwohl sie klein und schmächtig war. Eine Zauberin. Zuerst fühlte es sich an, als würden meine Füße durch Omas Nudelmaschine gedreht. Doch als ich ging, fühlte ich mich leicht wie eine Feder. Ich hielt mich an Michelas Hand fest, weil ich Angst hatte, davonzufliegen wie ein Luftballon.

Danach gingen wir zum Brunch ins Café Orlin in St. Marks Place. Ich bestellte einen Orangensaft, Toast und *scrambled eggs*, auf alle möglichen Arten zubereitete Kartoffeln und Obst.

Ungekämmt, mit der Sonnenbrille auf der Nase, um ganz sachte in die Welt zu kommen, saß ich an einem Tisch im Freien, sah Michela an und dachte darüber nach, was ich gerade erlebte. Es kam oft vor, dass mir plötzlich bewusst wurde, wie ich sie anschaute, mit einem Gefühl, als würden Zeit und Raum keine Rolle spielen. Sie merkte, dass ich sie beobachtete. Ich fuchtelte mit den Händen und versuchte, mich mit dem Fingeralphabet verständlich zu machen. Zuerst wusste ich nicht mehr, wie ein S ging, aber dann fiel es mir wieder ein. Ich sah ihr in die Augen und formte mit den Fingern den Satz: »Michela, ich bin glücklich. Zum Sterben glücklich.«

Sie lächelte verlegen. Dann stand sie auf und gab mir einen Kuss.

Michela hatte mir eine neue Sicht auf die Welt geschenkt und meinem Leben die Dimension des Spielerischen zurückgegeben. Durch sie hatte ich wieder angefangen zu spielen wie seit einer Ewigkeit nicht mehr. Bevor ich sie traf, war ich überzeugt, Spielen sei nur etwas für Kinder und Künstler. Irgendwo habe ich mal diesen Satz gelesen: Man hört nicht auf zu spielen, weil man alt wird, sondern man wird alt, weil man aufhört zu spielen.

»Weißt du, worauf ich nach einer solchen Völlerei jetzt Lust hätte? Auf eine Zigarette«, sagte ich zu ihr.

»Was, du rauchst? Das hab ich noch gar nicht mitbekommen.«

»Nein, eigentlich nicht. Ist nur so ein Bild, wie im Film, meines Erachtens würde er jetzt eine rauchen.«

»Dann fragen wir doch einfach, ob uns jemand eine gibt.«

»Aber ich rauche doch gar nicht.«

»Du kannst jetzt ruhig eine rauchen, das heißt ja nicht automatisch, dass du zum Raucher oder süchtig wirst.«

»Okay, ich rauche eine … Willst du auch eine, oder raucht in deinem Film nur der Mann?«

»Nein, sie raucht auch, wenn sie will.«

Wir schnorrten zwei Zigaretten, setzten uns gegenüber auf eine Bank und ließen uns Feuer geben; an unserem Tisch durfte man nämlich nicht rauchen, obwohl er draußen stand. Nach drei Zügen sahen wir uns an und drückten die Zigaretten wieder aus. Einfach zu eklig.

Nachmittags gingen wir ins MOMA in der 53rd Street, zwischen 5th und 6th Avenue. Ich schlendere gerne durch Museen, das gibt mir ein gutes Gefühl. Mir gefallen auch die Museumsshops am Ende, wo Postkarten, Kataloge, Bleistifte und jede Menge anderer Krempel verkauft werden. Aber diesmal kauften wir nichts, tranken nur in der Cafeteria einen Tee.

Dann flanierten wir auf der 9th Avenue Richtung Downtown und machten in einer Bäckerei Station. Sie hieß Billy's Bakery, hatte draußen auf dem Bürgersteig lindgrüne Holzbänke und sah genauso aus wie die, in der wir am ersten Abend gewesen waren. Ich nahm einen Schoko-Muffin. Immer wenn ich daran zurückdenke, habe ich wieder den Geschmack auf der Zunge und den Duft in der Nase. Michela trank nur einen Kaffee. Ein Glück, dass ich in New York so viel laufe, sagte ich mir, sonst würde ich bald dick und fett werden. Wir setzten uns auf die pastellfarbene Bank.

»Als du klein warst, was wolltest du da werden?«

»Tierarzt, und du?«

»Grundschullehrerin.«

»Wow! Wie klug und fleißig wir waren: Keiner von uns wollte Astronaut werden, oder Ballerina, Fußballprofi, Friseuse …«

»Also haben wir unsere Träume über Bord geworfen – oder sie haben sich mit der Zeit verändert. Weißt du noch, wann du den Plan, Tierarzt zu werden, aufgegeben hast?«

»Nein. Irgendwann erinnerte ich mich daran, dass ich einmal Tierarzt werden wollte, aber wann genau es damit vorbei war, weiß ich nicht mehr. Und du?«

»Ich habe davon Abstand genommen, als meine Schwester plötzlich auch Lehrerin werden wollte. Hast du eigentlich Geschwister?«

»Nein, ich bin Einzelkind.«

»Und deine Eltern leben getrennt?«

»Mein Vater ist gestorben.«

»Das tut mir leid.«

»Das muss es nicht, ist schon viele Jahre her. Er ist von zu Hause fort, als ich noch klein war. Ich glaube, daher kommen auch meine Probleme, mich zu binden … außer bei zeitlich befristeten Beziehungen.«

Wir mussten grinsen.

»Es gibt nicht immer auf alles eine Antwort. Mal ja, mal nein. Vielleicht bist du einfach nicht für eine länger andauernde Beziehung gemacht. Punkt.«

»Ich weiß nicht. Aber ich habe viel darüber nachgedacht. Ich suche gern nach Antworten und grüble gern. Vielleicht hat man vor Dingen Angst, die man nicht versteht, denn was man nicht versteht, hat man nicht unter Kontrolle. Ich glaube, mein Problem ist, dass ich immer noch zu sehr der Sohn meiner Mutter bin.«

»Hattest du das Gefühl, nicht genug geliebt zu werden?«

»Nein, im Gegenteil. Meine Mutter hat mich sehr geliebt, vielleicht zu sehr, sie war immer sehr fürsorglich.«

»Die Tatsache, dass sie fürsorglich war, bedeutet nicht, dass sie dich auch geliebt hat. Im Gegenteil. Vielleicht meintest du eher, dass sie dir nah war. Außerdem hängt auch viel von der zweiten Botschaft ab.«

»Zweite Botschaft, was ist denn das?«

»Die zweite Botschaft eines Menschen. Alle geben eine zweite Botschaft. Meine Mutter beispielsweise wirkt auf den ersten Blick wie ein guter Mensch, und das ist sie auch, aber für mich enthält ihre Art eine zweite Botschaft. Da geht es um Angst, Unterwerfung, fehlenden Mut, Misstrauen gegenüber anderen, Resignation. Obwohl darüber zu Hause nie ausdrücklich gesprochen wird, nimmt das Kind unbewusst auch die zweite Botschaft wahr.«

Ich musste an Silvias Tochter Margherita denken.

»Oft hängen Verhaltensstörungen und Erkrankungen bei Jugendlichen mit dieser zweiten Botschaft der Eltern zusammen«, fuhr Michela fort. »Ich zum Beispiel habe lange unter Magersucht gelitten.«

Wir schwiegen. Ich versuchte dahinterzukommen, was die zweite Botschaft meiner Mutter war, aber mir fiel nur die von Dante ein.

An diesem Sonntag, das weiß ich noch, redeten wir lange über die schlimmste Zeit in unserem Leben. Bei mir die Kindheit, bei ihr die Pubertät. Abends aßen wir zu Hause.

»Was muss ein Mann tun oder sagen, damit dir die Lust vergeht? Hast du so etwas mal erlebt?«

»Wie meinst du das?«

»Na ja, stell dir vor, du gehst mit einem Typ aus und er sagt oder tut etwas, das du so daneben findest, dass er sich damit disqualifiziert.«

»Ach so, Sprüche oder Verhaltensweisen, bei denen mir die Lust vergangen ist… Einmal, da hat mich einer am Telefon ›amore‹ genannt, und das am ersten Abend, und dann kam er mit einem rosafarbenen Plüschfrosch an und sagte, den habe er extra für mich gekauft, weil er die gleichen süßen großen Augen habe wie ich. Mit dem wollte ich danach nichts mehr zu tun haben, obwohl er mir noch wochenlang SMS geschickt hat. Ein andermal bin ich mit einem essen gegangen, und als die Rechnung kam, hat er doch tatsächlich alles fein säuberlich auseinandergerechnet und dann noch betont, aber den Wein, den übernehme er. Das war schlimmer, als wenn ich alles selbst bezahlt hätte, das wär mir lieber gewesen. Und richtig nervig fand ich schon immer, auch als ich noch jünger war, wenn einer nach fünf Minuten Knutschen sein Ding rausholte und es mir in die Hand legte. Das hat mich immer schon genervt, auch wenn mich der Typ interessierte. Doch egal was für ein Spruch, auf jeden Fall hängt es davon ab, wer ihn sagt, in welchem Zusammenhang… Und du? Was möchtest du von einer Frau nie hören?«

»Außer ›Ich bin schwanger‹?«

»Außer ›Ich bin schwanger‹.«

»Also … die Frage, die alle Frauen stellen, wenn sie sich mit einem Mann wohl fühlen.«

»Nämlich?«

»Machst du das bei allen Frauen so?«

»Und was antwortest du dann?«

»Frauen? Welche Frauen? Du bist die einzige Frau in meinem Leben.«

»O ja, das ist so einer von den Sprüchen, bei denen ich am liebsten gleich nach Hause gehen würde. Aber ich weiß ja, du machst nur Spaß. Das ist doch Spaß, oder?«

»Ja, ja … natürlich. Was ich auch nicht abkann, ist, wenn eine Frau über sich selbst redet und dabei ihren Vornamen benutzt.«

»Das musst du mir erklären?«

»Ich war mal mit einer zusammen, die hieß Sandra. Wenn sie von sich selbst sprach, sagte sie beispielsweise: ›Da habe ich mir gesagt, Sandra, stell dich nicht so an, das geht so nicht, Sandra, ich weiß, dass du es schaffen kannst.‹ Das ging mir auf die Nerven, genauso wie die Frauen, die im Bett mit einer Kleinmädchenstimme reden.«

»Und was sind die Dinge, die du gern hörst?«

»›Du bumst wie ein Gott.‹ Nein, ich mach nur Spaß … obwohl, eigentlich nicht. Sagen wir mal, mein Lieblingssatz lautet: ›Bei dir fühle ich mich frei, da kann ich sein, wie ich wirklich bin.‹ Wenn mir eine das sagte, hat mich das gefreut.«

»Das stimmt, dieses Gefühl vermittelst du wirklich. Bei dir hat man nie Angst, bewertet zu werden. Machst du das eigentlich bei allen Frauen so? Erst gestern habe ich mir gesagt: ›Michela, der Typ ist echt nett.‹«

»Bei dir stört es mich nicht, aber lass es bitte. Und wieso findest du mich nett? Was gefällt dir an mir?«

»Sag mal, fällt dir wirklich keine bessere Frage ein? Na ja, ich finde es gut, dass du dein Wissen nie als Waffe einsetzt.«

»Wie meinst du das?«

»Du kannst ja ganz schon nervig sein …«

»Ich hör ja schon auf, aber sag mir wenigstens, was du an Männern im Allgemeinen magst.«

»Ich mag es, wenn ein Mann mich überrascht, wenn er es schafft, etwas Verblüffendes zu tun, was mich durcheinanderbringt. Nach einer Weile werden die meisten Männer wie die Songs auf einer CD.«

»Wie bitte?«

»Du weißt immer schon, was als Nächstes kommt. Und wenn ein Song im Kopf zu Ende ist, fängst du automatisch mit dem nächsten an. Sie reden, und du weißt schon genau, worauf sie hinauswollen. Genau wie beim Sex, wenn sie dich küssen und streicheln und du schon genau weißt, wo die Hand als Nächstes hinwandert. Aber warte mal, da ist noch was … ich mag es, wenn einer es am ersten Abend zwar versucht und mir zu verstehen gibt, dass er mich mag, aber dann nicht weiter insistiert.«

Ich musste sofort an unseren ersten Abend denken. Ich hatte es zwar nicht versucht, aber wer weiß, vielleicht hatte ich ihr hinreichend signalisiert, dass sie mir gefiel.

»Ich mag Männer, die intuitiv verstehen, wenn ich allein sein will. Eifersüchtige Männer mag ich gar nicht. Die einzige Form von Eifersucht, die mir je gefallen hat, war die von meinem Vater, wenn ich abends spät nach Hause kam. Das fand ich super, da kam ich mir vor wie seine Frau. Und was mir auch gefällt, und zwar nicht nur bei Männern, ist, wenn jemand einen umfassenden Begriff von ›wir‹ hat.«

»Und zwar?«

»Na, wenn man unter ›wir‹ nicht ›ich und er‹ oder ›ich

und meine Familie und Freunde‹ versteht, sondern auch Menschen einschließt, die man gar nicht kennt, ja sogar Lebewesen, die noch gar nicht geboren sind.«

»Das verstehe ich nicht.«

»Ich weiß, ich kann es nicht erklären. Sobald ich die richtigen Worte finde, sage ich dir Bescheid.«

Aber dazu ist es nie gekommen.

Überhaupt schien sie zu jedem Thema, das angeschnitten wurde, eine feste Meinung zu haben. Bei mir dagegen ist es oft so, dass sich erst, wenn ich darüber rede, herausstellt, was ich von einer Sache halte. Erst wenn ich anderen etwas erkläre, schält sich meine Meinung heraus.

Dann gingen wir ins Bett. Michela bat mich, ihr den Reißverschluss aufzumachen, wie im Film. Mit den Händen raffte sie die Haare zusammen und hob sie hoch. Auch dieses Bild hat sich mir eingeprägt, und noch heute sehe ich es ohne bestimmten Grund oft vor mir. Der Hals, die Hände, die die Haare hochheben, und der Reißverschluss, der beim Aufmachen einen schimmernden Rücken enthüllt. Wie auf einem Bild von Schiele.

Ich habe mich immer gefragt, ob ein Mann es schaffen kann, einer Frau den Reißverschluss aufzumachen, ohne ihr den Hals oder die Schultern zu küssen oder daran zu knabbern. Ich jedenfalls habe es nicht geschafft. Ich lag mit ihr im Bett und wartete darauf, dass sie einschlief. Eigentlich wollte ich schon nach dem Essen gehen, aber sie bat mich zu bleiben, bis sie eingeschlafen sei.

»Erzählst du mir noch eine Geschichte?«

»Welche denn?«

»Denk dir eine aus.«

Ich schwieg einen Augenblick, und dann erfand ich eine Geschichte. Ich sprach mit geschlossenen Augen, malte mir aus, was ich erzählte, und streichelte ihr dabei sanft über den Kopf.

Nach einer Weile schlief sie ein. Ich streichelte sie weiter und schlief dabei selbst ein. Das kommt vor. Als ich aufwachte, stand ich auf und ging ins Bad, um mir das Gesicht zu waschen. Ich nahm den Stift, den ich gekauft hatte, und schrieb auf die Kacheln in der Dusche: »Es ist schön, an den Orten zu flanieren, die du mir gezeigt hast.«

Zur Beruhigung schrieb ich noch darunter: »Der Gedanke ist unauslöschlich, der Stift nicht.«

Alle im Haus schliefen. Ich lehnte mich an die Tür zu Michelas Zimmer und beobachtete sie. Ich war schon angezogen, hatte meinen Rucksack mit dem Computer auf dem Rücken, den iPod angeschaltet und die Kopfhörer auf. Radiohead, die *acoustic version* von *Creep.* Ich stand da, bis das Lied fast zu Ende war, und sah ihr beim Schlafen zu. Ein Mädchen. Ihr Gesicht, eine Hand am Mund. Auf dieser Reise aus Bildern und Tönen fragte ich mich: Wer bist du, wer bist du wirklich? Warum du? Warum jetzt? Wenn ich wüsste, dass ich dich nicht wecke, dich nicht aus deinen Träumen reiße, würde ich dich weiter streicheln. Warum rufst du diese Gefühle in mir wach, und warum scheint zwischen uns alles so natürlich?

Als ich auf die Straße hinunterkam, war es fast Morgen. Radiohead, *Nice Dream.* Es war nicht mehr ganz dunkel, der Himmel wurde immer blauer. Ein paar Sterne waren noch zu sehen. Ein wunderbarer Spaziergang, ich war glücklich. Langsam wurde es hell, zaghaft zeichneten sich die Konturen der Stadt ab. Der Morgen war kühl. Es war, als hätte ich viele Stunden geschlafen, die Luft streichelte meine Seele, und in den Haaren spürte ich die Sterne. Wenn ich durch New York spaziere, geht es mir immer gut, dann habe ich das Gefühl, dass sich mein Schicksal erfüllt, dass ein Teil von mir abfällt und ich unterwegs bin zu einem neuen Ich. Keine Ahnung, ob es daran liegt, dass ich die Stadt in zig Filmen gesehen habe, oder ob sie einfach Bestandteil meiner Fantasie ist, jedenfalls merke ich, dass mir hier alles gefällt, die Straßen, die Gerüche, all die verschiedenen Dinge, und ich gute Laune bekomme. Diesmal jedoch fühlte ich mich wie neugeboren, wie jungfräulich. Eine Bekehrung wie beim heiligen Paulus, eine Art geistige Neugeburt. In diesen Tagen fiel der Panzer von mir ab, der mir in meiner ersten Lebensphase als Schutzschild gedient hatte. Manche Menschen schaffen es nie, sich einen solchen Panzer zuzulegen, andere werden ihn nie wieder los. Deswegen war es für mich so wichtig, diese neue Phase bewusst zu erleben: Verletzlichkeit, Empfindsamkeit, Schmerz und Freude.

Mir kam es vor, als wäre das Leben ein Spiel in einer Schachtel und ich hätte mich bisher nicht getraut, sie aufzumachen. Eine Sache aber beschäftigte mich weiterhin, und diese Frage stelle ich mir bis heute: Woher kommt es, dass ich mich so fühle? Ist es wirklich möglich, dass sich zwei Menschen an einen Tisch setzen und beschließen, sich zu lieben und zusammen glücklich zu sein?

Mal abgesehen davon, dass wir diesen Entschluss nicht am Tisch gefasst hatten, sondern einander auf geheimnisvolle Art immer schon gesucht hatten. Irgendwie hatten wir uns in dieser Straßenbahn gegenseitig erwählt. Zwischen uns hatte es stets eine Art stillschweigende Übereinkunft gegeben. Von Anfang an war mir unter all den Menschen in dieser Straßenbahn nur sie allein aufgefallen. Sie und alles, was sie tat, selbst die kleinste Geste. Alle anderen waren für mich nur Masken, sie allein hatte ein Gesicht. Vielleicht liegt das Geheimnis ja darin, dass man sich nur einen Augenblick öffnen muss. Wie bei einer Mauer: Aus dem kleinsten Riss wächst eine Pflanze. Plötzlich war ich die Mauer, und aus einer klitzekleinen Ritze wuchs ein zartes Pflänzchen aus Gefühlen und Neugier. Die anderen Frauengeschichten hingegen waren wie bunte Blumensträuße, die man nach Hause trägt und in die Vase stellt. Obwohl man jeden Tag das Wasser wechselt, verblühen sie allmählich und gehen schließlich ein. Michela war wie eine Pflanze, die stetig wächst. An diesem Morgen fühlte ich mich frei, und dieses Gefühl war mir völlig neu. Alles kam mir verändert vor. Plötzlich konnte ich tun und lassen, was ich wollte. Das Leben lag in meiner Hand, ich konnte frei entscheiden, über den heutigen Tag, über mein Schicksal. Alles war möglich.

Vor mir lag ein Tag ohne Termine, ohne Fristen und Verpflichtungen, ich fühlte mich göttlich. Ich setzte mich auf eine Bank. Dort gab es nichts Besonderes zu sehen, ich wollte einfach nur beobachten, was in dieser Straße passierte. Ich dachte viel darüber nach, was mit mir passierte, über Michela, über unsere gemeinsamen Erlebnisse. Über die Tatsache, dass dieses dumme Spiel, dieser lachhafte Trick tatsächlich funktionierte. Mit ihrem Spiel hatte Michela den Zugangscode geknackt, das Passwort, um mich von meinen Ängsten zu befreien.

»Willst du mit mir spielen?«

»Ja.«

Ich saß auf dieser Bank in New York, wartete, dass es hell wurde, und ordnete meine Gedanken. Es ist ein schönes Gefühl, wenn man ab und zu innehält, um etwas zu verändern. Ich dachte nicht daran, was daraus werden würde. Kein »für immer und ewig«. Wie der Engel in dem Film *Der Himmel über Berlin*: »Ich möchte bei jedem Schritt oder Windstoß jetzt und jetzt und jetzt sagen können und nicht wie immer, seit je und in Ewigkeit.«

Für mich war Michela dieser Engel. Jetzt, jetzt, jetzt!

Lange blieb ich dort sitzen, so wie im Kino nach einem guten Film, wenn man nicht gleich aufstehen will, sondern noch ein bisschen sitzen bleibt, damit die Erregung abflaut. Dann ging ich frühstücken. Kaffee und einen Muffin, und nachdem ich noch ein Stück gegangen war, ging ich ins Hotel zurück. Am liebsten hätte ich noch weiter diesen Tagesanfang genossen, aber langsam wurde ich müde. Ich war gern mit Michela zusammen, auch wenn wir nichts Besonderes machten, hatte ich nie das Gefühl, Zeit zu verschwenden. Wäre ich in ihren Armen eingeschlafen und zwanzig Jahre später wieder aufgewacht, hätte ich nicht das Gefühl gehabt, meine Zeit verschwendet zu haben. Wieso eigentlich?

In den letzten Monaten, bevor ich sie traf, hatte ich genau das umgekehrte Gefühl gehabt. Es war mir alles wie eine Zeitverschwendung vorgekommen. Wie wenn man auch noch anstehen muss, um einen Strafzettel zu bezahlen, reine Zeitverschwendung. Verständlich, dass man abends nicht ins Bett will, wenn man das Gefühl hat, einen Tag nicht richtig gelebt, die Zeit verschwendet zu haben. An solchen Abenden habe ich eine unbändige Lust zu leben, will zwei oder drei Filme auf einmal sehen, schreiben, lesen, zeichnen oder einfach aus dem Fenster schauen. Schlafen ist für mich dann vergeudete Zeit. Ich habe Lust zu lernen, irgendwas, Hauptsache lernen. Und den nächsten Tag würde ich am liebsten verschlafen. Aufstehen zu müssen erscheint mir dann wie die schlimmste Ungerechtigkeit. Selbst der Bauch tut mir weh. Im Grunde müsste ich meine beiden Seiten vertauschen, das wär's: Abends müsste ich der vom Morgen sein und umgekehrt. Manchmal will ich aber auch sofort schlafen, sobald in mich ins Bett lege. Ich spiele mit dem Gedanken, mir einen Kräutertee zu machen, damit ich besser ein- und bis zum Morgen durchschlafen kann, aber wenn ich dann wirklich einen Kräutertee trinke, muss ich nachts aufs Klo, da weiß ich nicht, was besser ist. Manchmal ist selbst das Zubettgehen ein Riesenproblem.

Jetzt, in diesem Augenblick, schlief Michela, und ich hätte gerne eine Methode gefunden, um in ihre Träume zu gelangen und mit ihr zu sprechen, ihr alles zu sagen, was ich ihr noch nicht gesagt hatte. Ich wollte all das nicht für mich behalten.

Manchmal machte Michela mich verlegen, denn sie besaß die Fähigkeit, mich zu verunsichern. Meine gewohnte Sicherheit bei Frauen hatte ich zum Teil eingebüßt. Ich spürte, dass sie meine Gedanken lesen konnte. Dabei wäre ich gern ein bisschen männlicher gewesen, um ihr den Wunsch nach starken Armen zu erfüllen, in die sie sich, wie sie mir anvertraut hatte, gerne sinken lassen würde. Damit sie sich unbeschwert gehenlassen könnte, ich wäre ja da, würde auf sie achtgeben und sie vor Kälte und allem Bösen bewahren.

Aus diesem Grund wäre ich gerne ein bisschen … von allem ein bisschen mehr gewesen. Ich wollte sie bei der Hand nehmen und sie über die Straße führen, wie nur ein richtiger Mann es vermag, wollte jeden Tag vor ihrem Büro auf sie warten, um zu sehen, wie sie mir lächelnd entgegenkam. Ich wollte ihren Geschmack kennen, um ihr genau das richtige Kleid zu kaufen. Wollte etwas Schönes für sie sein, ein schöner Gedanke, ein gutes Wort, ein Augenblick der Stille. Ich wollte, dass ihre Stimme einen warmen Klang bekäme, wenn sie ihren Freundinnen von mir erzählte und meinen Namen aussprach. Wenn ich an Michela dachte, bekam ich Lust, mir ein frisches Hemd anzuziehen, mich zu kämmen und mein Äußeres in Ordnung zu bringen, auf mich selbst zu achten, auf sie zu achten. Am liebsten hätte ich für sie die Pizza kleingeschnitten, wie bei einem Kind.

Einmal hatte ich sie gefragt: »Michela, was kann ich noch tun, was fehlt mir, was kann ich für dich erfinden?«

»Nichts, Giacomo, gar nichts. Entspann dich und genieße mit mir diese Tage. Lass uns gemeinsam lernen, diese Zeit wahrzunehmen und gemeinsam zu erleben. Ohne nachzudenken. Sieh mich an. Sieh mich richtig an. Siehst du nicht, dass ich glücklich bin?«

Michela öffnete mir die Augen für die Tatsache, dass ich mich selbst immer für unzulänglich hielt. Ich musste an früher denken, an das Verhältnis zwischen mir und meiner Mutter.

Den Kaffeegeschmack noch im Mund, ging ich schließlich schlafen. Mit Michela roch die Zeit nach Reisen, nach Erkenntnis. Vor dem Einschlafen schrieb ich in mein Notizbuch: Was ich gerne mit ihr unternehmen würde: Spazieren gehen, Reden, Sex, meine Gefühle frei äußern. Schweigen. Mit ihr zusammen schweigen ist ein erfüllendes Gefühl.

Sexy Manhattan (-6)

Ich wachte auf, weil an der Tür geklopft wurde. Ich ging öffnen. Es war Michela mit Frühstück und einer Sonnenblume. Kaffee in Pappbechern und Bananen-Nuss-Muffins. Wir aßen im Bett, dann liebten wir uns. Ich hatte keinen großen Hunger, Michela schon. Während sie sich anzog, sagte sie: »Unten an der Ecke habe ich einen Mann getroffen, der mir für einen Dollar einen Witz erzählt hat.«

»Alfred.«

»Ich dachte, er heißt Bob. Kennst du ihn?«

»Manchmal bleibe ich stehen und höre mir einen Witz an, aber meist verstehe ich ihn nicht. Ich gebe ihm trotzdem gerne seinen Dollar, denn die Idee finde ich gut. Wie kommst du darauf, dass er Bob heißt?«

»Weil er mir den Witz erzählt hat, dass er, als er schreiben lernte, der Einzige war, der seinen Namen vorwärts und rückwärts schreiben konnte. Dann machte er eine Pause und sagte: My name is Bob! Ein Palindrom.«

Ich dachte an Dante und musste grinsen.

Michela gab mir einen Kuss und ging zur Arbeit.

Noch sechs Tage.

An diesem Vormittag entdeckte ich bei meinen Streifzügen ein Geschäft, das billig CDs verkaufte. Ich nutzte die Gelegenheit und kaufte ein paar Musikstücke, die zu unserer

Geschichte in Manhattan passten. Alles Songs, die ich nicht auf meinem Computer hatte. Die Preise waren so niedrig, dass ich mich nur mit Mühe davon abhalten konnte, das ganze Sortiment aufzukaufen. Ich kaufte Chet Baker, Roberta Flack & Donny Hathaway, Smokey Robinson & The Miracles, Nancy Sinatra, Billie Holliday, Otis Redding, Sarah Vaughan. War zwar alles spottbillig, aber bei Michela habe ich damit in der Kategorie »Lover mit der besten Musik« endgültig den Vogel abgeschossen, schätze ich.

Dazu kaufte ich ein paar neuere CDs, die etwas teurer waren: Arctic Monkeys und She Wants Revenge. Mittags aß ich eine Kleinigkeit auf dem Markt an der 9th Street, Höhe 1st Avenue. Ich liebe es, durch die Straßen der Lower East Side zu flanieren, ich verbrachte praktisch den ganzen Tag dort. Dann holte ich Michela von der Arbeit ab. Aperitif und Spaziergang.

Wir kamen an einem Sexshop vorbei und gingen hinein. Es gab da alles Mögliche, auch Dinge, deren Zweck unsere Vorstellungskraft überstieg. Als wir ein bisschen herumgestöbert hatten, flüsterte Michela mir zu: »Kauf, was du willst, ich spiele mit.«

Dann ging sie hinaus.

Ich hatte nicht die geringste Ahnung, was ich nehmen sollte. Bis dahin war ich nur zweimal in einem Sexshop gewesen. Einmal in Madrid mit Maria, die ich auf einer Spanienreise kennengelernt hatte: Damals kaufte ich einen Vibrator, der in Spanien wundersamerweise *consolador* hieß. Das zweite Mal war mit Monica. Sie hatte gesagt, sie wolle mal was Neues ausprobieren. Zu diesem Zweck verbrachten wir ein Wochenende zusammen: Wir machten jede Menge

Experimente und Spiele. Lustkugeln, Vibratoren, Peitschen, Seidenbänder zum Augenverbinden und Fesseln. Und als Krönung ein vibrierendes Ei mit Fernbedienung. Sie führte es ein, bevor wir Essen gingen, und ich setzte es ab und zu in Aktion: Dann musste sie, während sie mit dem Kellner, einem Passanten oder dem Portier im Hotel sprach, plötzlich kichern.

Und wir machten das U-Boot-Spiel: In der Badewanne lässt man ein Präservativ mit Wasser volllaufen und führt es bei der Frau ein. Wenn man dann das heraushängende Ende zusammendreht, bläht sich das Ding innen auf. Monica gefiel dieses Spiel. Aber soll ich das wirklich Michela vorschlagen?, fragte ich mich.

Ach ja, und das mit dem Eisschwanz haben wir auch gemacht. Man nimmt ein Präservativ, füllt es mit Wasser und legt es in das Gefrierfach, so bekommt man einen Eisschwanz. Für sie ist es eine Abkühlung, aber für einen selbst auch; beim Eindringen fühlt sich alles kühl an. Und bei Gebrauch schmilzt er dann langsam. PS: Unbedingt im Präservativ lassen. PPS: Nur im Sommer.

Dieses Wochenende mit Monica werde ich nie vergessen: unauslöschliche Bilder und Details.

Da ich keinen ausgeprägten Perversionen anhänge, kaufte ich schließlich nur Seidenbänder zum Augenverbinden und Fesseln sowie ein vibrierendes Ei, das *Wireless Vibrating Egg*. Als wir es ein paar Tage später ausprobierten, konnten wir uns kaum halten vor Lachen. Von da an machte ich mit Michela alles Mögliche, was ich mich bisher nicht getraut hatte. Mir fiel ein, was Silvia gesagt hatte: »Es gibt nichts Schlimmeres als wohlerzogenen Sex.« Es ist gar nicht so, dass manche Frauen bestimmte Dinge mitmachen und andere nicht. Der Unterschied ist nur, dass manche Frauen sich sofort auf alles einlassen, während man andere erst behutsam heranführen muss. Bei Michela war alles ein Spiel. Nie pervers. Wir konnten ganze Abende damit zubringen, uns nur zu küssen und zu schmusen – oder ganz anders loslegen. Es gab Tage, an denen ich praktisch das Bett nicht verließ. Diese Tage, an denen man alles wird. Sich dauernd verwandelt, sich von Minute zu Minute verändert. Man ist ein Liebespaar, dann wird er zum Vater, zum Sohn, zum Essen für sie, man wird zu Schiffchen, Gewissheiten, Ängsten, Mysterien. Erinnerungen, Farben, Regen. Höhlen. Liebe um ein Feuer. Sternenhimmel, Fenster mit Meerblick. Lichtstrahlen zwischen grünen Blättern. Obst. Weiße Laken, die zum Trocknen auf der Leine hängen. Bunte Blechdosen. Abendkleider. Lichtexplosionen … *in einem Band mit Liebe eingebunden all das, was sonst im Weltall sich entfaltet …*

Mit ihr zu schlafen war wie eine Versöhnung ohne vorherigen Streit. Im Bett zu bleiben, sich zu lieben und zu lachen ist Leben pur.

Eines Tages gelang mir sogar etwas, das ich schon öfter vergeblich versucht hatte: in ihr drin zu bleiben, ohne mich zu rühren. In einem Buch hatte ich mal gelesen, dass sich Mann und Frau, wenn sie ohne Orgasmus still ineinander liegen, mit Energie aufladen. So streichelten wir uns und plauderten stundenlang, ich in ihr.

Vor mir sehe ich immer noch ihr Gesicht in meinen Händen. Dabei funkelten ihre Augen wie mein Leben in diesen Tagen. Wir unterhielten uns leise, fast flüsternd. Und noch etwas erlebte ich mit ihr zum ersten Mal. Ich lag auf ihr, wir knutschten, und ich flüsterte ihr ins Ohr: Sie kam zum Orgasmus, ohne dass ich sie weiter angefasst hätte. Ich küsste nur ihren Hals, ihre Lippen und flüsterte ihr dabei Phantasien ins Ohr. Na ja, Phantasien waren es eigentlich nicht. Ich zählte nur auf, was ich in Kürze mit ihr machen würde.

Die Tüte aus dem Sexshop in der Hand, machten wir uns zu Fuß auf den Weg zu ihr. Plötzlich bemerkte Michela einen Mann, der eine Haustür aufschloss. Schnell rannte sie zu ihm und bat ihn, die Tür offen zu lassen, weil wir auch dort wohnten. Dann hielt sie die Tür auf, und als ich sie erreicht hatte, flüsterte sie mir zu: »Folge mir.« Wir gingen die Treppe hinauf.

»Kennst du jemanden in diesem Haus?«

»Nein, ich bin zum ersten Mal hier.«

»Und was machen wir dann hier?«

»Nachsehen, ob man vielleicht aufs Dach kommt.«

»Und warum machen wir das nicht in deinem Haus?«

»Das dauert zu lange.«

Als wir auf dem obersten Treppenabsatz ankamen, war dort tatsächlich eine Tür, die aufs Dach führte.

Es war das erste Mal, dass ich in Manhattan auf ein Dach stieg. Diese Dächer kannte ich nur aus Filmen. Aber ich muss schon sagen, der Anblick war atemberaubend. Man sah die erleuchteten Hochhäuser in Uptown wie auf einem Poster. Während ich mich noch ganz entzückt umsah, begann Michela mich zu küssen und verkündete, sie wolle auf der Stelle mit mir schlafen. Sie lehnte sich an eine Mauer und zog mich an sich. Während wir uns küssten, machte sie meine Hose auf, und ich schob ihr Kleid nach oben und zog ihr den Slip aus. Sie hob ein Bein und legte es um mich. Ich sah auf sie und auf die Stadt hinunter. Ich schlief mit ihr, aber auch mit ganz Manhattan.

Auf dem Weg nach unten blieben wir dauernd auf der Treppe stehen, um uns zu küssen. Der Sex auf dem Dach hatte uns nicht ruhiger gemacht, sondern nur noch erregter. Zu Hause holte ich die Seidenbänder heraus. Wohlweislich hatte ich fünf Stück gekauft, weil man an Michelas Bett nichts anbinden konnte. Zwei davon band ich um die Schenkel wie Strumpfbänder und zwei um die Handgelenke. Als ich alles gut verknotet hatte, verknüpfte ich die Bänder an den Handgelenken mit denen an den Schenkeln. Aus dem letzten Band machte ich eine Augenbinde. Ich fand dieses Spiel mit ihr sehr erregend. Fast so wie das Spiel mit dem Spiegel, den ich von der Wand genommen und auf den Boden gelegt hatte. Michela kniete auf dem Tisch, ich kam von hinten, und im Spiegel unter uns sah ich unsere beiden Körper. Bei dieser Gelegenheit machte sie die scherzhafte Bemerkung, ich sei ein romantischer Erotomane. Ich stellte mir darunter jemanden vor, der eine Rose kauft, um sie ihr in den Hintern zu stecken.

Als wir um vier Uhr morgens noch etwas aßen, bevor wir uns schlafen legten, sagte ich im Spaß zu ihr: »Und wann machen wir ein Kind?«

»Hängt ganz davon ab, welchen Namen du ihm geben willst.«

»Vollkommen d'accord. Wer weiß, welche scheußlichen Namen dir vorschweben. Wenn es ein Mädchen wäre, wie würdest du es nennen?«

»Cassia, Lucia, Michela junior …«

»Michela junior ist nicht schlecht … Und einen Jungen?«

»Giacomo junior, Filiberto, Luigi, Clemente, Giacinto.«

»Bis auf Giacomo junior gefällt mir davon überhaupt keiner. Also keine Kinder. Da könnte man ihn ja auch gleich Veronello nennen.«

»Dann sag du mal.«

»Bei einem Mädchen: Giada, Lucilla, Beatrice. Bei einem Jungen: Matteo oder Alberto wie mein Großvater.«

»Auf keinen Fall. Ich habe eine bessere Idee: Wir machen es nach Geschlecht, wenn es ein Junge wird, entscheide ich, bei einem Mädchen darfst du.«

»Das ist mir zu riskant, Michela. Bei deinen Vorschlägen für Jungennamen will ich es lieber nicht drauf ankommen lassen. Machen wir es lieber umgekehrt: Den Jungennamen suche ich aus und den Mädchennamen du.«

»Meinetwegen. Auch wenn es mir gar nicht passt, dass ich dann meinen Sohn nicht Filiberto nennen kann.«

Ich schwieg einen Augenblick und hing dem Gedanken nach, dass ich wirklich ein Kind mit ihr wollte: Jetzt und hier hätte ich ohne weiteres ja gesagt. Plötzlich begriff ich, warum manche Paare, die sich erst seit kurzem kennen, ein Kind machen. Die Begeisterung ist so ungeheuer, dass man meint, es sei ja keine große Sache, und alles würde schon gutgehen. Vielleicht geht es ja in unserem Alter auch schneller; wenn Leute Kinder wollen, müssen sie vorher nicht erst Jahre zusammen sein. In unserem Alter kommt das Thema schnell auf den Tisch. An diesem Abend hätte ich ja gesagt, es aber nicht »wirklich« so gemeint. Ich hätte es einfach so dahergesagt, als eine Möglichkeit.

Aber nicht im Ernst.

Immerhin waren wir kurz davor, uns zu trennen.

Picknick (-5)

Am nächsten Tag weckte mich ihre Stimme: »Du hast Flügel, Flügel wie ein Engel.«

Ich schlug die Augen auf und drehte mich zu ihr um. Sie begutachtete meinen Rücken.

»Du hast Flügel wie ein Engel, das habe ich jetzt erst bemerkt.«

Da begriff ich, dass sie die Haarbüschel unter meinen Schulterblättern meinte.

»Ekelhaft diese Haare, und völlig überflüssig.«

»Das sind Flügel.«

Es war das erste Mal, dass ich sie unter diesem Gesichtspunkt betrachtete. Ich schlich auf Zehenspitzen durch die Wohnung und tat so, als würde ich fliegen.

Wie versprochen hatte sich Michela ein paar Tage freigenommen, und wir beschlossen, mittags ein Picknick im Central Park zu machen.

Sie machte sich in der Küche zu schaffen, ich hatte die Getränke übernommen und ging los, um sie zu besorgen. Als ich zurückkam, stand ein Picknickkorb auf dem Küchentisch. Wie im Film. Eine Obstschale, Behälter mit Deckeln und Käse. Als ich den Korb hochhob, sagte sie, ich solle ihn stehenlassen, sie werde ihn nehmen.

»Aber der ist schwer.«

»Das schaffe ich schon … du trägst die Decke, die Getränke und das Radio.«

»Bist du sicher?«

»Ich bin stark. Guck mal, was für Muskeln.«

Dann machte sie diese typisch weibliche Geste, meine Lieblingsbewegung, spannte die Armmuskeln an und sagte: »Guck mal, was für Muskeln. Fass ruhig an.« Ich mag es, wenn Frauen das machen. Ein Schlauch mit einer Rille in der Mitte, auf den sie stolz wie Oskar sind, wie Kinder.

»Fühl mal, nun fühl doch mal.«

Unten auf der Straße wollten wir ein Taxi rufen. Ich fragte, ob sie eins heranpfeifen könnte wie Audrey Hepburn in *Frühstück bei Tiffany*.

»Ich kann nicht pfeifen.«

»Du kannst nicht pfeifen? Das kann doch jeder.«

»Ich versuche immer, einen Ton herauszubringen, aber es kommt nur Luft, wie beim Pusten. Das ist mein Kindheitstrauma. Alle haben mich damit aufgezogen.«

»Ach, deswegen hast du mit Amarildo rumgeknutscht, weil dich sonst keiner wollte. So was hat irgendwie jeder, ich zum Beispiel kann nicht ins Wasser springen, ohne mir die Nase zuzuhalten. Weil sonst Wasser reinkommt.«

»Das ist doch nicht schwer, man muss nur ausatmen.«

»Ach, wie du beim Pfeifen, meinst du?«

Wir mussten grinsen.

Im Central Park packten wir alles aus. Michela hatte Eier und eine Quiche zubereitet, außerdem Guacamole. Ich liebe Guacamole. Ferner gab es Zimt-Haselnuss-Kekse und eine Thermoskanne mit Kaffee. Inzwischen hatte ich auch einen Radiosender mit guter Musik gefunden. Wir naschten von allem ein bisschen. Zu trinken gab es Rotwein, einen kalifornischen. Gar nicht schlecht.

Nach dem Kaffee legten wir uns in die Sonne. Sie mit dem Kopf auf meiner Brust. Schweigend. Eine Zeitlang taten wir gar nichts, dann begann Michela zu lesen. Ich grübelte über ein paar Fragen. Als im Radio eins meiner Lieblingslieder kam, sagte ich:

»Jetzt gehe ich ins Studio und gebe dem DJ einen Zungenkuss.«

»Wie heißt das Stück?«, fragte Michela.

»*Fly me to the moon*, in der Version von Shirley Bassey.«

»Schön.«

Als das Lied zu Ende war, brach ich das Schweigen und fragte sie: »Sag doch noch mal, wie bist du eigentlich auf die Idee mit der befristeten Beziehung gekommen?«

»Ich dachte, es würde dich entlasten, wenn du einen Anfang und ein Ende siehst. Und mich vielleicht auch.«

»Aber ich habe Angst davor, verlassen zu werden, das ist mein Kindheitstrauma. Erst seit ein paar Jahren kann ich das mit Abstand sehen. Bei dir ist das anders, deine Eltern sind schon ein Leben lang zusammen und sind es immer noch.«

»Ich habe auch mein Trauma, das von der glücklichen Familie. Als sie meinen Vater heiratete, war meine Mutter noch Jungfrau, sie hat nie einen anderen Mann gehabt, und sie war damit zufrieden. Ich glaube, meine Eltern sind zusammengeblieben, weil sich in ihrer Generation die Frage nach einer anderen Lebensform gar nicht stellte. Wie sollen sie für mich ein Vorbild sein? Unvorstellbar. Allein der Gedanke daran ist für mich ein Alptraum. Für die Frauen von heute stehen auf der einen Seite Emanzipation, Unabhängigkeit, Berufstätigkeit und Freiheit, auf der anderen der Wunsch, zu Hause zu bleiben, Mutter zu sein in einer beneidenswerten Liebesbeziehung, wie bei meinen Eltern. Bis vor kurzem habe auch ich diesen inneren Konflikt mit mir herumgetragen.«

»Wir haben es wirklich schwer, Michela. Wie kommt es dann, dass ich mich so wohl fühle? Dass es mit uns beiden so gut läuft? Ist es wirklich möglich, dass zwei Menschen beschließen, sich zu lieben und zusammen glücklich zu sein?«

Michela klappte ihr Buch zu.

»Wenn du hier bist, dann doch deshalb, weil wir uns immer gesucht haben, von dem Augenblick an, als wir uns zum ersten Mal sahen. Ich habe mich das neulich abends auch gefragt, die Frage dann aber als sinnlos verworfen. Wenn Gefühle da sind, muss man sie ausleben. Wir wissen, dass wir uns – was immer geschieht – in ein paar Tagen trennen werden, deshalb … lass es uns genießen. Neulich abends ist mir klargeworden, dass dieses ewige Grübeln, warum ich mich mit dir wohl fühle und was wohl passiert, wenn wir uns trennen, so ähnlich ist, als machte man eine Motorradtour in die Berge und fragte sich unterwegs dauernd: Und wenn wir jetzt einen Platten haben, wenn es anfängt zu regnen, wenn uns das Benzin ausgeht?«

Was ich an Michela liebte, war ihr grenzenloser Freiheitsdrang und ihr unbändiger Spieltrieb. Dieses Spielerische gab mir unglaublich viel. Dadurch taute ich auf, hatte den Wunsch, mich zu öffnen. Ohne Zwang. Michela verlangte nichts von mir, was ich ihr nicht ohnehin gab, und so war ich es, der immer mehr geben wollte.

»Wenn du eine Glückssträhne hast, musst du etwas wagen«, heißt es im Glücksspiel, deshalb beschloss ich, den Einsatz zu erhöhen. »Ich gehe mit und will sehen«, wie beim Poker. Eigentlich wollte ich sie fragen, ob sie mich heiraten wollte, zum Spaß natürlich, aber dann fiel mir wieder ein, dass sie sich ja von ihrem Ex getrennt hatte, als er damit anfing. Außerdem war Michela auch deshalb aus Italien weggegangen, weil sie es nicht mehr ertragen konnte, dass ihre Mutter und andere sie drängten, endlich zu heiraten.

»Bist du denn grundsätzlich gegen die Ehe? Ich erinnere mich, dass du sauer auf alle warst, die wollten, dass du heiratest …«

»Ich bin nicht weggegangen, weil ich auf die anderen sauer war, ich bin weggegangen, weil ich selbst in der Krise war, weil ich auf mich selbst sauer war.«

»Warum warst du denn sauer auf dich selbst? Du warst doch nur ehrlich.«

»Weißt du, in den Augen meiner Mutter bin ich als Frau gescheitert, weil ich in meinem Alter noch keine Familie habe, weder einen Mann noch Kinder. So ist meine Mutter nun mal, ich kann nichts daran ändern, trotzdem hat es mich nachdenklich gemacht: Bisher habe ich in meinem Leben noch nichts vollbracht, mit dem ich ihr beweisen könnte, dass man nicht gescheitert ist, bloß weil man keine Familie hat. Dazu hätte ich eine überzeugende Alternative gebraucht. Wenigstens eine gesicherte Existenz, einen Lebensplan, eine Überzeugung. Aber ich habe nichts von all dem, bin voller Zweifel und Unsicherheit. Ich sah die skeptischen Blicke meiner Mutter und wusste, dass sie sich für mich schämte, wenn sie mit ihren Freundinnen zusammen war. Für sie war und bin ich bis heute ein Grund, sich zu schämen. Und sie für mich. Ich hätte es nicht zulassen dürfen, wie all diese Leute mich behandelt haben, aber es ist meine eigene Schuld. Wie gesagt, ich war kurz davor, ihre Weltsicht zu übernehmen. Als meine Beziehung mit Paolo in die Brüche ging, fühlte ich mich wie eine Versagerin, weil ich es im Gegensatz zu meiner Mutter nicht geschafft hatte. Ich würde auch gern den Rest meines Lebens mit einem Menschen verbringen, aber nicht mit einem, den ich nicht liebe, bloß weil kein besserer da ist. Keine Silbermedaille. Ich kenne eine Menge Leute, die sich lieber mit einer Silbermedaille, mit einem zweiten Platz zufriedengeben, als alleine zu sein.«

»Ich glaube, dass die Ehe nur deshalb noch einen so hohen Stellenwert hat, weil sie mit sozialer Anerkennung verbunden ist. ›Ich bin verheiratet‹ heißt so viel wie: ›Ich hab's geschafft‹, aber: ›Ich bin Single‹, das bedeutet, du bist in der Warteschleife hängengeblieben.«

»Genau, meine Freundinnen heiraten, weil sie weniger aufrichtig sind als ich. Die einen sind vielleicht schwächer, die anderen nicht so anspruchsvoll. Und zu allem Überfluss gucken sie dann noch mitleidig auf einen herab. Nicht alle, aber viele. Zum Teufel mit der biologischen Uhr! Zum Teufel mit der sozialen Anerkennung!«, skandierte sie lachend.

Nicht alle, ja, aber ich kenne tatsächlich viele Frauen, die einfach den Nächstbesten geheiratet haben.

Nach einer kurzen Pause sagte ich: »Michela, ich muss dich was fragen. Willst du mich heiraten?«

Sie hob den Kopf und sah mich an. »Wie meinst du das?«

»Ich meine, anstatt die restlichen Tage einfach so zusammen zu sein, heiraten wir. Dann trennen wir uns an dem festgelegten Tag. Wir entscheiden, wie und wo wir heiraten, wir erfinden unser eigenes Ritual. Zum Spaß natürlich. Was meinst du? Wenn du mich heiratest, bringe ich dir das Pfeifen bei.«

»Einverstanden. Ich würde dich gerne heiraten. Für vier Tage, natürlich.«

»Sollen wir gleich hier im Central Park heiraten?«

»Warum nicht… oder nein, ich habe eine bessere Idee, wenn du willst, zeige ich dir einen ganz besonderen Ort. Er ist klitzeklein, eigentlich kein Park, eher ein Garten. Ich gehe oft dorthin. Wenn du einverstanden bist, würde ich dich gerne dort heiraten.«

»Du brauchst ihn mir nicht zu zeigen … Ich verlasse mich auf dich.«

»Er wird dir gefallen, du wirst sehen … aber lass uns morgen heiraten, nicht heute.«

»Warum?«

»Weil ich vorher noch mal nach Hause will; ich möchte ein Kleid aussuchen und mit der Idee ins Bett gehen, dass ich am nächsten Tag heirate.«

»Du hast recht. Brauchen wir Trauzeugen? Wen möchtest du als Trauzeugen?«

»Keine Ahnung, ich muss erst darüber nachdenken. Als Trauzeugen möchte ich … Dante.«

»Wen, meinen Kumpel vom Gymnasium, die Nervensäge?«

»Wie bitte? Nein, ich meinte Dante Alighieri …«

»Ach so, ich dachte schon … vergiss es.«

»Oder Neruda oder Virginia Woolf oder Mozart … oder den männlichsten Mann der Welt, Steve McQueen. Ich muss noch darüber nachdenken. Und du?«

»Keine Ahnung, im Moment fällt mir niemand ein.«

»Um welche Uhrzeit?«

»Wie wär's mit zehn? Danach gehen wir essen.«

»Okay.«

Ich rief sofort bei Silvia an, um ihr eine Nachricht zu hinterlassen, doch seltsamerweise war ihr Handy eingeschaltet, und als es ein paarmal geklingelt hatte, hörte ich etwas, das so klang wie »Hallo?«.

»Wieso bist du um diese Uhrzeit wach?«

»Ich habe vergessen, das Handy auszuschalten.«

»Entschuldige. Ich ruf dich morgen wieder an. Ich wollte dir nur sagen, dass ich morgen heirate. Ciao.«

»Ciao.«

Mir war klar, dass sie gar nichts verstanden hatte. Sie war im Tiefschlaf. Eine Minute später rief sie zurück.

»Lass mal, ich sag's dir morgen ...«

»Jetzt hast du mich doch schon aus dem Schlaf gerissen, mit dem Klingeln und vor allem mit dem, was du gesagt hast. Soll das ein Witz sein?«

»Nein.«

Ich erklärte ihr alles. Wir telefonierten ziemlich lange und redeten auch über andere Dinge.

Bevor sie auflegte, sagte sie noch, ich solle ihr die Bomboniera mitbringen.

Da fiel mir ein, dass ich an der Spring Ecke Mercer Street einen orientalischen Stand gesehen hatte, der Halsketten, Armreifen, Anhänger und Ringe verkaufte. Ich ging hin und kaufte zwei bunte Eheringe.

Sie lagen in einem Korb mit vielen anderen Ringen und kosteten fünf Dollar. Ich kaufte auch einen silbernen Armreif für Oma. Als ich ihn sah, musste ich sofort an sie denken, obwohl sie normalerweise keine Armreife trägt: Oma trägt nur einen Ehering und Ohrringe, die Opa ihr geschenkt hat, als sie noch verlobt waren. Ich war mir sicher, dass dieser Armreif ihr gefallen würde, denn er war sehr schlicht, ohne aufwendige Verzierungen. Als Kind hatte sie mir zu Gefallen mal einen ganzen Monat lang eine selbstgemachte Kette aus Knete getragen, deshalb konnte ich davon ausgehen, dass sie mein einfaches Geschenk durchaus würdigen würde. Wie glücklich ich damals war, als sie meine Kette trug, mich dafür lobte und betonte, wie sehr sie ihr gefiel. Es war immer schwer, ihr etwas zu schenken, sie wollte nie etwas. Am meisten freute sie sich, wenn ich ihr von meinen Reisen eine Postkarte schickte. Das war die einzige Bitte, die sie jemals geäußert hatte. Deshalb schickte ich meiner Großmutter aus allen Ecken der Welt eine Postkarte. Auch diesmal aus New York.

Dann ging ich ins Hotel. Für Silvia hatte ich noch nichts Nettes gefunden. Bevor ich schlafen ging, klingelte das Telefon.

»Hallo.«

»Hier ist Dante, wie geht's?«

»Dante … wieso bist du um diese Zeit noch wach? Bei dir ist es doch jetzt fünf Uhr morgens.«

»Ich denke nach. Ich war mit einem Freund aus, wir haben ein bisschen getrunken, dann bin ich nach Hause, konnte aber nicht schlafen. Außerdem ist der Hund meines Nachbarn auf dem Balkon und bellt. Vor ein paar Tagen hab ich schon mit einer Schleuder Steinchen nach ihm geschossen, doch am nächsten Morgen hat sein Herrchen sie gefunden und mir gedroht.«

»Tut mir leid. Ich hoffe, du kannst jetzt bald einschlafen. Also ciao.«

»Warte mal, ich will dich was fragen, aber sei bitte nicht beleidigt.«

»Warum sollte ich beleidigt sein? Was willst du wissen?«

»Hör mal, ich meine … du, aber reg dich bitte nicht auf …, du bist so alt wie ich, hast nie geheiratet, nicht einmal eine Freundin, dein bester Freund ist eine Frau … Plötzlich ist mir ein Verdacht gekommen: Du bist doch nicht etwa schwul?«

Entschuldige mal, es ist fünf Uhr morgens, und du hast nichts anderes zu tun, als dich um meine Angelegenheiten zu kümmern?, hätte ich am liebsten gesagt. Aber in Wirklichkeit sagte ich nur: »Nein, ich bin nicht schwul. Morgen heirate ich.«

»Was soll das heißen?«

»Es war nur Spaß, ich heirate nicht, aber schwul bin ich auch nicht. Schlaf jetzt.«

»Okay, also entschuldige, ich hoffe, ich habe dich nicht beleidigt. Wann kommst du zurück? Wenn du wieder da bist, gehen wir mal ein Bier trinken, okay?«

»Okay, Nacht, Dante. Und nimm Eis.«

»Wie meinst du das?«

»Anstelle von Steinen, schieß mit Eiswürfeln … die sind morgens wieder weg.«

»Wow … auf die Idee bin ich gar nicht gekommen. Also ciao, ich seh mal nach, ob ich welche im Gefrierfach habe …«

»Ciao.«

Warum hatte ich das mit den Eiswürfeln bloß gesagt? Ich bedauerte es augenblicklich.

Die Hochzeit (-4)

Meine Hochzeit fand an einem sonnigen Morgen Ende April statt. So eine Verabredung sollte jeder haben, eine Hochzeit, bei der die Brautleute die einzigen Gäste sind. Der Park, den Michela ausgesucht hatte, hieß Jefferson Market Garden und lag zwischen der Greenwich Avenue, der 6th Avenue und der 10th Street. Tatsächlich ein kleiner Garten, voller Blumen und Büsche. Einen kleinen Brunnen mit Fischen gab es auch. Am Eingang saßen zwei ältere Damen an einem Holztischchen, die jeden Besucher begrüßten und Programmzettel austeilten. Veranstaltet wurden ein Kinder- und ein Blumentag, Literaturlesungen sowie kleine Konzerte. Der Park lebt von Spenden und ehrenamtlicher Tätigkeit. Ein wunderbarer Ort.

Ich setzte mich auf eine Bank und wartete auf meine zukünftige Frau.

Ich hatte mich feingemacht. Ich trug eine dunkelblaue Hose und ein hellblaues Hemd. Die Haare hatte ich nach hinten gekämmt wie mein Großvater. Er benutzte Brillantine, ich eine Art Gel. Den Großvater mit der Brillantine habe ich leider nie kennengelernt. Ich kannte ihn nur aus Omas Erzählungen. Die Woche über musste er hart arbeiten, aber sonntags zog er sich elegant an und trug immer ein frisch gewaschenes hellblaues Hemd. Er rasierte sich sorgfältig und kämmte die Haare mit Brillantine zurück. Das habe er schon als junger Mann so gemacht, sagte Oma, und als sie ihn das erste Mal sah, habe sie sich auf der Stelle in ihn verliebt. Beim Dorffest auf der Piazza. Er habe sie gleich bemerkt und zum Tanzen aufgefordert, aber sie habe abgelehnt, nicht weil sie nicht wollte, sondern weil sie zu aufgeregt gewesen sei und es ihr peinlich war. Aber bei jedem neuen Tanz habe er es wieder versucht, und beim siebten Versuch habe sie schließlich eingewilligt. Von diesem Augenblick an hatten sie sich nie wieder getrennt; beim nächsten Dorffest ein Jahr später waren sie schon Mann und Frau.

Auch ich war mit der Absicht zum Jefferson Market Garden gekommen, bei Michela einen unvergesslichen Eindruck zu hinterlassen. Unterwegs hatte ich gefrühstückt und dann einen Hochzeitsstrauß gekauft. Als Trauzeugen hatte ich mich für Nick Drake entschieden und einen Liedtext von ihm mitgebracht. Für wen sie sich entschieden hatte, wusste ich noch nicht.

Als ich sie in der Ferne auftauchen sah, stand ich auf. Auch wenn es nur zum Spaß war, war es doch furchtbar aufregend. Sie trug ein crèmefarbenes Kleid. In der Hand hatte sie ein Buch und eine Plastiktüte. Als sie bei mir ankam, lächelten wir uns an. Das war unser Film, und wir waren die Schauspieler, wir spielten unsere Rolle mit Gefühl und Spaß.

Wenn man heiratet, muss man eigentlich daran glauben, dass es für immer und ewig ist. Auch wenn dieses »für immer und ewig« gar nicht existiert. Man muss daran glauben.

Die Zeremonie war kurz. Schweigend sahen wir uns ein paar Minuten an. »Ich kann's kaum erwarten, dich zu heiraten«, sagte ich.

»Ich auch«, antwortete sie.

Ich holte die beiden Ringe heraus, und wir steckten sie uns gegenseitig an.

Dann zitierte ich die Passage aus dem Lied *Time has told me* von Nick Drake, meinem Trauzeugen, die ich für sie ausgewählt hatte:

Und die Zeit wird dir sagen,
bleib bei mir,
such weiter,
bis es nichts mehr zu verstecken gibt.

Verlass die Wege, die dich zu jemandem machen,
der du gar nicht sein willst,
verlass die Wege, die dich jemand lieben lassen,
den du gar nicht lieben willst.

Die Zeit hat mir gesagt,
eine wie dich zu finden ist schwer,
notleidende Heilung
für eine notleidende Seele.

Und die Zeit hat mir gesagt,
ich soll nicht mehr verlangen,
eines Tages wird unser Ozean
sein Ufer finden.

Sie war gerührt, das konnte ich sehen. Dann las sie einen Vers aus dem *Sonett 116* von Shakespeare, den sie selbst übersetzt hatte:

Die Hochzeit zweier aufrichtiger Seelen
werde ich nicht hindern.
Die Liebe ist Liebe nicht, wenn sie vor
Hindernissen schreckt.
O nein, ein ewiger Fixpunkt für immer,
der sich von Stürmen nicht erschüttern lässt.
Sie ist der Stern, an den die Schiffe sich halten.

Während sie vorlas, hatte ich vollkommen vergessen, dass unsere Hochzeit nur ein Spiel war. Für mich klangen diese Worte echt.

Wir küssten uns.

»Wir müssen uns gegenseitig ein Versprechen geben. Ich habe es heute Morgen beim Frühstück aufgeschrieben«, sagte sie. Sie zog eine Papierserviette heraus und las vor: »Ich nehme dich, Giacomo, zu meinem Mann und verspreche dir, für die restlichen Tage mit dir die Früchte meiner Entscheidungen, meiner Gedanken und Gefühle zu kosten. Ich schenke dir, was ich war, was ich bin und was ich sein werde. Du bist alles, was ich vom Leben wollte. Jetzt bist du dran.«

»Ich habe aber nichts vorbereitet, außer Nick Drake.«

»Dann erfinde was.«

Nach ein paar Sekunden sagte ich: »Aus vollem Herzen nehme ich dich, Michela, für die kommenden vier Tage zu meiner Frau. Ich verspreche, dir keine Versprechungen zu machen, vielmehr dich teilhaben zu lassen an meiner Fähigkeit zu lieben und dich zu lieben. Du bist die Frau, bei der ich mich wohl fühle, und was ich bei unserem Zusammensein an mir erkannt habe, wird ewig Bestand haben.«

Sie gab mir einen Kuss. »Hey, mein Gatte«, flüsterte sie mir zu.

»Wenn jemand wüsste, was wir hier machen, würde er denken, wir beide sind reif für die Klapse«, sagte ich.

»Das ist ja das Schöne. Dass nur wir beide es verstehen. Was geht uns die Welt an? Ihr Urteil, ihre Meinung, ihre Etiketten? Und außerdem, was gibt es Verrückteres, als ein solches Versprechen ernst zu nehmen?«

Dann gingen wir zum Essen. Unser Hochzeitsessen fand bei Katz's Delicatessen in der Houston Street statt, und wir aßen ausgezeichnete Sandwiches mit Riesengurken und Pommes frites.

Am Nachmittag machten wir einen Spaziergang, und plötzlich stand ich, ganz ohne Absicht, wieder vor dem Plattenladen. Dem mit den billigen CDs. »Lass uns eine Hochzeits-CD kaufen«, sagte ich. Wir beschlossen, eine Aufnahme von Louis Armstrong und Ella Fitzgerald zu nehmen, aus gegebenem Anlass schien uns ein Duett angemessen. Was Musik betraf, verließ sich Michela ganz auf meinen Geschmack. Ich liebäugelte auch mit *Porgy and Bess* von George Gershwin, aber daraus kannte Michela nur den Song *Cheek to cheek*, der auf der CD gar nicht drauf war. Deshalb kauften wir schließlich die Platte *Ella & Louis*, und von da an war *Cheek to cheek* unser Lied.

Auf dem Heimweg kamen wir auf der 3rd Street plötzlich an einer Kirche vorbei. Wir gingen hinein und setzten uns. Schweigend. Ich weiß nicht, woran Michela dachte, ich jedenfalls dachte an uns, an meine Mutter, meine Großmutter, an Silvia, meinen Hund und jede Menge andere Leute. Beim Hinausgehen blieb Michela vor einer Muttergottesstatue stehen, zog erst ihren, dann meinen Ehering ab und warf sie in den Opferstock. Dann nahm sie zwei Kerzen und zündete sie an. Ich war einverstanden, also sagte ich nichts. Ich sah sie an und vergaß dabei alles um mich herum. Als wäre die Welt draußen vor der Kirche nicht existent, hatte ich nur noch Augen für sie, ohne einen Gedanken daran zu verschwenden, wie absurd es eigentlich war, sich mit einem Menschen so wohl zu fühlen, den man gerade erst kennengelernt hat. Ich war kurz davor, den Verstand zu verlieren. Als sie sich umdrehte und mir in die Augen sah, bekam ich eine Gänsehaut, ein unglaublich intensives Gefühl, für den Bruchteil einer Sekunde.

Draußen war das Tageslicht so hell, dass wir geblendet waren und die Augen zusammenkniffen.

»Eine schöne Kirche, nicht?«, sagte ich.

»Ja. Ich betrete ab und zu eine Kirche. Weißt du eigentlich, dass ich meine Examensarbeit über das Marienbild im Mittelalter geschrieben habe?«

»Das ist ja interessant … musst du mir eines Tages mal genauer erklären. Glaubst du an Gott?«

»Ich bin Agnostikerin.«

»Agnostikerin? Was heißt das?«

»Agnostiker sind der Auffassung, dass es keine rationale Erkenntnis des Göttlichen gibt, jedenfalls nicht für Menschen, und deshalb kann man nicht sagen, ob es ihn gibt. Und du, bist du gläubig?«

»Ich stelle gerade fest, dass ich gar nicht weiß, ob ich an Gott glaube. Als ich klein war schon, dann eine Weile nicht, später ist der Glaube zurückgekommen. Das ist mal so, mal so. Als Kind verlor ich leicht den Glauben an Gott. Ich erpresste ihn. Stell dir vor, einmal hörte ich für eine Weile auf, an ihn zu glauben, weil ich keine Schamhaare bekam. Mein Verhältnis zum Glauben ist wechselhaft.«

»Schamhaare, das scheint mir ein guter Grund, den Glauben zu verlieren. Jedenfalls nennt man das Oligopistie, eine Kleingläubigkeit, die leicht zu erschüttern ist.«

Ich sah sie ungläubig an.

»Jetzt hör ich aber lieber auf, sonst rinnt dir plötzlich noch Blut aus der Nase. Lass uns lieber einen Kaffee trinken gehen.«

Abends aßen wir zu Hause, und ich übernachtete bei ihr. Die erste Nacht mit meiner Frau! Küsse, Liebkosungen, Umarmungen, aber kein Sex. Nichts als Aufmerksamkeiten und Zärtlichkeiten. Dann schliefen wir eng aneinandergeschmiegt ein.

Am nächsten Morgen sagte ich im Spaß: »Dann stimmt es also, dass man nach der Hochzeit nicht mehr miteinander schläft.«

Bis zu unserer Trennung blieben uns nur noch wenige Tage. Wie bei Aschenputtel würde auch für uns der Ball und alles, was dazu gehörte, bald Vergangenheit sein.

Schnee und Kinder (-3)

Als ich Michela am nächsten Morgen zur Arbeit brachte, war die Barrow Street voller Schnee. Eine verschneite Straße an einem sonnigen Tag Ende April, das war wirklich eine Überraschung. Die Barrow Street ist eine kleine Straße mit Bäumen und roten Backsteinhäusern. Bei meinen Spaziergängen durchs Viertel nahm ich häufig diesen Weg, weil man dort an der Greenwich Music School vorbeikam, wo aus den Fenstern immer Musik zu hören war. Meistens Klavier. An diesem Morgen war dort alles verschneit, die Pflanzen, die Autos, die Bürgersteige. Einige Passanten trugen sogar Wintermäntel. Es war schön, ein bisschen surreal, wie aus einem Film von Fellini. Wir wollten näher heran, aber das ging nicht, es war alles abgesperrt.

»Dürfen wir durch den Schnee laufen?«

»Nein, tut mir leid, das geht nicht, ihr könnt da auch nicht stehen bleiben.«

Dann hörte man eine Stimme über Megaphon: »*Roll it!*«

»Ihr müsst da jetzt weg.«

Wir verzogen uns, um die Filmaufnahmen nicht zu stören. Ein Passant sagte, er habe Vincent Gallo gesehen.

»Schade, dass sie uns nicht durchgelassen haben, sonst hätte ich auf dem verschneiten Bürgersteig für dich den Engel gemacht«, sagte ich zu Michela.

»Aber um es richtig zu machen und keinen Handabdruck zu hinterlassen, hätte ich dir beim Aufstehen helfen müssen.«

Als ich das hörte, war ich einfach platt. Am liebsten hätte ich sie vom Fleck weg geheiratet, wenn ich es nicht schon getan hätte. Wir machten eine Pause und tranken einen Kaffee bei Joe the Art of Coffee. Ein nettes Café am Waverly Place Ecke Gay Street, mit Holzbänken vor der Tür. Der Kaffee war erstklassig und die Nusskekse zum Reinsetzen.

Es blieben uns nur noch wenige Tage bis zum Ende unserer Geschichte.

»Schenk mir etwas Exklusives«, sagte Michela.

»Was könnte das sein?«

»Du könntest mir zum Beispiel von einem Ding erzählen, das du gedreht, aber nie irgendjemandem verraten hast.«

»Da fällt mir im Moment nichts ein. Da muss ich erst nachdenken.«

»Aber es muss etwas sein, das du wirklich noch nie erzählt hast.«

Ich dachte eine Weile nach, dann beschloss ich, es ihr zu sagen. Das heißt eingefallen war es mir sofort, aber es schien mir einfach zu blöde. »Es ist etwas, wofür ich mich noch Jahre später geschämt habe. Ich habe es nie jemandem anvertraut. Nicht einmal dem Priester bei der Beichte. Es ist passiert, da muss ich ungefähr neun gewesen sein.«

»Was kann man denn in diesem Alter Schlimmes anstellen? Eigentlich hätte ich mit etwas Pikanterem gerechnet, aber okay, wenn du es noch nie jemandem erzählt hast, will ich das Kind in dir davon befreien. Los, erzähl schon.«

»Eines Tages, als mein Freund und ich gerade spielten,

kam sein Vater und schenkte ihm ein nagelneues, ferngesteuertes Spielzeugauto. Mein Freund war überglücklich. Die beiden umarmten sich und begannen sofort mit dem Auto zu spielen. Ich schaute zu. Ich war neidisch und eifersüchtig. Auf das Auto wie auf den Vater. Die Umarmung der beiden werde ich nie vergessen. Dann ging der Vater wieder, und mein Freund und ich spielten weiter, aber an das Auto ließ er mich nicht ran, einen Augenblick höchstens, auf jeden Fall weniger als eine Minute. Ich durfte zwar mal auf den Schalter drücken, aber die Fernsteuerung gab er nicht aus der Hand. Nichts zu machen. Plötzlich drehte sich für ihn alles nur noch um das blöde Auto. Es wurde zum Symbol der Distanz zwischen uns, zu einem Unterscheidungsmerkmal. Ohne sein neues Spielzeug tat er keinen Schritt mehr, als könnte er sich davon nicht mehr trennen. Als ich eines Tages bei ihm auf den Hof kam, stand da das Auto samt Fernbedienung. Ich weiß nicht, was mich geritten hat, doch ich schnappte mir das Ding und rannte weg. Kaum war ich in Sicherheit, nahm ich einen Stein, zertrümmerte das Auto und warf die Stücke neben einem Laternenmast ins hohe Gras. Als ich zurückkam, saß mein Freund vor der Tür und heulte. Als ich das sah, freute ich mich. Ich freute mich, ihn leiden zu sehen. Dafür schäme ich mich selbst jetzt noch, wo ich es dir erzähle. Irgendwann kreuzten sich unsere Blicke: Er hatte ganz verweinte Augen, und ich hatte den Eindruck, dass er genau wusste, dass ich es gewesen war, und vor allem, dass ich mich freute, ihn leiden zu sehen. Als wir uns ein paar Tage später stritten, sagte er nämlich zu mir: ›Ich weiß, dass du mein Auto geklaut hast, du Dieb.‹ Dann haben wir uns zum ersten Mal geprügelt. Wir sind zwar

Freunde geblieben, aber dieses heikle Thema haben wir nie wieder angesprochen, auch nicht als Erwachsene. Siehst du, eine echte Lappalie. Und doch tut es mir immer noch weh, wenn ich daran denke.«

»Armer Junge«, sagte sie und gab mir einen Kuss.

»Und du, hast du nie etwas getan, wofür du dich geschämt und was du keinem erzählt hast?«

»Wenn du willst, erzähle ich dir etwas, was ich noch nie irgendjemandem anvertraut habe. Aber peinlich ist es mir eigentlich nicht, im Gegenteil, es ist mir überhaupt nicht peinlich. Aber keiner weiß davon, außer mir und der betroffenen Person.«

»Wenn du es noch nie jemandem erzählt hast, dann gilt es.«

»Als ich zwanzig war, fuhren wir, mein damaliger Freund und ich, sein Freund und dessen Freundin, zusammen in Urlaub. Wir hatten für drei Wochen ein Haus am Meer gemietet, auf Sardinien. Ab dem dritten Tag habe ich meinen Freund mit der anderen Frau betrogen, die ganzen drei Wochen.«

»Wie, mit der anderen Frau … mit Veronica?«

»Du weißt sogar noch ihren Namen?«

»Du hast mir doch gesagt, du machst Spaß!«

»Na ja, ich wollte es dir eigentlich nicht sagen. Jedenfalls hatten wir beide keine einschlägigen Erfahrungen, sie war nicht lesbisch, aber sie hatte etwas, das mich magisch anzog. Sie war bildschön, und bis dahin wäre ich, von ein paar harmlosen Küsschen mit Schulfreundinnen mal abgesehen, nie auf die Idee gekommen, mit einer Frau zu schlafen. Eines Abends, als wir uns zum Ausgehen fertig machten, uns gegenseitig eincremten und beim Anziehen halfen, haben wir uns geküsst. Von Anfang an hatten wir gemerkt, dass zwischen uns etwas lief. Vor diesem Urlaub hatte ich sie nur ein paarmal flüchtig gesehen, aber es war nichts passiert, nicht mal in Gedanken, aber dann, bei dieser Gelegenheit, funkte es, kaum dass wir uns berührten. Am selben Abend haben wir uns auch auf der Toilette des Restaurants und der Diskothek geküsst. Von da an fanden wir immer plausible Ausreden, um allein zu sein. Keiner schöpfte Verdacht. Jeder hielt uns für zwei Frauen im Urlaub, die dauernd einkaufen gehen und Klamotten anprobieren. Abends gingen wir ins Schlafzimmer und cremten uns ein. Ich sehe noch dieses wunderschöne Bild vor mir, wie sie nackt vor dem Spiegel steht und ich vor ihr knie, um sie zu küssen. Ich erinnere mich an die Blicke, die wir uns im Spiegel zuwarfen. Wir amüsierten uns. Wir sahen darin keinen Verrat, sondern ein lustvolles Spiel. Mit unseren Männergeschichten hatte das nichts zu tun. Obwohl, meinen Freund, den habe ich in der Zeit nicht rangelassen. Auf jeden Fall hatte ich wesentlich öfter Sex mit ihr als mit ihm. Nach dem Urlaub haben wir uns zwar noch ein paarmal gesehen, aber es waren immer noch andere dabei, und es ist nichts mehr gelaufen.«

Während sie die Geschichte erzählte, versuchte ich mir vorzustellen, wie das wohl war, zwei nackte, braungebrannte Frauen in einem Zimmer in einem Haus am Meer. Eins von diesen Zimmern, in denen Koffer voller hochhackiger Schuhe, Sandalen, Cremes, Gürtel, Tücher und Kleider stehen. Allein die Vorstellung der Koffer, dieser kubischen Körper, reichte aus, um mich zu erregen. Wie sie die Geschichte erzählte, erregte mich auch. Noch am Abend, als wir zusammen schliefen, war ich von diesen Bildern wie besessen. Dauernd musste ich daran denken, wie sie sich küssten, sich berührten und alles andere. Ich fand das umwerfend. Und Veronica, die konnte ich mir vorstellen, wie ich wollte, Michela hingegen hatte ich vor mir.

»Hast du Veronica in letzter Zeit wiedergesehen?«

»Nein. Ich weiß schon, worauf du hinauswillst. Nein! Bei euch Männern ist das echt eine fixe Idee. Und du, hast du deinen Freund wiedergesehen? Wie heißt er überhaupt?«

»Andrea. Na ja, sagen wir mal so, ich habe ihm ein Spielzeug geklaut, und er hat mir dafür ein paar Jahre später die Freundin ausgespannt. Ich habe lange nichts von ihm gehört.«

»Na, dann seid ihr ja quitt.«

»Findest du? Ein Spielzeug ist doch wohl nicht dasselbe wie eine Freundin.«

»In dem Alter schon. Außerdem geht es hier nicht um die Freundin oder das Spielzeugauto, sondern um den Verrat. Um das Vertrauen.«

Ich weiß nicht mehr, ob ich Michelas Argument damals überzeugend fand. Aber inzwischen sehe ich die Sache genauso.

»Und sonst, gibt es außer Andrea noch andere Leute, mit denen du nicht mehr redest?«

»Ein paar Frauen, die beleidigt sind.«

»Das ist ja nicht so gravierend.«

»Und du?«

»Mein Ex-Fastgatte und seine ganze Familie.«

»Also insgesamt nur wenige Tote und Verletzte.«

Nach diesem Gespräch über unsere Vergangenheit ging sie zur Arbeit, und ich streifte wie immer durch New York. Diesmal landete ich im Chelsea Market auf der 9th Avenue zwischen 15th und 16th Street und aß dort zu Mittag. Ein wunderbarer Ort: Am liebsten würde man alles kaufen, was dort angeboten wird, und sich durch sämtliche Restaurants und Bars durchfressen. Da gibt es die Fleischerei Frank's Butcher Shop mit Restaurant, die Suppen von Hale and Hearty Soups, das Thai-Restaurant Chelsea Thai oder auch Amy's Bread und die Fat Witch Bakery, wo ich einmal einen traumhaften *brownie* gegessen habe. Außerdem gibt es das Buon Italia, ein Geschäft mit italienischen Produkten, und ganz hinten links den T Salon, wo es nach allen Teesorten der Welt duftet.

Diesmal ging ich in den Lobster Place, eine Fischhandlung, wo man nicht nur frischen Fisch kaufen kann, sondern auch kleine Mahlzeiten angeboten werden. Kleine Teller mit Krabben, Sushi, Fischsuppe, Salate mit Thunfisch oder Lachs. Für Fischliebhaber ein wahres Paradies. Am Chelsea Market würde ich gerne wohnen. Sogar Kunstwerke werden dort ausgestellt. Ich aß Sushi und eine Riesenportion Garnelen.

Dann rief ich Michela an, weil ich gesehen hatte, dass in der New York Philharmonic am Abend Rachmaninow und Schumann gespielt wurde.

»Hast du Lust, ins Konzert zu gehen?«

»Gern.«

»Meinst du, dass ich mir dafür einen eleganten Anzug kaufen muss?«

»Ich glaube, das ist nicht nötig.«

»Schade, wir beide in eleganter Abendkleidung, das würde mir gefallen.«

»Das lässt sich machen, wenn du Wert darauf legst, ich habe ein Abendkleid und du, du brauchst dir nichts zu kaufen, einen Anzug für heute Abend kannst du dir doch ausleihen.«

»Stimmt, darauf bin ich gar nicht gekommen. Also abgemacht?«

»Ja.«

»Ich mach mich schick und hole dich um acht Uhr ab.«

Gesagt, getan. Als ich mit dem Taxi vorfuhr, trug ich einen schwarzen Anzug und sie ein rotes Abendkleid, rückenfrei, und eine schmale Perlenkette. Sie sah atemberaubend aus. Am liebsten wäre ich sofort umgekehrt und mit ihr nach oben gegangen, direkt ins Schlafzimmer. Ihre Brüste, die durch das Kleid noch betont wurden, waren so verlockend wie der Weg nach Hause, und ihr strahlendes Gesicht war wie das Aufwachen an einem vertrauten Ort.

Das mochte ich an Michela, mit ihr konnte man überall hingehen, an nichtssagende oder schäbige Orte ebenso wie an elegante. Problemlos konnte sie hochhackige Pumps gegen Turnschuhe tauschen, Jeans gegen Abendkleid, ohne sich je zu verändern. Sie blieb immer sie selbst, in allen Situationen. Sie war die richtige Frau für mich, wenigstens für die paar Tage.

Das Konzert war aufwühlend. Als die 2. Symphonie erklang, griff Michela nach meiner Hand, und einen Augenblick lang hatte ich das Gefühl, dass wir uns vor Schreck aneinander festhielten, wie Frauen es oft tun, wenn sie einen Horrorfilm sehen. Womöglich empfanden wir genau das.

Alles war so zerbrechlich, überwältigend und wunderbar, dass es uns Angst einjagte.

Zu Hause angekommen, fiel ich noch im Flur über sie her, wir machten es im Stehen. Natürlich ohne ihr das Kleid auszuziehen.

Das Bad (-2)

Noch zwei Tage bis zu meiner Abreise. Es war Freitagmorgen. Mein Flug ging am Sonntag. Ich hatte bei ihr übernachtet, und als ich aufwachte, war sie schon zur Arbeit gegangen. Auf dem Nachttisch lag ein Zettel: »Stell dir mal vor, was wir alles verpasst hätten, wenn wir uns nicht getraut hätten. Du bist viel mehr, als ich mir vorgestellt hatte. Bis später. Deine Frau. PS: Wenn du schläfst, siehst du aus wie ein Kind.«

Ein Wort war durchgestrichen. Ich hielt den Zettel gegen das Licht, um herauszufinden, welches.

Durchgestrichene Wörter finde ich weit spannender als alles, was klar und deutlich dasteht, denn beim Durchstreichen geht es, glaube ich, nicht um Rechtschreibfehler, sondern um eine Vertraulichkeit, die man hinterher bereut. Ein Tick von mir, den ich schon immer hatte, keine Ahnung, ob ich das jemals ablege.

Ich verbrachte mehrere Stunden im Bett, denn ich hatte keine Lust auszugehen. Das Wetter war schlecht. In New York ändert sich das Wetter rasend schnell. Manchmal ist es bedeckt, oder es regnet, und einen Augenblick später kommt die Sonne heraus. Entscheidend ist der Wind: Wenn es kalt und windstill ist, ist die Luft frisch, prickelnd und belebend, wenn aber der Wind weht, peitscht er ins Gesicht, man kommt sich vor wie im Krieg. Wer weiß, wie Oma das empfunden hätte, mit ihren wetterfühligen Beinen.

Auch in dieser Nacht hatte ich meinen üblichen Traum geträumt, den aus meiner Kindheit. Ich bin ein kleiner Junge und soll im Hof der Kirche einen Elfmeter schießen. Das Tor ist leer, weit und breit kein Torhüter, doch hinter dem Netz steht mein Vater und beobachtet mich. Ich habe Angst, nicht zu treffen. Meist wache ich auf, bevor ich geschossen habe, manchmal schieße ich aber auch. Seit über zwanzig Jahren schieße ich nun diesen Elfmeter, aber ich habe noch nie getroffen. Ich schieße, und der Ball geht vorbei, manchmal fliegt er nur einen Meter weit und bleibt dann liegen. Aber jedes Mal geht mein Vater weg.

Immer noch im Bett schalte ich den Fernseher ein. Alle Werbespots endeten mit der Zahl 99. Sechs Dollar 99, neun Dollar 99, neunzehn Dollar 99 …

Mein einziger Programmpunkt für diesen Tag war, den Anzug zurückzubringen. Dann kam mir eine Idee, und ich schickte Michela eine SMS: »Kannst du heute Abend nach der Arbeit zu mir ins Hotel kommen?«

Fünf Minuten später kam die Antwort: »Okay … ich ruf dich an. Wahrscheinlich so gegen sieben. Heute keine Mittagspause. Ich bin in einer stinklangweiligen Sitzung. Auch wenn du mich nicht sehen kannst, sollst du wissen, dass ich dieses Kleid nur für dich trage.«

Später brachte ich den Anzug zurück und ging etwas essen, im Paprika am St. Marks Place, zwischen 1st Avenue und Avenue A. Anschließend kaufte ich Kerzen, einen Schwamm und ein paar Dübel. Dann kehrte ich in Michelas Wohnung zurück. Beim Duschen war mir aufgefallen, dass Shampoo,

Duschgel und der ganze andere Kram bei ihr im Bad auf dem Boden standen. Ich lieh mir beim Portier eine Bohrmaschine aus und befestigte den Seifenhalter in der Dusche. Den sogenannten Seifenhalter, denn eigentlich befand sich darauf alles Mögliche, nur keine Seife. So konnte ich endlich in die Dusche pinkeln, ohne dass es auf die Flaschen prasselte und ich riskierte, wegen des Krachs erwischt zu werden. Bei manchen Frauen weiß man nicht, womit man sich waschen soll. Alles voller Cremes und Balsam für die Haare. Einmal habe ich nicht aufgepasst und mich mit so einem Haarbalsam gewaschen. Danach kam ich mir vor wie ein Plüschtier, und meine Schamhaare wären ohne weiteres als Spatzennest durchgegangen.

Als ich mit meiner Heimwerker-Ehemann-Aktion fertig war, ging ich wieder. Doch als ich dann so vor mich hin trottete, kamen mir plötzlich Bedenken, ob meine Aktion nicht vielleicht zu aufdringlich war. Und wenn sie sich dann womöglich aufregt, weil ich vorher nicht gefragt habe? Wenn sie das nicht als nette Geste empfindet? Wenn sie plötzlich das Spiel vorzeitig abbrechen will? Was soll's, scheiß drauf.

Auf meinen Streifzügen durch Manhattan kam ich oft an Lokalen oder Straßen vorbei, wo ich mit Michela gewesen war. In dieser neuen, unbekannten Welt erschienen mir diese Orte wie vertrautes Terrain. Wie gefühlsmäßig besetzte Punkte, die mir halfen, mich zu orientieren. Auch in emotionaler Hinsicht war ich ein Tourist, der zum ersten Mal die Welt der Liebe erkundet. New York war zur Metapher geworden für all das, was sich in meinem Inneren abspielte. Ein bisschen kannte ich mich zwar aus, wie in meiner Gefühlswelt, aber diesmal war ich in tiefere Schichten vorgedrungen, und alles wirkte auf mich noch unbekannter, noch geheimnisvoller, noch tiefgründiger. Wenn ich einen Ort wiedererkannte, an dem ich mit Michela schon gewesen war, stellte sich sofort dieses Wir-Gefühl ein, sie und ich.

Ich ging noch einmal zu der Stelle, wo wir uns zum ersten Mal geküsst hatten, und schickte ihr von dort eine SMS: »Ich war noch einmal in der Minetta Street. Da lagen ein paar von unseren Küssen auf dem Boden, die habe ich aufgehoben und eingesteckt. Erinnere mich heute Abend daran, dass ich sie dir gebe.«

Dann setzte ich mich in ein Café in der Nähe des Hotels, trank einen Kaffee und arbeitete ein bisschen am Computer, denn es gab dort einen Hotspot.

Nach einer Weile rief Michela an und sagte, sie komme in einer halben Stunde. Ich beeilte mich, rannte auf mein Zimmer und bereitete alles vor: Ich ließ Wasser in die Wanne laufen, goss Badeschaum hinein, legte den Schwamm bereit und schrieb auf den Spiegel: *Enjoy the bath*. Dann zündete ich noch ein paar Kerzen an, ließ die Tür angelehnt und ging.

Ich versteckte mich in der Eingangshalle und wartete auf sie.

Mir gefiel die Vorstellung, dass sie sich nach einem harten Arbeitstag ein wenig entspannen könnte. Außerdem hatte sie an dem Abend, als ich für sie gekocht hatte, den Wunsch nach einem Bad geäußert.

Mein Plan war, sie zunächst allein zu lassen, damit sie es in aller Stille genießen konnte. Ich war mir sicher, dass sie das gleich verstehen und nicht erst nach mir suchen würde. Nach zwanzig Minuten folgte ich ihr aufs Zimmer. Sie lag in der Wanne. Wir sahen uns an, sie lächelte und sagte nur: »Danke.« Dann: »Kommst du auch?«

Ich zog mich aus und stieg in die Wanne.

Kaum saß ich, klingelte das Telefon.

»Wenn ich nicht hier bei dir wäre, würde ich jetzt nachsehen, wer dran ist …«

»Geh nur, das macht mir nichts aus.«

»Ich wollte damit sagen, wenn ich nicht hier bei dir wäre, würde ich nachsehen, ob du dran bist.«

Ich spielte gern den Romantiker. Und sie begriff meine Späßchen immer sofort, und so lachte sie auch jetzt.

Eine Weile lagen wir im Wasser. Ab und zu zogen wir den Stöpsel, ließen laues Wasser ab- und heißes zulaufen. Natürlich kommt zunächst immer kaltes Wasser, wenn man den Hahn aufdreht. Deshalb hatte ich früher, als ich noch bei meiner Mutter wohnte, die Angewohnheit, zuerst den Hahn vom Bidet aufzudrehen, bis dort warmes Wasser kam.

Während ich mit Michela in der Wanne lag, musste ich an das letzte Mal denken, dass ich mit einer Frau gebadet hatte. Das war mit Monica, an jenem berühmt-berüchtigten Wochenende der erotischen Spiele. Plötzlich fiel mir alles wieder ein, unvergessliche Bilder.

Entweder hatte sie es in meinem Gesicht gelesen, oder es war purer Zufall, jedenfalls richtete Michela sich auf, legte die Beine um meine Hüften und setzte sich auf mich. Nach ein paar Sekunden war ich in ihr, und wir liebten uns. Als sie sich sachte bewegte, sah ich, wie kleine Wellen entstanden. Dann nahm ich den Schwamm, drückte ihn über ihren Schultern aus und beobachtete, wie das Wasser an ihren Brüsten und Armen herunterlief. Sie schmiegte sich in meine Arme und legte das Gesicht auf meine Schulter. Ihr Atem, ihr leises Stöhnen, das sanfte Plätschern des Wassers: Alles war wie eine große, unsichtbare Liebkosung. Ich war verrückt nach Michela. Es war einfach zu schön, ich hatte das Gefühl, ich würde gleich platzen. Ich hob ihren Kopf und drehte das Gesicht zu mir. Ich wollte sie ansehen und küssen. Da merkte ich, dass sie stumm weinte. Ich küsste sie, und wir umarmten uns noch einmal.

In solchen Augenblicken ist es besser, keine Fragen zu stellen, das habe ich gelernt. Entweder man versteht es, oder man lässt es.

Dann wuschen wir uns mit dem Badeschaum.

»Wie ist das eigentlich, diese Flaschen bei dir im Bad, stört es dich nicht, wenn das ganze Zeug auf dem Boden steht?«

»Nein, das stört mich überhaupt nicht.«

Ich schluckte.

»Wieso nicht?«

»Es stört mich einfach nicht, sicher, wenn ich mit einer Bohrmaschine umgehen könnte, würde ich den Seifenhalter anbringen, aber da ich das nicht kann …«

Schon besser, dachte ich nur.

Michela schloss die Augen und legte den Hinterkopf auf den Wannenrand. Sie war völlig entspannt. Vielleicht auch ein bisschen geschafft von dem heißen Wasser. Wieder musterte ich sie aufmerksam. Manchmal gelang es mir nicht, in ihr die Frau aus der Straßenbahn wiederzuerkennen, dann hatte ich den Eindruck, diese Michela hier sei eine andere. Doch die Unbekannte von damals hatte es geschafft, dass ich diese Tage hier und jetzt so genoss. Und zum ersten Mal in meinem Leben kam mir, wenn auch flüchtig, der

Gedanke, mit so einer Frau könnte ich sogar ein Kind haben wollen.

»Hast du jemals ernsthaft an ein Kind gedacht?«, fragte ich sie.

»Natürlich. Auf diese Erfahrung möchte ich auf keinen Fall verzichten.«

»Und mit mir, würdest du mit mir ein Kind machen?«

Ohne die Augen zu öffnen, antwortete sie: »Keine Ahnung. Ich glaub schon.«

Schweigen.

»Aber wir kennen uns doch erst so kurz«, sagte ich.

»Das stimmt. Aber so merkwürdig wäre es nun auch wieder nicht.«

»Vor allem, wo ich doch noch nie zu dir gesagt habe: Ich liebe dich …«

Die totale Entspannung führte zu langen Pausen, beide ließen wir uns mit der Antwort Zeit. Die Unterhaltung war wie eine sehr langsame Tischtennispartie.

»Das hat doch damit nichts zu tun.«

»Wieso? Wenn man ein Kind haben will, dann ist es ja wohl das mindeste, dass man den anderen liebt.«

»Für mich nicht.« Pause. »Ob du mich liebst, ist nicht so wichtig. Besser gesagt, es reicht nicht. Es ist nicht wichtig, was du für mich empfindest oder wie du dich mir gegenüber verhältst, sondern wie du im Leben zurechtkommst.«

»Was soll das heißen? Ich verstehe dich nicht. Heißt es nicht immer, Kinder seien eine Frucht der Liebe?«

»Kann sein, aber ich sehe das anders. Wenn ich mit dir ein Kind machen würde, dann bestimmt nicht, weil du mich liebst.«

»Warum denn sonst?«

»Als ich zwanzig war, hätte ich mit meinem Freund ein Kind gemacht, weil ich ihn liebte. Weil ich damals noch an Märchen glaubte. Aber jetzt ist es anders. Jetzt fühle ich mich reif für ein Kind, und deshalb suche ich nach einem Mann, mit dem ich zusammenleben und diese Erfahrung teilen kann. Aber dazu muss man nicht verliebt sein, im Gegenteil, so wie ich es sehe, ist es manchmal besser, wenn man nicht verliebt ist. Verliebte sind nicht sehr zuverlässig.«

Das kam mir ziemlich absurd vor. Von einer Frau hatte ich eine solche Argumentation noch nie gehört.

»Ich möchte, dass der Vater meines Kindes männliche Qualitäten hat, die über seine Gefühle für mich hinausgehen. Dem Kind gegenüber wäre es doch egoistisch, wenn die Liebe zu mir für seinen Vater an erster Stelle stünde. Paolo beispielsweise hat mich, glaube ich, mehr geliebt als jeder andere, trotzdem habe ich nie daran gedacht, mit ihm ein Kind zu machen. Als Vater meiner Kinder kam er für mich einfach nicht in Frage. Sieh mal, eine Frau kann einen Mann lieben, ein Verhältnis mit ihm haben und trotzdem sehr genau wissen, dass es in Ordnung ist, solange es nur sie beide betrifft. Paar sein ist eine Sache, aber Kinder haben eine ganz andere. Dabei kommt es nicht darauf an, dass einer verliebt ist, sondern dass er mutig ist. Wenn er zusätzlich auch noch verliebt ist, umso besser. Dich mag ich, weil du so bist, wie du bist. Weißt du eigentlich, warum ich dich unbedingt näher kennenlernen wollte? Der Grund war eine freundliche Geste von dir, und zwar an dem Tag, als wir zusammen in der Bar waren und zum ersten Mal miteinander gesprochen haben.«

»Was denn?« Ich öffnete die Augen, und das Tempo des Gesprächs normalisierte sich.

»Du hast einer älteren Dame die Tür aufgehalten und ihr geraten, sich gut einzupacken, weil es kalt sei. An der Art, wie du das gesagt hast, konnte man erkennen, dass es für dich normal war. In der Straßenbahn warst du auch immer der Einzige, der für ältere Menschen aufstand, und dabei hast du dich nie beifallheischend umgesehen. Solche kleinen Aufmerksamkeiten sind für dich normal, denn du magst die Menschen. Ich mag deine Intelligenz, deine Loyalität, deine Ehrlichkeit. Und außerdem zeigst du ganz offen deine weibliche Seite.«

»Meine was?«

»Du bist ein sehr weiblicher Mann, und das gefällt mir, ich mag deine Sensibilität und dass du dazu stehst.«

»Du willst also ein Kind mit einem sensiblen, weiblichen Mann? Du bist bekloppt.«

»Viele meinen, Männer dürften nicht sensibel sein, das wäre unmännlich.«

»Sensibel, weibliche Seite, ich verstehe nicht ganz, was daran so männlich sein soll.«

»Weil du weiblich und sensibel mit effeminiert und schwach verwechselst. Sensibilität hat mit Schwäche nichts zu tun, und weiblich ist nicht effeminiert. Das sind zwei ganz verschiedene Dinge.«

»Und woran erkennt man nun meine Weiblichkeit?«

»Daran, was dich im Leben interessierst, an deiner Sensibilität, an der Aufmerksamkeit für bestimmte Dinge, daran, dass du nie versucht hast, den Macho zu spielen, sondern immer einfach du selbst bist. Erinnerst du dich, wie wir zusammen geduscht und uns zum ersten Mal nackt gesehen haben?«

»Ja.«

»Glaub nicht, dass es für eine Frau einfach ist, sich nackt zu zeigen. Für mich jedenfalls nicht. Damals habe ich gemerkt, dass es dir genauso ging, aber du hast sofort angefangen, deine physischen Mängel aufzuzählen und dich selbst zu ironisieren. Das ist typisch weiblich. Mit dieser Selbstironie hast du es geschafft, deine Hemmungen zu überwinden, ohne sie totzuschweigen. Gerade die vielen kleinen, unbewussten Handlungen haben mir gezeigt, wie sehr ich dich mag. Und einen wie dich hätte ich gern als Vater meiner Kinder. Das ist alles. Selbst wenn wir uns nach ein paar Jahren vielleicht nicht mehr so heiß und innig lieben würden, bliebst du doch immer der Vater meiner Kinder, deshalb ist das mit der Liebe auch nebensächlich. Viel entscheidender als die Frage, was für ein Paar wir sind, ist, was für Menschen wir sind. Wichtig ist, dass wir miteinander sprechen, uns verstehen und aufeinander eingehen können. Deshalb ist es auch nicht wichtig, was du für mich empfindest, du müsstest eher herausfinden, ob du mit meiner Art zu denken, zu leben und mich zu verhalten und vor allem mit meinen Überzeugungen zurechtkommst. Für unsere Beziehung ist es viel wichtiger zu wissen, was du mir alles sagen kannst und was du lieber für dich behältst, weil du glaubst, ich würde es nicht verstehen, mich darüber aufregen, beleidigt oder verletzt sein. Wenn du dann immer noch verliebt bist, umso besser, aber bei einem Kind geht es um weit mehr als um unsere Beziehung.«

Obwohl mir ihre Ausführungen ziemlich seltsam vorkamen und ich einiges davon wahrscheinlich gar nicht verstanden hatte, schmeichelte mir doch vor allem die Auflistung der Dinge, die ihr an mir gefielen.

Auf mich wirkte Michela wie ein faszinierendes Chaos. Eine Frau wie sie war mir noch nie begegnet. Deshalb kam uns auch das übliche »Ich liebe dich« nicht über die Lippen. Denn für das, was zwischen uns lief, fanden weder sie noch ich eine passende Bezeichnung. Ich wusste nur, dass es anders war als alles, was ich bisher erlebt hatte. Das wäre meine Antwort gewesen, wenn Michela mich jetzt gefragt hätte, was mir an ihr gefiel. Doch sie schloss nur die Augen und sagte nichts. Schweigend lagen wir in der Wanne und hingen unseren Gedanken nach.

Nach dem Baden gingen wir in ein merkwürdiges Lokal, wo Michela schon vor drei Tagen einen Tisch bestellt hatte, weil man sonst keinen Platz bekommen hätte.

Als wir aus dem Hotel kamen, trafen wir überraschend auf Alfred, der an diesem Abend ganz gegen seine Gewohnheit immer noch die Stellung hielt. Als wir ihm einen Dollar gaben, sagte er: *»No joke … tonight for you just the truth. You've made a supernova. Believe me.«*

Lächelnd gingen wir davon.

Von draußen sieht The Corner in der Kenmare Street aus wie ein ganz normales Lokal, doch was man von außen sieht, ist nicht das Restaurant. Das eigentliche Restaurant ist versteckt. Am Eingang steht ein junger Mann mit einer Liste der Reservierungen. Wenn man auf der Liste steht, öffnet er eine kleine Tür und schickt einen die Treppe hinunter, an der unten wieder jemand steht, der noch einmal nach dem

Namen fragt. Erst wenn man diese Kontrolle passiert hat, kommt man endlich rein, doch um zu den Tischen zu gelangen, muss man durch die Küche, zwischen Herden, Pfannen und Köchen hindurch. Ziemlich mysteriös das Ganze. Schließlich gelangt man in den eigentlichen Gastraum, ein altes Kellergewölbe voller Kerzen und merkwürdiger Gemälde. Das Lokal heißt La Esquina, die spanische Übersetzung von *the corner*.

Die mexikanische Küche, die hier serviert wird, ist wirklich gut. Ebenso wie die Margaritas.

Ich hatte einen tierischen Hunger. Wenn ich ein Bad nehme, kriege ich Hunger, und wenn ich beim Baden Sex habe, verwandele ich mich in einen Werwolf. Nachdem wir bestellt hatten, kam zuerst nur mein Gericht. Beim Anblick des Tellers lief mir zwar das Wasser im Mund zusammen, aber ich wartete, wie es sich gehört. Irgendwann fragte ich nur: »Was hast du denn bestellt, vielleicht ein hundertteiliges Puzzle oder was?«

Als wir gingen, mussten wir wieder durch die Küche, wo wir den Köchen ein Kompliment machten. Auf der Treppe kamen wir ganz schön ins Schwitzen, denn nach diversen Margaritas und Bieren kamen uns die Stufen viel steiler vor als zuvor. Als wir endlich oben waren, sagte Michela: »Vielleicht schenken sie uns nach dieser Anstrengung ja zur Belohnung ein Plüschtier.«

Wir waren ziemlich voll. Wir überquerten die Straße und setzten uns einen Augenblick auf eine Bank.

An diesem Abend übernachteten wir nicht gemeinsam. Wir waren beide ein bisschen durcheinander. Irgendwie war alles, was in den letzten Tagen auf uns eingestürmt war, ein bisschen zu viel gewesen. Wir brauchten beide ein wenig Ruhe, um die Eindrücke zu verarbeiten und wieder Ordnung in unser Leben zu bringen. Was wir erlebten, war kein einfaches Verliebtsein, sondern etwas vollkommen Neues. Es war, als hätten wir gerade entdeckt, dass es auch ohne Verliebtheit oder Liebe im klassischen Sinn ein Feld gab, das aus Aufmerksamkeiten, Gefühlen und Entdeckungen bestand, die man erleben, teilen und schenken konnte. Wir waren nicht im Begriff, eine Beziehung aufzubauen, wir waren schon mittendrin.

Einen solchen Sturm der Gefühle hatte ich noch nie erlebt, noch nie erfahren, wie es ist, einen Menschen »lieben zu lernen«. Ein solches Bedürfnis zu geben, zu empfangen, sich auszudrücken. Auch wenn wir wussten, dass es im Grunde ein Bedürfnis war, wollten wir doch trotzdem auf spielerische Weise damit umgehen. Wie nie zuvor fühlte ich mich von der Freude, Liebe zu schenken, erfüllt.

... was du gibst, ist für immer dein ...

Aber die Zeit lief ab, nur noch zwei Tage, dann war es mit meiner Freundin beziehungsweise meiner Frau Michela vorbei.

Unversehens hatte sich meine Einstellung grundlegend verändert. Alles, was ich früher abschreckend fand, hätte ich jetzt nur allzu gern behalten. Plötzlich war mir der Gedanke, dass Michela bald meine Ex sein würde, unerträglich. Als ich gerade eine SMS schreiben wollte, um ihr noch einmal zu sagen, wie umwerfend ich sie fand, kam eine SMS von ihr.

»Danke für den Seifenhalter ... Du bist umwerfend.«

Sie hatte mir die Worte aus der Hand genommen.

Game over (-1)

Am nächsten Morgen gegen acht schlief ich noch und hatte einen absurden Traum: Ich war zum Essen bei der zweiten Frau meines Vaters, Elena war auch da. Niemand sagte etwas. Sie machten den Gefrierschrank auf, holten einen Behälter mit Minestrone heraus und füllten sie in einen Topf. Dabei führten sie alle Bewegungen so langsam und vorsichtig aus, als hätten sie teure Kristallgegenstände in der Hand. Sie wärmten die Minestrone auf und sagten, diese Minestrone habe Pier Paolo Pasolini kurz vor seinem Tod gekocht. »Als wir erfuhren, dass er umgebracht worden war, haben wir sie eingefroren. Das ist das Letzte, was er vor seinem Tod gemacht hat, mit seinen eigenen Händen.« Ich erinnere mich noch, dass sie mir, als ich den ersten Löffel kostete, sehr gut schmeckte und dass mir dabei die Tränen kamen.

»Sehr gut … aber mir kommen die Tränen.«

»Das ist normal, denn …«

DRIIIIING! Das Telefon auf dem Nachttisch weckte mich.

»Hallo?«

»Ich bin's, Silvia.«

»Wie spät ist es denn?«

»Hier ist es zwei Uhr nachmittags, bei dir müsste es also acht Uhr morgens sein.«

»Acht Uhr … du hast sie wohl nicht mehr alle …«

»Pass auf, ich muss dir etwas Wichtiges sagen.«

»Was denn?« Ich war noch nicht richtig wach, wahrscheinlich war ich kaum zu verstehen.

»Deine Großmutter ist im Krankenhaus, ein Notfall, seit heute Morgen.«

Jetzt war ich hellwach.

»Was ist passiert, ist es schlimm?«

»Keine Ahnung. Deine Mutter hat angerufen und mich gebeten, dir Bescheid zu sagen. Dein Handy war aus, und sie konnte dich nicht erreichen. Hast du ihr etwa nicht die neue Nummer gegeben?«

»Hab ich ganz vergessen.«

»Ruf sie an … wir telefonieren später.«

Ich setzte mich auf, rieb mir das Gesicht und rief meine Mutter an.

»Was ist denn passiert?«

»Oma ging es schlecht. Wir haben sie ins Krankenhaus gebracht. Die Ärzte sagen, vielleicht erholt sie sich wieder wie die letzten Male, vielleicht aber auch nicht. Du weißt ja, in diesem Alter kann es jeden Augenblick so weit sein.«

Ich wusste nicht, was ich sagen sollte. Das war ein heikles Thema, und dann noch mit meiner Mutter.

»Du kannst auch dableiben, das musst du selber wissen. Ich wollte nur, dass du Bescheid weißt.«

Dieser Satz war typisch für meine Mutter: »Du kannst auch bleiben, das musst du selber wissen.«

»Alles klar … ich ruf später wieder an.« Ich legte auf.

Was für ein böses Erwachen. Erst meine Oma im Krankenhaus und dann noch meine Mutter, die mir eigentlich sagen wollte, du musst sofort kommen, es dann aber doch nicht über sich brachte.

Es war acht Uhr morgens. Mein Rückflug nach Italien sollte am Abend des nächsten Tages gehen. Ich war unschlüssig: Soll ich früher zurückfliegen? Oder bis morgen warten?

Ein, zwei Tage früher oder später, was würde das schon ändern.

»Du weißt ja, in diesem Alter kann es jeden Augenblick so weit sein.«

Was für ein Scheißsatz! Aber es stimmte. Bei einer Woche hätte ich meine Abreise sofort vorverlegt, aber wegen einem Tag …

Ich stand auf. Ich war nervös. Ich schaltete das Handy ein. Als Erstes musste ich in Erfahrung bringen, ob es an diesem Tag überhaupt noch einen freien Platz im Flugzeug gab. Die Fluggesellschaft teilte mir mit, es wären noch zwei Plätze frei, das Umbuchen würde nur fünfzig Dollar kosten. Um neun rief ich Michela an und schilderte ihr die Lage. Sie empfahl mir, umzubuchen und sofort abzureisen. Aber ich war immer noch unschlüssig. Nur noch ein Tag, dann wäre unsere Geschichte sowieso zu Ende. Schließlich rief ich die Fluggesellschaft an und buchte um. In der Zwischenzeit war Michela bei mir im Hotel angekommen.

Ich war hin- und hergerissen. Ich wusste nicht, was schlimmer war, die Tatsache, dass Oma vielleicht im Sterben lag, oder die bevorstehende Trennung von Michela. Und das auch noch einen Tag früher als geplant. Ich war noch nicht so weit, vermutlich wäre es am nächsten Tag auch nicht besser gewesen, aber ich hatte noch keine Zeit gehabt, ernsthaft darüber nachzudenken. Wir gingen einen Kaffee trinken. Dann machten wir einen Spaziergang und setzten uns auf eine Bank am Hudson. Vor uns der Ozean.

In diesen Tagen hatten wir so viel miteinander geredet, aber als wir nun auf dieser Bank saßen, in dem Augenblick, wo vielleicht viel mehr zu sagen gewesen wäre als all die anderen Male, verschlug es uns die Sprache. Schweigend sahen wir uns an, gespiegelt im Horizont vor uns. Der Zeitpunkt war gekommen, aus dem Traum zu erwachen, das Märchen war zu Ende. Der Augenblick, da Aschenputtel den Schuh verliert. Wir sagten fast nichts, weil es nichts zu sagen gab. Wir wussten beide, dass es richtig war, sich an die Spielregeln zu halten. Hätten wir unsere Beziehung weitergeführt, dann hätten wir uns zwar ab und zu gesehen, aber alles wäre ins Banale abgeglitten, irgendwie verpufft, was schlimmer als dieser Abschied gewesen wäre. So dachten wir jedenfalls in diesem Moment.

Irgendwann sagte Michela: »Weißt du, Giacomo, für mich ist das alles eine ganz neue Erfahrung, so etwas habe ich noch nie erlebt. Einfach frei alles äußern zu können, was ich mir aus tiefstem Herzen wünschte, ohne Angst vor Missverständnissen. Ich brauchte nichts zu rechtfertigen oder zu erklären, weder Gefühle noch Handlungen, weder Gesten noch Worte. Den Weg hierhin, an diesen Ort, sind wir gemeinsam gegangen. Allein würde ich ihn nicht wiederfinden. Ich weiß auch nicht, wie ich wieder zurückfinden soll, in mein altes Leben, es gibt kein Zurück. Mein Herz sagt, dass ich mit einem anderen Menschen noch nie so etwas erlebt habe. Vor allem nicht in so kurzer Zeit … Mein Kopf hingegen … na, du weißt schon, was der denkt.«

Während sie so sprach, hatte ich ihr Bild in der Straßenbahn vor Augen, als ich sie zum ersten Mal sah. Für mich war das stets wie ein Fenster mit Aussicht auf die schönen Dinge des Lebens gewesen.

Wenn ich an die Szene dort auf der Bank denke, gibt es darin etliche Leerstellen. In meinem Kopf hat sich all das so verheddert, dass nur einzelne, aus dem Zusammenhang gerissene Wortfetzen hängengeblieben sind. Wie Blitze, Gewehrkugeln, Felsbrocken, die man ins Meer geworfen hat. Gesprochene Wortfetzen, gehörte Wortfetzen.

»Jetzt müssen wir uns trennen … Es war schön … es würde nicht funktionieren … Du wohnst auf der anderen Seite des Ozeans … es ist besser so … für mich wirst du immer … es ist richtig so, auch wenn es weh tut … wir müssen glücklich sein … lass uns jetzt Abschied nehmen … es ist besser, wenn wir uns nicht anrufen …«

Wir umarmten uns fest, so fest es ging. Wir weinten. Ich weinte um alles.

Ich litt, konnte mich nicht losreißen. Ich litt, ich litt, ich litt.

Oft führt das, was besser ist, nicht gerade dazu, dass es einem gutgeht.

Ich drehte den Kopf nur, um sie zu küssen. Ich küsste ihr tränenüberströmtes Gesicht mit meinem tränenüberströmten Gesicht.

»Bringst du mich noch ins Hotel?«

»Ja, gehen wir.«

Hand in Hand gingen wir schweigend nebeneinander her. Zum ersten Mal in meinem Leben spürte ich das Leid eines anderen in mir. Ich litt für mich und für sie. Ihr Leid verursachte mein Leid. Am liebsten hätte ich ihr Leid auf mich genommen, um sie davon zu befreien. Dafür hätte ich mich in tausend Stücke gerissen, wie als Kind für meine Mutter.

In diesem Augenblick wurde mir klar, dass ich wirklich verliebt war, aber im Sinn des englischen Ausdrucks: *in love*. Womöglich waren wir gar nicht so sehr ineinander verliebt, sondern in das, was uns vereinte. Wie zwei Jazzmusiker, die nicht die Liebe zueinander eint, sondern die Liebe zur Musik. Zu dem, was sie gemeinsam erschaffen. Während wir marschierten, fiel mir ein berühmter Satz ein, der besagt: »Die Liebe zwischen zwei Menschen besteht nicht darin, dass der eine den anderen ansieht, sondern dass beide in dieselbe Richtung sehen.«

Als wir fast am Hotel waren, sagte Michela: »Ich kann nicht mehr. Entschuldige. Ich kann einfach nicht mehr, ich muss jetzt gehen.« Und dann hob sie die Hand, um ein Taxi heranzuwinken.

»Warte, Michela, so kannst du doch nicht gehen … warte, ich bitte dich, einen Augenblick noch.«

»Ich kann nicht, es tut mir leid … lass mich gehen. Mir ist schlecht.«

Ein Taxi hielt. Ich versuchte, sie festzuhalten. Mit zusammengepressten Lippen gaben wir uns einen Kuss auf den Mund. Ein zerquetschter Kuss. Als wir uns voneinander lösten, sah sie mir in die Augen, streichelte mein Gesicht und stieg dann ins Taxi.

Ich schaute dem gelben Auto hinterher, das mir Michela für immer entführte. Während das Taxi davonfuhr, sah ich ihren Kopf über dem Sitz. Dann beugte sie sich nach vorne, und ich konnte sie nicht mehr sehen. Ich weinte hemmungslos. Als ich ins Hotel kam, waren meine Augen rot und geschwollen. Was war nur mit mir geschehen in dieser letzten Woche? War das wirklich ich, dieser Mann, der in den Straßen von Manhattan so bitterlich weinte wie ein Kind?

Ich packte den Koffer, bezahlte die Hotelrechnung und ließ mir ein Taxi rufen. Als ich dann auf das Taxi wartete, hörte ich, schließlich gibt es keine Zufälle, wie Alfred zu einem Paar sagte: *»No joke … tonight for you just the truth. You've made a supernova. Believe me.«* Und ich hatte geglaubt, das sei ein magischer Ausspruch gewesen, von einem weisen Mann, so weise, dass er als *homeless* lebte. Dabei war das sein Standardspruch für Paare, was war ich nur für ein Idiot.

Als ich abfuhr, regnete es. Es regnete, während draußen die Sonne schien. Dieser Regen war reine Einbildung. Als ich ins Flugzeug stieg, nahm mein Nachbar eine Tablette und erklärte mir, damit würde er den ganzen Flug über schlafen. Ich ließ mir auch eine geben. Ich war so aufgewühlt, dass mir kurz vor dem Einschlafen uralte Geschichten wieder einfielen, Ferienflirts aus meiner Jugendzeit. Nun hatte ich, im Alter von fünfunddreißig, mit Michela noch einmal so etwas Aufregendes erlebt wie diese Sommerlieben. Eigentlich hatte ich gedacht, diese Zeiten wären vorbei, denn normalerweise wird in unserem Alter alles komplizierter. Manchmal wird man, wenn man mit einer Frau ausgeht, erst mal regelrecht ausgefragt, bevor sie sich auf einen einlässt. Mit Michela hingegen habe ich noch einmal die Frische und Leichtigkeit jener längst vergangenen Sommerlieben erlebt. Wir waren wie zwei Jugendliche. Unreif vielleicht, aber wir fühlten uns wohl, und das war doch das Wichtigste.

Durch dieses Spiel hatte ich große Fortschritte gemacht und gelernt, meine Gefühle auszudrücken. Allein die Tatsache, dass es mir schlechtging, bedeutete, dass ich einen Riesenschritt nach vorn gemacht hatte.

Michela war eine schöne Begegnung gewesen.

Kurz vorm Einschlafen musste ich an Laura denken. Sie war die Erste gewesen, mit der ich geschlafen hatte, in den Ferien am Meer, als ich ungefähr vierzehn war. Ich kannte sie seit drei Jahren, doch wir trafen uns immer nur im Sommer, weil wir in verschiedenen Städten wohnten. Tatsächlich hatte sie für mich die exotische und erotische Anziehungskraft einer Ausländerin. In diesem Alter war eine andere Stadt wie eine andere Welt. Schon im Jahr zuvor waren wir zusammen gewesen, hatten aber noch nicht miteinander geschlafen. »Ich bin noch nicht so weit«, hatte sie gesagt. Dafür hatten wir stundenlang geknutscht. Und auch »gefummelt«. Dabei war ich sehr eifrig, sie nicht so sehr. Wenn es bei mir oder bei ihr zu Hause nicht ging, trafen wir uns in einem kleinen Pinienwäldchen. Damals roch Sex für mich nach Pinie. Noch heute denke ich an Laura, wenn ich diesen Duft rieche.

Das ganze Schuljahr über hatte ich an sie gedacht. Meinen Schulkameraden erzählte ich, ich hätte eine Freundin, obwohl ich den ganzen Winter nichts von ihr gehört hatte. Ein ganzes Jahr hatte ich nicht mit ihr gesprochen, auch nicht am Telefon. Damals war es normal, dass man sich im nächsten Sommer wiedersah und dort weitermachte, wo man aufgehört hatte. Außer in den ersten Tagen, da war man noch ein bisschen verlegen.

Im nächsten Jahr schliefen wir dann zusammen. Allen

zum Trotz, die nicht glaubten, dass ich in den Ferien eine Freundin hatte. Es war an einem Nachmittag, alle meine Freunde waren am Strand, und ich ging zu ihr. Ich weiß noch, wie aufgeregt ich war. Denn irgendwie war klar, dass es in diesen Ferien früher oder später passieren würde, und als sie dann sagte: »Du kannst heute Nachmittag zu mir kommen, meine Eltern sind nicht da …«, da war die Erwartung natürlich groß. Ich erinnere mich noch genau an den Weg. Vom Strand führte ein kleiner Sandpfad zu ihrem Haus, ein Weg voller niedriger Büsche, von denen einige auch Stacheln hatten. Es war heiß, die Sonne brannte, kein Laut war zu hören. Ich drehte mich um und schaute zum Meer. Es war ruhig. Am Strand waren ein paar Sonnenschirme aufgespannt, aber viele Leute waren zum Essen gegangen oder machten zu Hause ein Nickerchen. Als ich kam, lag sie auf der Hollywoodschaukel und wartete auf mich. Ich setzte mich zu ihr und legte ihren Kopf auf meine Beine, schweigend, mir fehlte die Kraft zu sprechen, und die Stille genießen konnten wir auch nicht, schließlich waren wir fast noch Kinder. Wenigstens äußerlich, denn ich dachte nur daran, dass ich mit ihr schlafen wollte. Eine Weile streichelten wir uns, dann gingen wir unter dem Vorwand, dass es draußen zu heiß sei, ins Schlafzimmer.

Die Fensterläden waren halb geschlossen. Ich erinnere mich an die Stille, man hörte nur das Schaben der Zikaden. Der Geruch nach Meer, ein schmaler Lichtstreifen im sonst dunklen Zimmer. Ich erinnere mich an die heißen, verschwitzten Körper, die Laken, die wegen der Feuchtigkeit an einem klebten. Ihre Haut, ihr erschrockener Blick, als ich in sie einzudringen versuchte. Die Küsse. Der Wunsch, uns ewige Liebe zu schwören. Ich dachte wirklich, ich würde Laura nie verlassen und sie wäre die Frau meines Lebens. Ich konnte mir nicht vorstellen, jemals eine andere zu wollen. Damals war ich monogam, in jeder Hinsicht. Später wurde ich dann emotional monogam, aber nicht physisch. Soll heißen, sexuell bin ich nicht monogam, gefühlsmäßig aber schon. Ich kann mit mehreren Frauen schlafen, aber nur eine lieben.

Damals, als ich mit Laura zusammen war, war der Gedanke an andere Mädchen für mich unvorstellbar. Keine Ahnung, wodurch sich das später geändert hat.

Dieses Übermaß an Schönheit und Lebenskraft an jenem Nachmittag am Meer erschütterte mich. Noch ein Tropfen Glückseligkeit, und ich wäre explodiert. Als der Sommer zu Ende war, dachte ich, ohne sie müsste ich sterben. Am letzten Tag weinten wir und versprachen uns, jeden Tag zu schreiben. Damals gab es noch keine Handys, auch keine E-Mail. Aber wir haben es nie gemacht. Das Leben außerhalb der Sommerferien war einfach eine andere Sache. Es lenkte von dieser Liebe ab. Ich hatte ein bisschen Angst davor, dass sie im Lauf des Schuljahrs einen anderen finden könnte. Und so war es auch: Sie tat sich mit einem zusammen, der die Ferien am gleichen Ort verbrachte wie wir, doch zu meinem Pech wohnte er in derselben Stadt wie sie. Auch er hatte sich um sie bemüht, aber sie hatte stets mir den Vorzug gegeben. Doch in jenem Jahr änderte sich das. Ich kann mich nicht erinnern, wegen einer Frau je wieder so gelitten zu haben. Als sie in unserem Urlaubsort ankamen, wo ich normalerweise ihr Freund war, traute sie sich nicht, mir die Wahrheit zu sagen. Sie sagte nur, sie wolle nicht mehr mit mir gehen, zwischen uns sei es aus und sie liebe mich nicht mehr. Da ich schon den Verdacht hatte, dass sie mit dem anderen zusammen war, sagte ich: »Ich weiß, dass da was läuft.«

Im Lauf der Jahre brachte ich es mit diesem »Ich weiß, dass da was läuft« zu einer gewissen Meisterschaft. Eine gute Methode, den anderen dazu zu bringen, einen Verdacht zu bestätigen, indem man so tut, als wüsste man schon alles. Mit den Jahren habe ich die Methode verfeinert und auch den Namen desjenigen eingebaut, von dem ich davon erfahren hatte. Trotzdem fällt es mir nicht immer leicht, die Antwort zu ertragen. Ein »Ich weiß, dass da was läuft« hinzuwerfen ist riskant, ein echter Bluff, man muss dabei seinen Gesichtsausdruck unter Kontrolle haben. Wenn sich der Verdacht bestätigt, darf man keine Miene verziehen. Genau wie beim Bluffen im Kartenspiel.

Wie dem auch sei, bei Laura funktionierte es, und ich fand alles heraus. Es war ein ganz schöner Schlag. Ich musste mich damit abfinden, dass mit ihr nichts mehr lief, und tat mich aus Rache mit einer ihrer Freundinnen zusammen, von der ich wusste, dass sie seit Jahren in mich verliebt war. Als Laura uns zusammen sah, wurde sie stinksauer, und eine Zeitlang redeten wir kein Wort mehr miteinander. Eines Tages jedoch beschlossen wir, uns auszusprechen, und verabredeten uns, was unsere jeweiligen Partner in Aufruhr versetzte. Laura gestand mir, dass sie, wenn ich mich von meiner Freundin trennen würde, sofort ihren Freund verlassen und wieder mit mir gehen würde. Ich lehnte ab.

Ich war im Begriff, in mein altes Leben zurückzukehren. Mit einer Erfahrung, wie ich sie nie zuvor gemacht hatte. Mit Michela war alles vollkommen anders gewesen.

Durch die Tablette war ich in einen tiefen Schlaf gefallen. Wie ein Kind, das sich in den Schlaf weint.

Als ich aufwachte, setzten wir bereits zur Landung an. Ich holte meinen Koffer ab. Aber sprechen konnte ich nicht. Wegen allem, auch wegen der Tablette, glaube ich. Am Ausgang erwartete mich ein Lächeln. Silvia.

Oma

Vom Flughafen fuhr ich direkt ins Krankenhaus. Oma lag im Bett, und daneben saß meine Mutter.

»Ciao.«

»Ciao.«

»Wie geht's ihr?«

»Vor ein paar Stunden ist sie endlich eingeschlafen. Sie war die ganze Nacht wach. Manchmal sieht es so aus, als hätte sie gar nichts, manchmal redet sie wie ein Wasserfall oder stöhnt vor Schmerzen. Jedenfalls ist es nicht nötig, dass wir hierbleiben. Ich fahre jetzt mal nach Hause und komme dann wieder und übernehme die Nachtwache.«

Ich sah Oma beim Schlafen zu. »So ein Mist!«, dachte ich voller Zuneigung. Ich gab ihr einen Kuss auf die Stirn, dann brachte ich meine Mutter zu ihrem Auto.

»Wie war's in New York?«

»Gut.«

»Wie geht's dir?«

»Sehr gut. Hör mal, Mamma, ich kann die Nachtwache übernehmen, wenn du willst. Wegen der Zeitverschiebung fällt es mir nicht schwer, wach zu bleiben. Morgen früh kannst du dann übernehmen.«

»Nicht nötig. Ich habe zwar eine Menge zu tun, aber ich schaff das schon.«

»Ich meine es ernst, es ist doch Schwachsinn, wenn wir beide wach bleiben.«

»In Ordnung. Du müsstest gegen acht hier sein.«

Pünktlich um acht war ich wieder im Krankenhaus. Oma begrüßte mich, sogar mit meinem richtigen Namen. Ich gab ihr das Geschenk, das ich ihr mitgebracht hatte. Den Armreif. »Wie lieb von dir«, sagte sie. Das war ein Satz, den sie immer sagte, wenn ich etwas Nettes für sie tat.

Wir waren die ganze Nacht wach. Das heißt, sie machte ab und zu ein kleines Nickerchen und wachte dann wieder auf.

Wo war nur die Frau geblieben, die ich als Kind gekannt hatte? Obwohl sie ihr ähnlich sah, war die Frau hier vor mir nur noch ein Schatten ihrer selbst. Meine Großmutter war immer eine starke Frau gewesen, auf die man sich verlassen konnte. Früh verwitwet, hatte sie ganz allein zwei Töchter großgezogen, war immer arbeiten gegangen und hatte für alles gesorgt.

»Wie geht's dir, Oma?«

Sie sah mich an, als hätte sie meine Frage gar nicht gehört.

»Weißt du noch, wie du immer zu mir gesagt hast: Da hab ich mich glatt aufs Ohr gehauen!«

»Wann hab ich das denn gesagt?«

»Als ich klein war, da bist du hochgeschreckt und hast dann gesagt, jetzt wärst du doch glatt eingeschlafen.«

Keine Antwort. Dann sagte sie: »Wenn du morgen kommst, bring mir die Ohrringe mit, die mit den Perlen. Sie sind in einer Schachtel in der großen Kommode, ganz hinten, unter den Unterhosen.«

»Was willst du denn mit den Ohrringen, Oma?«

»Ich brauche sie, weil Opa Alberto gestern zu mir gesagt hat, dass er bald wiederkommt.«

Ich war immer gerührt, wenn sie von Großvater erzählte.

»Wann hat er das gesagt?«

»Gestern, als er mich besucht hat.«

Früher hatte ich bei diesen komischen Bemerkungen manchmal versucht, ihr zu erklären, dass das nicht sein könne. Ich wollte sie zur Vernunft bringen und glaubte, sie dadurch aus ihrer Phantasiewelt herauszureißen. Aber dann habe ich begriffen, dass es besser ist, darauf einzugehen und sie zum Reden zu bringen.

»Hast du dich gefreut, als du ihn gesehen hast, Oma?«

»Natürlich. Er meinte, ich sähe wunderschön aus, und wenn er das sagt, dann glaube ich es auch, denn dein Großvater ist nicht irgendeiner. Er hat mir auch gesagt, ich soll mir die Ohrringe anstecken. Er meint, wenn ich sie trage, erinnert ihn das immer an den Tag, als er sie mir geschenkt hat.«

»Was hat er noch gesagt?«

»Nichts. Er war nur kurz hier. Da hat er gestanden, neben dem Stuhl, auf dem du jetzt sitzt, nur dass da deine Mutter gesessen hat. Die beiden haben mich angesehen. Er hat mir den Kopf gestreichelt. Dann hat deine Mutter angefangen zu weinen, und da ist er natürlich gegangen. Aber er hat gesagt, er käme wieder und würde mir auch ein Eis mitbringen.«

Plötzlich starrte sie mich an, als müsste sie mir die wichtigste Sache der Welt sagen.

»Was ist, Oma?«

»Ich würde wirklich gern ein Eis essen. Aber jetzt sofort,

nicht erst, wenn Opa wiederkommt. Kannst du mir nicht eins holen?«

»Wo soll ich das um diese Uhrzeit hernehmen? Das geht nicht. Ich bring dir morgen eins mit. Immer noch schneller als Opa.«

Dann fiel mir ein, dass es im Krankenhaus vielleicht ja Eis aus Automaten gab. Ich erkundigte mich bei einer Krankenschwester, und sie sagte mir, unten am Eingang gebe es einen Automaten.

»Warte, Oma, ich gehe dir nur schnell ein Eis holen.«

Unterwegs dachte ich, dass es Oma doch nicht so schlecht gehen konnte, wenn sie sogar Lust auf Eis hatte, ja ich hatte den Eindruck, dass es ihr sogar besserging als noch vor einer Weile. Ich holte das Eis und ging wieder nach oben. Als ich ins Zimmer kam, schlief sie.

»Was mache ich jetzt, soll ich sie wecken oder lieber schlafen lassen?«, fragte ich mich.

Ich weckte sie.

»Oma, dein Eis.«

»Danke, Alberto. Entschuldige, aber die Ohrringe habe ich noch nicht bekommen.«

Jetzt war ich wieder Opa.

»Oma, ich bin Giacomo, dein Enkel.«

»Ich weiß, ich bin doch nicht verrückt.«

Sie aß das Eis, es war eins mit einem Holzstäbchen in der Mitte. Wie immer packte sie es nicht ganz aus, sondern schob nur das Papier nach unten wie eine Bananenschale. Das Holzstäbchen ließ sie eingepackt, wahrscheinlich um sich nicht die Finger schmutzig zu machen. Während sie das Eis aß, erzählte ich ihr von Michela.

»Weißt du, Oma, dass ich in den letzten Tagen viel gespielt habe, genauso wie du mir immer gesagt hast?«

»Gut gemacht, du sollst viel spielen. Nachher, das musst du mir versprechen, gehst du wieder zurück und spielst, gell? Aber nicht mit den Chinesen.«

»Ich verspreche es. Was hast du denn gegen die Chinesen?«

»Die sind böse, das weiß ich … Und, bist du froh?«

»Nicht so richtig, ich vermisse die Freundin, mit der ich gespielt habe, aber ich bin froh, dass ich mit ihr gespielt habe.«

Ich redete, und sie schaute auf ihr Eis. Als müsste sie sich überlegen, wo sie als Nächstes abbeißen sollte. Sie ließ es sich schmecken, wie ein kleines Mädchen.

Dann sagte sie: »Weißt du noch, Alberto, wie ich die Wollsachen für dich angezogen habe?«

Sie redete mit sich selbst, oder aber mein Großvater war wirklich da. Ein bisschen glaube ich an solche Dinge, deshalb lief es mir kalt über den Rücken. Die Geschichte mit den Wollsachen hatte sie mir schon Gott weiß wie oft erzählt. Weil Oma kräftiger war als Opa, zog sie jeden Samstag seine Wollunterwäsche an, damit sie sich weitete und vor allem weniger kratzte. Eine »altmodische« Form von Weichspüler.

Ich sah sie an, und um das Schweigen zu brechen, machte ich ein bisschen Smalltalk. »Wenn du so weitermachst, wirst du in ein paar Tagen entlassen.«

Sie starrte weiter auf das Eis, als wäre es das erste in ihrem Leben, und sagte dann: »Aber ich werde sterben. Du weißt doch, dass ich sterben werde?«

Diese Worte brachten mich aus dem Takt.

»Aber was redest du da?«

»Doch, doch. Ich esse noch das Eis, und dann sterbe ich. Ich weiß es.«

»Hör doch auf mit dem Unsinn.«

Sie starrte weiter auf ihr Eis, dann zuckte sie mit den Schultern, als wollte sie sagen: »Ist ja auch egal.« Ihre skurrilen Einfälle waren für mich nichts Neues, aber diesmal bekam ich einen Schreck. Ich musste daran denken, was für merkwürdige Dinge den Menschen kurz vor ihrem Tod passieren. Ihre Worte machten mich panisch.

Dann sagte sie, immer noch in kindlichem Tonfall: »Du spürst einen Schmerz und bist froh, ich spüre keinen Schmerz mehr. Ich spüre gar nichts mehr. Und wenn du im Leben nichts mehr spürst, nicht einmal die Schmerzen, dann wartest du auf den Tod ... Ich esse noch das Eis, und dann sterbe ich.«

»Hör auf damit, Oma.«

»Giacomo, sei so gut. Hilf mir, in Ruhe zu sterben, und stell dich nicht so an.«

»Wenn du so weitermachst, gehe ich.«

Wieder zuckte sie mit den Schultern. Ich bekam feuchte Augen.

Sie wirkte nicht nur wie ein kleines Mädchen, sie war es tatsächlich. In diesem weißen Nachthemd mit rosa Stickerei und einer kleinen Schleife in der Mitte sah sie so winzig und zart aus, dass ich, als ich ihr half, sich im Bett aufzusetzen, befürchtete, sie würde mir unter der Hand zerbrechen.

Sie aß ihr Eis auf und legte das Holzstäbchen auf den

Nachttisch. Ängstlich beobachtete ich ihre Bewegungen, als könnte es jeden Moment so weit sein.

Es war jetzt schon eine Weile her, dass sie ihr Eis aufgegessen hatte, und sie lebte noch: »Verdammt noch mal, Oma, musstest du mir solche Angst einflößen?«

Ich blieb die ganze Nacht wach. Oma redete ein bisschen, schaute schweigend zum Fenster oder schlummerte ein Weilchen. Dann, frühmorgens, erwachte das Krankenhaus zum Leben, das Licht ging an, die Krankenschwestern kamen herein, um das Bett zu machen, das übliche Hin und Her vor der Visite. Um sieben Uhr wachte Oma auf. Als das Frühstück kam, gab ich ihr einen Kuss und ging.

»Bis heute Abend. Dann bringe ich dir die Ohrringe mit.«

»Ciao, Giacomo.«

Um acht lag ich in meinem Bett. Ich war todmüde. Zwischendurch wachte ich immer mal wieder auf und wusste zuerst gar nicht, wo ich war, bis ich das rote Lämpchen am Telefon erkannte.

Als ich nachmittags aufwachte, erfuhr ich von meiner Mutter, dass Oma um zehn Uhr morgens gestorben war.

Mutter

Meine Großmutter war einer der wichtigsten Menschen in meinem Leben. Umso überraschter war ich, als ich spürte, dass ich ihren Tod akzeptieren konnte. Ich empfand eine zutiefst wehmütige, zugleich aber gelassene Trauer. Tief in meinem Innern spürte ich ihre Zuneigung. Eine unvergängliche Zuneigung aus zahllosen kleinen Gesten, die unser Verhältnis schon immer zu etwas Besonderem gemacht hatten. Meine Großmutter war stets für mich da gewesen.

Etwa zwei Wochen nach der Beerdigung nahmen meine Mutter und ich die Auflösung von Omas Wohnung in Angriff. Glücklicherweise haben meine Mutter und meine Tante ein gutes Verhältnis, so dass sie es nicht nötig hatten, sich gegenseitig zu bestehlen, wie es in ähnlichen Fällen oft vorkommt. Wie zum Beispiel bei der Nachbarin meiner Mutter, einer alten Dame von neunundachtzig Jahren, die schwerkrank ins Krankenhaus eingeliefert und von den Ärzten schon abgeschrieben worden war. Den Angehörigen teilte man mit, sie werde nicht überleben. Doch merkwürdigerweise erholte sich die Signora nach zwei Tagen, und als sie dann wieder nach Hause kam, hatten die Töchter ihre Wohnung bereits ausgeräumt. Unglaublich, aber wahr.

In Omas Sachen zu wühlen und dabei stundenlang mit meiner Mutter auf Tuchfühlung zu sein bereitete mir Unbehagen. Außerdem kam ich mir beim Öffnen der Schubladen wie ein Eindringling vor, der in der Privatsphäre eines anderen herumschnüffelt. Das schien mir unangebracht. Nicht dass Oma irgendwelche großartigen Geheimnisse gehabt hätte. Aber wenn ich mir vorstelle, ich würde plötzlich tot umfallen, wer weiß, was meine Mutter wohl denken würde, wenn sie in meiner Wohnung Pornofilme, Vibratoren, Vaginalkugeln und Augenbinden fände und zu allem Überfluss noch mit Eis gefüllte Präservative im Kühlschrank. Plus das Video von Monica und mir beim Sex. Als ich nun die Schubladen öffnete, merkte ich, dass sich seit dem Tod meiner Großmutter etwas verändert hatte. Alles lag noch an seinem Platz, wo es seit Jahr und Tag gelegen hatte, und doch hatte sich alles verändert. In der Wäschekommode lagen die Unterhosen und BHs, riesige BHs mit einem Röschen in der Mitte. Das alles wanderte in den Sack für die Kleidersammlung, unbesehen und ohne nachzufragen.

Darunter, in einer anderen Schublade, fand ich die Schachtel mit den Ohrringen.

Ich fragte meine Mutter, ob ich sie behalten dürfe.

»Ja, wenn du sie haben möchtest.«

In der Schachtel lagen auch der Ehering meines Großvaters, seine Uhr und sein Rasierpinsel.

Die ganze Zeit über vergoss meine Mutter keine einzige Träne, nicht mal auf der Beerdigung. Offenbar hatte sie sämtliche Tränen schon vergossen, als ich klein war. Eigentlich wollte sie auch nicht, dass ich ihr in der Wohnung half. Doch ich bestand darauf und sagte, ich täte das nicht für sie, sondern für Oma.

Wir nahmen die Bilder von den Wänden und verpackten Teller, Gläser, Besteck und alles andere in Kartons. Ich räumte die Vitrine aus, in der die praktisch unbenutzten Mokkatässchen standen, ein paar Fotos meines Großvaters und Bonbonnieren von diversen Hochzeiten und Kommunionen. Auch die von meiner eigenen Kommunion: ein Kind mit Hündchen.

»Soll ich einen Kaffee machen, Mama, möchtest du einen?«

Seltsamerweise sagte sie ja, fügte aber gleich hinzu: »Ich mach schon, du kannst inzwischen weitermachen.« Typisch meine Mutter.

Wenig später tranken wir in der Küche Kaffee. Ich im Sitzen, sie im Stehen.

»Die Tässchen könntest du eigentlich behalten, die sind doch praktisch neu«, sagte ich zu ihr.

»Ich glaube, ich behalte gar nichts, meine Wohnung ist schon voll. Ich bin gerade dabei, meine Küche neu zu machen, und ich habe schon alles gekauft, was ich brauche. Aber du, wie ist es mit dir, willst du außer den Ohrringen gar nichts haben? Mit deiner Tante habe ich schon gesprochen, sie will nur das Bild aus der Diele. Alles andere können wir behalten oder wegwerfen.«

»Ich möchte nur die Ohrringe, sonst nichts. Wieso kaufst du eine neue Küche, war die alte nicht mehr in Ordnung?«

»Doch, die war schon noch in Ordnung, aber sie war schon alt, es war an der Zeit, sie auszuwechseln.«

Stille. Eine beredte Stille.

Es ist schwer, die Einsamkeit der anderen zu verstehen, doch ich glaube sagen zu können, dass mich die Einsamkeit in meinem Leben eher gestärkt hat, während meine Mutter schwer darunter gelitten hat. Obwohl sie später noch mit einem anderen Mann zusammen war. Es ist sicher nicht leicht, das Trauma, von einem Mann verlassen zu werden, zu überwinden, aber ich weiß auch, dass viele unserer Probleme mit dem Charakter meiner Mutter zusammenhingen, mit ihren Reaktionen.

»Willst du dich nicht kurz setzen, Mama?«

»Moment, ich will nur noch die Teller wegräumen …«

»Bitte, das kannst du doch später machen.«

Sie blieb stehen, sah mich einen Augenblick an, versuchte krampfhaft, nicht mehr an die Teller zu denken, und setzte sich. Als ich sie so dasitzen sah, wurde mir klar, dass ich ihr gegenüber die Waffen strecken musste. Natürlich war das keine plötzliche Eingebung, mit dem Gedanken hatte ich schon länger gespielt. Ich hatte nur auf die richtige Gelegenheit gewartet, und die schien mir jetzt gekommen.

»Was gibt's denn?«

»Es tut mir leid, Mama, es tut mir wirklich leid.«

»Ich weiß, mir auch … aber in dem Alter muss man früher oder später damit rechnen.«

»Ich rede nicht von Oma, ich rede von uns, von dir und mir.«

Sie sagte nichts. Ein paar Sekunden sahen wir uns an, direkt in die Augen, ohne mit der Wimper zu zucken. Seit Jahren hatte ich meine Mutter nicht mehr so angesehen, genau genommen eigentlich noch nie. Sie hatte sich stark verändert.

»Es tut mir leid, wie die Dinge gelaufen sind. Wie dein Leben verlaufen ist … und meins auch. Eigentlich hätten wir etwas Besseres verdient gehabt.«

»Ja, ja, aber was hat das jetzt damit zu tun? Mir tut es auch leid, aber manchmal ist es eben so. Ich weiß, dass ich dir eine schlechte Mutter war, Giacomo.«

»Fang nicht wieder so an, Mama. Versteck dich nicht wieder hinter diesen Floskeln.«

»Ich soll mich verstecken?«

»Ja, wenn du so redest, versteckst du dich und weichst aus. Du warst keine schlechte Mutter. Du brauchst dich nicht bei mir zu entschuldigen. Ich will damit sagen, es war halt, wie es war, aber jetzt, allmählich …«

Eigentlich hätte ich sagen wollen: »Allmählich möchte ich wieder auf dich zugehen.« Aber ich schaffte es nicht. Trotzdem war klar, was ich meinte.

Kurzes Schweigen. Wir führten die Tasse an den Mund. Als sie ihre wieder abgesetzt hatte, sagte sie: »Weißt du, was Oma neulich zu mir gesagt hat? Ich wäre nie unbeschwert gewesen, immer irgendwie angestrengt.«

Wir mussten beide grinsen.

»Es tut mir leid, Mama, ich konnte nicht anders. Um zu überleben, musste ich weg von dir, von dem Menschen auf der Welt, den ich am meisten geliebt habe. Ohne dich konnte ich nicht leben, aber mit dir auch nicht.«

»Es war richtig, dass du gegangen bist. Das habe ich doch verstanden. Stell dir mal vor, das habe selbst ich verstanden, das will schon etwas heißen.«

»Um zu überleben, musste ich einfach von dir loskommen. Was ihr mir vorgelebt habt, du und Papa, erst er, dann du, war, dass es einem schlechtgeht, wenn man sich auf eine Beziehung einlässt. Deshalb war es mir jahrelang unmöglich, eine intime Beziehung zu einer Frau einzugehen.«

»Glaubst du denn, mir wäre es leichtgefallen? Plötzlich stand ich mutterseelenallein da. Ich habe getan, was ich konnte.«

»Keiner braucht sich zu entschuldigen. Ich wollte dir nur sagen, dass es mir leidtut, dass ich weggegangen bin, ohne dir zu erklären, warum ich das tun musste. Es tut mir leid, dass ich dich enttäuscht und verletzt habe, dass ich dir nicht wirklich helfen konnte. In letzter Zeit habe ich einiges verstanden, unter anderem, was als Kind in mir vorging. Aber erst jetzt, nach so langer Zeit. Ich hab oft darüber nachgedacht, was mir eigentlich gefehlt hat. Du warst so überfürsorglich, so darauf bedacht, dass es mir an nichts fehlte, dass mir am Schluss die Luft zum Atmen fehlte und vor allem die Möglichkeit, Fehler zu machen. Und auch wenn wir uns jetzt nicht mehr sehr nahestehen, wollte ich dir sagen, dass ich in letzter Zeit gelernt habe zu lieben, und ich möchte, dass auch du an dieser Liebe teilhast. Das ist alles.«

Während ich redete, sah ich, wie meiner Mutter die Tränen aus den Augen liefen. Aber ich redete weiter, bis ich alles gesagt hatte, und dann fing auch ich an zu weinen. Meine Mutter versuchte vergeblich, etwas zu erwidern. Ihr ganzes Leben lang hatte sie sich geweigert, in sich selbst hineinzusehen. Ich wusste, was sie sagen wollte. Sie schluchzte, sie weinte, dann war sie plötzlich still. Ich sagte, sie könne mir das, was sie mir sagen wollte, auch ein andermal sagen. Und so kam es dann auch. Im Lauf der letzten Monate sind wir uns wieder nähergekommen. Schluss mit den Tränen. Sie hat mir sogar einen Wäschetrockner geschenkt.

Bevor wir das Haus verließen, meinte sie noch, bestimmt habe Oma bei unserem Gespräch ihre Finger im Spiel gehabt. Ganz bestimmt, sagte ich.

»Ich geh jetzt, ciao Mama.«

»Ciao.«

Wenn man sich mit einem Menschen versöhnt, mit dem man lange im Streit lag, ist das eine ungeheuer intensive Sache. So etwas kommt auch zwischen Menschen vor, die sich erst seit kurzem kennen. Man ist dann einfach großzügiger. Deshalb sagte ich noch, bevor ich ging: »Schönen Gruß an Fausto.«

Fausto ist der Lebensgefährte meiner Mutter, und es war das erste Mal, dass ich ihn beim Namen nannte.

Beflügelt von der Begeisterung darüber, dass ich mit meiner Mutter Frieden geschlossen hatte, machte ich einen Bummel und ging in einen Spielzeugladen. Ich kaufte ein Geschenk, das ich einpacken ließ, und dann kaufte ich dasselbe noch einmal für mich selbst.

Dann besuchte ich Andrea im Büro, traf ihn aber nicht an. Also legte ich das Päckchen auf seinen Schreibtisch und schrieb auf einen Zettel: »Verzeih mir. Bis bald … hoffentlich.«

Dann ging ich nach Hause, doch bevor ich die Treppen hinaufstieg, machte ich auf dem Hof Station und spielte ein bisschen mit dem ferngesteuerten Auto, das ich gerade für mich selbst gekauft hatte. Ich war zufrieden, endlich hatte ich das Unrecht von damals wiedergutgemacht und auch mir selbst einen Wunsch aus Kindertagen erfüllt. Ich war nicht stolz auf das, was ich angerichtet hatte, damals nicht und jetzt noch viel weniger. Überhaupt nicht. Aber jetzt fühlte ich mich erleichtert, das schon.

Gespräch mit Silvia

In der Zeit stand mir Silvia sehr nahe. Wir hatten uns viel zu erzählen. Sie machte den Eindruck, als hätte sie abgenommen. Ich hingegen hatte in New York ein paar Kilo zugelegt. Als wir eines Tages zusammen in der Bar saßen und einen Kaffee tranken, sagte Silvia zu mir: »Mein Vater hatte einen Autounfall.«

»Wann denn?«

»Gestern.«

»Ist er verletzt?«

»Er hat sich die Schulter gebrochen und den Kopf angeschlagen. Er war nicht angeschnallt. Sie haben ihn in die Notaufnahme gebracht und dann zur weiteren Untersuchung dabehalten. Heute oder morgen wird er entlassen.«

»Hat er einen ordentlichen Schreck bekommen?«

»Ich glaube schon. Aber ich bin fix und fertig.«

»Ach, er wird bestimmt wieder gesund. Wenn das mit dem Kopf gravierend wäre, hätte man es dir schon gesagt.«

»Es ist nicht wegen des Unfalls.«

»Weshalb denn, wegen des Autos?«

»Er war nicht allein. Eine Frau war dabei, ihr ist nichts passiert, aber sie ist seine Geliebte.«

»Die Tatsache, dass eine Frau bei ihm im Auto saß, muss noch nicht bedeuten, dass sie seine Geliebte ist.«

»Seit rund drei Jahren geht das schon.«

»Woher weißt du das?«

»Von meiner Mutter.«

»Von deiner Mutter?«

»Kannst du dir das vorstellen? Mein Vater ist fünfundsechzig, hat seit bald drei Jahren eine Geliebte, meine Mutter weiß Bescheid und sagt nichts.«

Ich war sprachlos.

»Du weißt ja, womit meine Mutter mir ständig in den Ohren liegt, seit ich ihr anvertraut habe, dass ich Carlo nicht mehr liebe und ihn verlassen will. Und was mein Vater gesagt hat, als er hörte, dass Giulia sich getrennt hat. Erinnerst du dich?«

»Natürlich erinnere ich mich. Deine Mutter hat gesagt, du müsstest alles ertragen und dich aufopfern, und dein Vater hat Giulia als Nutte bezeichnet. Bist du deshalb so sauer?«

»Nicht nur sauer, stinksauer. Auf alle beide. Meine Mutter ist sechzig und steht praktisch mit leeren Händen da. Und sie sagt nichts, weil sie sich damit abgefunden hat. Doch anstatt mir alles zu erzählen und es mir ersparen zu wollen, dass es mir auch so ergeht wie ihr, hat sie nichts Besseres zu tun, als von Aufopferung und Verzicht zu reden, das bringt mich wirklich auf die Palme. Ich meine, das ist doch unmöglich, wie kann man nur so sein? Ich bin ihre Tochter, und sie tut alles, damit es mir genauso ergeht wie ihr selbst, wie zum Beweis dafür, dass es keine Alternative gibt. Das macht mich rasend. Und mein Vater – erst hat er sein ganzes Leben den Moralapostel gespielt und mit dem Finger auf andere gezeigt, und jetzt kommt heraus, dass er sich nachmittags nicht etwa mit seinen Freunden zum Kartenspielen trifft, sondern mit seiner Geliebten.«

»Hast du ihn schon darauf angesprochen?«

»Ich habe ihn besucht und mich erkundigt, wie es ihm geht. Dann habe ich ihm gesagt, dass es seiner Freundin gutgeht und er sich keine Sorgen zu machen braucht, und bin gegangen. Ich weiß nicht, wohin das alles führt. Auf jeden Fall werde ich mir jetzt eine kleine Mietwohnung suchen, für mich und Margherita. Bei Carlo halte ich es einfach nicht mehr aus. Ich kann nicht mehr. Ich habe lange genug bei meinen Eltern um Unterstützung gebettelt. Von denen ist nichts zu erwarten, die kann ich vergessen … Aber erzähl du doch mal, von dir und Michela, ich bin schon ganz gespannt. Telefonierst du mit ihr, oder macht ihr wirklich, was ihr euch vorgenommen habt: Was auch geschieht, wir trennen uns?«

»Wozu sollten wir uns anrufen? Sie wohnt in New York, und ich bin hier. Soll ich alles aufgeben und zu ihr ziehen? Und dann? Ein paar Tage sind das eine, aber eine ernsthafte Beziehung ist etwas ganz anderes. Würden wir dauernd telefonieren, wäre die Trennung nur noch schwieriger. Also lassen wir das. Auch wenn es schwerfällt, sehr schwer sogar. Stell dir vor, ich war schon fast so weit, mit ihr ein Kind zu machen.«

»Ein Kind, bist du verrückt?«

»Ja, ich weiß, aber so war es. Wir haben sogar darüber gesprochen, und womöglich wäre es tatsächlich so weit gekommen, wenn ich nicht so überstürzt hätte abreisen müssen …«

»Du und ein Kind! Wo du doch schon allein beim Thema

Beziehung eine Hodenentzündung kriegst. Vor deiner Abreise konntest du dir nicht einmal vorstellen, mit einer Frau ein Wochenende zu verbringen, und zwei Wochen später willst du den Vater spielen? Obwohl, dass du eines Tages urplötzlich ein Kind zeugen könntest, ohne lange darüber nachzudenken, das habe ich dir immer schon zugetraut …«

»Bei ihr fühle ich mich frei. Diesmal war alles ganz anders als sonst. O Gott, jetzt rede ich schon wie alle anderen: Bei uns ist es was anderes … Aber so war es, auf jeden Fall anders als alles, was ich bisher erlebt habe. Mit ihr habe ich mich so wohl gefühlt wie noch nie in meinem Leben. Stimmt schon, zehn Tage in New York haben mit einer echten Beziehung nicht viel zu tun, das weiß ich selbst, aber ich mag sie, alles an ihr, wie sie denkt, wie sie redet, wie sie träumt und wovon sie träumt.«

»Das soll's ja geben.«

»Einmal, als wir so zum Spaß über Kinder sprachen, hat sie mir einen ziemlich abstrusen Vortrag gehalten, von dem ich das meiste vermutlich gar nicht verstanden habe. Sie erklärte mir, der Mann, mit dem sie Kinder haben wolle, müsse vor allem Mut haben, nicht bloß verliebt sein. Bei der Überlegung, ob sie mit mir ein Kind haben wollte, sei für sie nicht ausschlaggebend, was sie für mich empfinde, sondern eher, was sie von mir halte. Ganz schön verrückt.«

»Aber sie hat doch recht. Schau mich an. Wenn Carlo nur ein bisschen mehr Mumm hätte, müsste ich nicht alles alleine tragen.«

»Tut er etwa immer noch so, als ob nichts wäre?«

»Es wird immer schlimmer. Jetzt versucht er sogar, mir die Schuld in die Schuhe zu schieben. Wenn ich ausziehe, sagt er, dann sei es meine Schuld, wenn Margherita leide. Ich habe Angst, dass er alles auf mich schiebt und meine Tochter gegen mich aufbringt.«

»So ein Arsch. Er setzt dich also moralisch unter Druck?«

»Ja. Und er merkt gar nicht, dass er damit alles nur noch schlimmer macht und mich darin bestärkt, dass ich bei so jemand nicht länger bleiben kann.«

»Ein berühmter Satz lautet: Wenn du deinen Ehepartner wirklich kennenlernen willst, verlasse ihn.«

Wir zahlten, und Silvia fuhr mich nach Hause.

Die Tage vergingen, und langsam kam ich aus der Geschichte mit Michela heraus. Aber mit Mühe, wie am Geldautomaten, wenn man schon meint, dass er die Karte einbehält und er sie dann doch wieder ausspuckt. Genauso fühlte ich mich. Nachdem ich ein paar Tage mit der Straßenbahn zur Arbeit gefahren war, beschloss ich, aufs Fahrrad umzusteigen. Ich konnte die Leere nicht mehr ertragen, litt viel mehr als beim ersten Mal. Ohne Michela fehlte mir jede Orientierung, mein Blick stolperte und stürzte ins Nichts. Da es Sommer wurde, war das Fahrrad eine gute Lösung.

Nur ein winziges Stück Leben hatten wir gemeinsam verbracht, doch das war voller Gefühle gewesen. Wenn ich morgens aufwachte, malte ich mir aus, wie sie schlafend in ihrem Bett lag, bei ihr war es ja noch mitten in der Nacht. Am anderen Ende der Welt. Dabei hatte ich stets einen leuchtenden Körper vor Augen. Das war mein Bild von Michela. In ihr hatte ich so viel von mir selbst entdeckt, dass es jammerschade gewesen wäre, wenn ich nicht nach New York gefahren wäre. Für einen Augenblick hatte ich alle Sorgen meines Lebens vergessen.

Um Michela zu vergessen, ging ich mit anderen Frauen aus. Ein Keil treibt den anderen, wie gehabt. Aber es funktionierte nicht, im Gegenteil, es hatte sogar den gegenteiligen Effekt. Deshalb machte ich mir langsam Sorgen. Je öfter ich mit anderen ausging, desto mehr musste ich an Michela denken. All diese Frauen hinterließen in mir eine unendliche Leere. Mit ihnen stellte sich nichts von dem ein, was ich mit ihr erlebt hatte. Sie konnten noch so schön, sympathisch und intelligent sein, mit ihnen fand ich einfach nicht, was ich mit ihr gefunden hatte, einen Ort, der nur uns beiden gehörte.

Mit Michela war alles leicht gewesen, bei ihr musste ich nicht … ich musste gar nichts. Das war's, bei ihr musste ich gar nichts. Punkt. Schwer zu erklären. Einmal schlug ich einer dieser Frauen sogar eine Beziehung auf Zeit vor, aber es kam mir wie ein Verrat vor. Als wäre dieses Spiel nur für Michela und mich reserviert. Dabei war das Gegenteil der Fall, alles, was ich von ihr gelernt hatte, konnte man im Leben verwenden. Ich musste an all meine Freunde denken, die sich Monate, manchmal jahrelang mit jemandem treffen, dann schlafen sie einmal zusammen, und das war's. Dagegen ist doch eine kurze, intensive Beziehung mit klarem Ende viel besser. Mit Michela hatte ich es geschafft, aber mit anderen gelang es mir nicht. Ich war in einer Zwickmühle. Mit ihr konnte ich nicht zusammen sein, aber mit den anderen auch nicht. Ich fühlte mich wie damals als Kind, als ich im Schwimmbad auf das Drei-Meter-Brett geklettert war und mich oben der Mut verlassen hatte. Zurück konnte ich aber nicht, weil die Treppe hinter mir voller Kinder war. Und alle warteten darauf, dass ich endlich sprang. Hiiiilfe!

Vielleicht brauchte ich mehr Zeit. Es war, wie wenn man in die Sonne guckt, und danach hat alles einen schwarzen Rand. So erging es mir mit ihr. In allem, was mir begegnete, sah ich ihr Spiegelbild. Michela war überall, in den Brotkrümeln auf dem Tisch, in der kurzen Stille nach einem Gelächter, im langsamen Drehen der Reifen, wenn ich mein Fahrrad die Treppe hinauftrug, Michela war eine erotische Phantasie beim Kaffeetrinken.

Ich erlebte erneut, wie es ist, morgens neben einer Frau aufzuwachen und sie abstoßend zu finden. Nach dem Sex so erschöpft zu sein, dass einem die Kraft fehlt, ihr klarzumachen, dass sie gehen soll. Dann schläft man nackt ein, und morgens klebt das Laken am Pimmel. Unerquicklich. Manchmal reichte schon ein Haar oder der Duft einer Unbekannten auf dem Kopfkissen. Es ist grauenhaft, wenn man sich zu einem solchen Leben zwingt. Im Übrigen hatte ich schon immer ein merkwürdiges Verhältnis zu Frauenhaaren. Solange sie am Kopf sind, finde ich sie faszinierend, aber wenn sie ausfallen, finde ich sie widerlich.

Neben einer Frau aufzuwachen, die einem nichts bedeutet, ist wirklich unerfreulich und schäbig. Vor allem sonntags, wenn dazu noch die Panik kommt, vielleicht den ganzen Tag mit ihr verbringen zu müssen. Einmal habe ich einfach so getan, als müsste ich zur Arbeit. Ich zog mich an, ging mit ihr nach unten, verabschiedete mich, umrundete das Haus und legte mich dann wieder ins Bett. Absurd … Als ich jünger war, hat mich eine Frau sogar einmal beim Aufwachen mit ihrem Portemonnaie in der Hand erwischt und ist schreiend davongelaufen, weil sie glaubte, ich wolle sie bestehlen. Ich hatte keine Chance, ihr zu erklären, dass ich nur nach ihrem Ausweis gesucht hatte, um ihren Namen zu erfahren. Oder wenn mir eine ihre Telefonnummer geben wollte und ich nicht wusste, unter welchem Namen ich sie speichern sollte, dann sagte ich: »Kannst du das bitte für mich machen?« Und wenn sie dann weg war, ging ich die Liste durch, um den neuen Namen zu suchen.

Eines Morgens schaute ich aus dem Badezimmerfenster und stellte fest, dass im Innenhof, in dem ich Monate zuvor meinen Engel im Schnee hinterlassen hatte, die Blumen in voller Blüte standen. Mein Engel im Schnee war verschwunden. In diesem Augenblick kam eine SMS von Monica, mit der ich mich zu jener Zeit wieder öfter traf. Sie stand auf der Hitliste »Anzahl der Trennungen« ganz oben. Von ihr hatte ich mich bestimmt schon hundert Mal getrennt, immer gleich nachdem ich mit ihr geschlafen hatte. Und jedes Mal war ich davon überzeugt. Doch eigentlich war jedes Adieu ein Aufwiedersehen. Es reichte, wenn sie eine SMS mit »Was treibst du so?« schickte, und eine halbe Stunde später lagen wir uns in den Armen. Doch in dieser Phase klappte es selbst mit Monica nicht mehr wie früher.

Ich las ihre SMS: »Sehen wir uns später? Ich habe Lust auf dich.«

Und zum ersten Mal schickte ich ein »Nein«.

Deshalb war ich auch nicht sonderlich überrascht, als sie mich an den folgenden Tagen mit hasserfüllten Nachrichten voller Beschimpfungen bombardierte. »Immer noch besser als die Schläge von ihrem Freund«, dachte ich.

Zwei Monate waren seit meiner Abreise aus New York und der Trennung von Michela vergangen, und noch immer war ich nicht zur Ruhe gekommen. Meine plötzliche Abreise hatte mir einen Tag mit Michela genommen, und allmählich nahm der Wunsch Gestalt an, für diesen einen Tag zu ihr zurückzukehren. Vielleicht war es ja das, was mir fehlte: Noch ein Tag. Und eine Nacht.

Insgeheim hatte ich schon Gott weiß wie oft daran gedacht, ohne es jedoch jemandem zu verraten, nicht einmal Silvia. Zum ersten Mal war mir der Gedanke gekommen, als ich zusammen mit meiner Mutter Omas Wohnung ausräumte. Während ich Schubladen, Schachteln und Schrankkoffer öffnete, fiel mir wieder ein, wie Oma mir und meinen Vettern und Cousinen einmal erzählt hatte, dass ihr Vater ihr als Kind einen Zaubersack geschenkt habe, sie aber nicht mehr wisse, wo er abgeblieben sei. Wenn man ein Bild oder ein Foto in den Sack steckte, kam es am nächsten Tag wieder heraus … in echt. Deshalb brachten wir als Kinder ganze Tage damit zu, nach dem Sack zu suchen und aus Zeitschriften all die Dinge auszuschneiden, die wir uns wünschten. Sogar solche, die viel größer waren als der Beutel. Ein Cousin fragte, ob auch ein Panzer aus dem Zauberbeutel herauskommen könne. Bald hatten wir einen ganzen Berg Zeitungsausschnitte: Fahrräder, Raumschiffe, Lokomotiven, Pferde. Einmal schnitt ich sogar ein Baby aus, weil ich ein Brüderchen haben wollte.

Als ich nun in Omas Sachen stöberte, malte ich mir aus, was ich mir wünschen würde, wenn ich den Beutel jetzt fände. Ich wünschte mir nichts Materielles, kein neues Auto, kein Geld, keine Wohnung. Wenn ich einen Wunsch frei gehabt hätte oder besser noch drei, wie bei Aladins Lampe, hätte ich mir ganz was anderes gewünscht: bestimmte Momente, Situationen und Augenblicke.

An jenem Tag in Omas Wohnung fiel mir auf, dass ich mir Dinge zurückwünschte, die unwiederbringlich verloren waren. Die Sonntage mit meinem Vater, seine Umarmungen. Den Nachmittag mit Laura, unser erstes Mal. Das Gefühl, wenn Oma mir über die Haare strich, ihre Lasagne und ihre Stimme. Wie sehr wünschte ich mir den Tag zurück, an dem ich Andreas Auto kaputtgemacht hatte, um es ungeschehen zu machen. Die Vormittage in der Straßenbahn mit der geheimnisvollen Michela. Mein Hund, der nicht mehr da war und mir fehlte wie ein Mensch. Sein Tod war für mich, als wäre ein naher Verwandter gestorben. Einmal stritt ich mich sogar mit einem, der meinte: »Sicher, es ist traurig, aber letztendlich ist es nur ein Hund und kein Mensch.« Für mich aber war sein Tod mindestens so schlimm wie der Verlust eines Menschen. Vielleicht weil ich bei ihm als Einzigem das Gefühl hatte, dass er der Einzige war, der mich verstand und mich wirklich liebte. Und dann, als er eingeschläfert werden musste, habe ich ihn selbst für die Spritze zum Tierarzt gebracht. Besser gesagt für die drei Spritzen. Eine zur Beruhigung, eine zum Einschlafen und eine tödliche. Ich werde nie vergessen, wie er mich angesehen hat, als ich ihn zum Sterben wegbrachte. Ich hatte das Gefühl, er wusste ganz genau, wohin wir gingen, und als sie ihm die letzte Spritze setzten, war ich überzeugt, dass er Bescheid wusste.

Hätte ich den Zaubersack gefunden, hätte ich mir nichts Neues gewünscht, nur meine alten Sachen zurück. Am meisten von allem aber wünschte ich mir das zurück, was ich mit Michela erlebt hatte.

Noch einmal nach New York zu fahren erwog ich ernsthaft nach einem Abend mit Silvia. Ich begleitete sie oft zu Wohnungsbesichtigungen, die ein Freund von uns, ein Makler, ihr vermittelte. Als sie eines Tages eine Wohnung besichtigt hatte, die ihr gefiel, fragte sie, ob ich mich nach dem Abendessen mit ihr dort treffen könne. Sie wollte herausfinden, wie die Wohnung zu dieser Tageszeit aussah. Wir kauften ein paar Flaschen Bier und Pizza aus dem Karton und verbrachten den Abend in der leeren Wohnung. Der Anzeige nach zu urteilen, musste die Wohnung ein Schmuckstück sein. Ich hatte schon immer viel Phantasie, bei Wohnungsanzeigen reichen mir gewöhnlich zwei oder drei Details, um mir die Wohnung hell, mit großen Fenstern und mit schönen Farben auszumalen. Aber wenn ich die Wohnung dann sehe, bin ich meistens enttäuscht.

Am Ende entschied sich Silvia für genau diese Wohnung, wohl nicht zuletzt deshalb, weil wir uns dort so gut unterhalten hatten. Die Wohnung strahlte positive Energie aus, man konnte hervorragend quatschen, sie war ruhig und hatte schöne Fenster zum Innenhof.

An jenem Abend erzählte Silvia viel über ihr Verhältnis zu Carlo, und dabei kamen mir jede Menge Einsichten über mein Verhältnis zu Michela. Ein indirektes Zuspiel, über Bande.

»Mein ganzes Leben habe ich versucht, die Probleme der Leute zu lösen, die mir nahe waren. Wenn ich sie leiden sah, hätte ich alles für sie getan. Das Glück der anderen war mir immer wichtiger als mein eigenes. Ich dachte immer, mir könne nichts passieren, ich würde sowieso immer auf die Füße fallen. Und jetzt, wo ich auch einmal an mich denke, heißt es auf einmal, ich sei zickig. Du weißt, dass das stimmt,

Carlo, du kennst mich ja. Ach Gott, jetzt habe ich dich doch tatsächlich Carlo genannt!«

»Pass bloß auf. Dass meine Oma mich mit Alberto anredete, das ging ja noch, aber Carlo, das geht zu weit … Weißt du noch, wie meine Oma Alberto zu mir gesagt hat?«

»Natürlich weiß ich das noch.«

»Neulich kam mir der Gedanke, dass ich jetzt zum guten Schluss, nachdem ich meine ganze Kindheit damit verbracht habe, bei meiner Mutter die Stelle meines Vaters zu vertreten, auch noch bei meiner Oma den Großvater vertreten sollte. Immer habe ich den Mann im Haus gespielt.«

»Wir haben uns in eine fremde Rolle drängen lassen, aber daran sind nicht die anderen schuld, sondern wir selbst.«

»Meinst du, wir können noch mal zurück, in unsere eigene Rolle?«

»Ich glaube schon, aber dazu müssen wir uns etwas trauen.«

»Ich trau mich was und esse auch noch deine Hälfte der Pizza, mir scheint, du magst nicht mehr.«

»Nimm nur … weißt du, was mir klargeworden ist, Giacomo? Ich hatte doch recht, als ich sagte, dass es schön ist, wenn einem der andere dabei hilft, die eigenen Möglichkeiten zu entfalten.«

»Was meinst du damit?«

»Schau mich an, in meiner Beziehung zu Carlo konnte ich mich gar nicht richtig entfalten, eigentlich hätte ich viel mehr aus meinem Leben machen können. Aber er, er hat das gar nicht wahrgenommen. Ob ich meine Träume verwirklichen konnte, hat ihn nie interessiert, vielleicht wusste er nicht mal, dass ich überhaupt welche hatte. Was mit mir war, wie ich mich fühlte, war unwichtig, für ihn zählte nur, was ich für ihn und sein Leben bedeutete. Für seine Begriffe war ich perfekt, weil ich mich in allem nach ihm richtete. Er war aktiv, und ich passte mich an. In seinen Augen war ich immer dieselbe. Aber alles, was ich tat, war steril, weil ich mich in dieser Beziehung nie lebendig fühlte. Folglich hat er auch nichts mitbekommen, weder die kleinen Veränderungen noch meine Krisen, und wenn, hat er sie nicht ernst genommen. Daran war ich natürlich auch selber schuld. Seine Liebe reichte mir nicht, weil es nicht die Art Liebe war, die ich mir wünschte – es war nicht die Liebe eines Mannes, sondern die eines Kindes. Das hat sich ja daran gezeigt, wie er mit Problemen umging: mit emotionaler Erpressung. Seine Liebe bestand darin, Aufmerksamkeit zu verlangen, und das war's.«

»Ich habe immer schon gedacht, er wusste ganz genau, wie wichtig es für dich ist, deine Träume zu verwirklichen; dass er sich einfach dumm stellte, weil er genau wusste, wenn du deine Träume verwirklicht hättest, hätte er sich plötzlich auch mal nach dir richten müssen. Und außerdem hättest du dich dadurch von ihm entfernt und wärst irgendwo gelandet, wohin er dir nicht hätte folgen können.«

»Ich bräuchte eine Beziehung, wo jeder seinen eigenen Weg geht und dabei sicher sein kann, dass der andere mitkommt. Es war vor allem meine Schuld, denn aus lauter Angst, was dabei herauskommen *könnte*, wollte ich von meinen eigenen Wünschen lieber gar nichts wissen. Aber jetzt bin ich fest entschlossen, meinen Weg zu gehen, was immer dabei herauskommen mag. Vielleicht ein ganz schönes Chaos. Aber ich fühle mich endlich wieder frei, und das ist ein wunderbares Gefühl.«

An diesem Abend wurde mir klar, warum ich so gern mit Michela zusammen gewesen war. Als ich nach Hause kam, lief im Radio gerade *Poles Apart* von Pink Floyd, dasselbe Album wie damals, als Michela und ich zum ersten Mal miteinander schliefen. Mein Leben war voller Zeichen. Jeden Tag aufs Neue. Als ich diese Musik hörte, wusste ich plötzlich, dass ich mir dieses verpasste Stück Leben nicht entgehen lassen durfte. Wenn es mir schon beim ersten Mal, als ich nur zehn Minuten mit ihr gesprochen hatte, nicht gelungen war, sie zu vergessen, wie sollte ich es jetzt schaffen, da ich sie kennengelernt, ihren Duft eingeatmet, sie erlebt hatte? Da ich wusste, wie sie wirklich war und wie sehr ich das Zusammensein mit ihr genoss? Denn sie war die Tür, die ich endlich aufgestoßen hatte und die ich nun nie wieder schließen wollte. Auch wenn es nur ein Tag war, der mir noch zustand, ich würde ihn nachholen. Nur ein Tag, das war mir klar, aber es war ein Tag mit Michela. Ein Tag und eine Nacht. Vierundzwanzig Stunden, um ich selbst zu sein.

Man selbst sein

Diesmal jedoch erkundigte ich mich vorher, ob sie auch wirklich da war. Das Risiko, extra nach New York zu fliegen und sie dann womöglich nicht anzutreffen, war mir einfach zu groß. Ich rief in ihrem Büro an, gab mich als Kunde aus und machte einen Termin für Freitag, 17 Uhr, aus. Jetzt hatte sie eine Verabredung mit mir, ohne es zu wissen. Ich flog am Freitag los und war um 14 Uhr in Manhattan. Den Rückflug hatte ich für Dienstag gebucht. Eigentlich Wahnsinn, aber inzwischen war mir das egal. Mittwoch würde ich wieder zur Arbeit gehen. Beim Abflug hatte ich ganz schön Schiss. Wenn sie sich nun gar nicht freute, mich zu sehen? Vielleicht hatte sie ja schon einen anderen, womöglich auch auf Zeit, oder es passte ihr aus anderen Gründen nicht in den Kram.

Um fünf stand ich vor ihrem Büro. Als sie die Tür aufmachte und mich sah, blieb ihr einen Augenblick die Luft weg. Sie machte ein unbeschreibliches Gesicht. Dann schloss sie rasch die Tür, drückte mich so überschwenglich, als wäre ich gerade heil aus einem Krieg zurückgekommen, und küsste mich. So etwas hatte ich in meinem ganzen Leben noch nicht erlebt, ich war überglücklich. Allein dafür, so denke ich noch heute, hatte sich der Aufwand schon gelohnt.

Sie war völlig aufgelöst, tränenüberströmt stand sie vor mir, und als ich ihr Gesicht streichelte, bekam ich nasse Hände. Schweigend küssten und umarmten wir uns, stammelten ein paar Worte, dann verließen wir das Büro. Ich war ihr letzter Termin. Wieder gingen wir ins Doma, wo ich beim ersten Mal auf sie gewartet hatte.

»Ich bin gekommen, um den Tag nachzuholen, der mir noch zusteht.«

»Ich habe mich so nach dir gesehnt. Ich habe so gehofft, dass du kommst.«

»Unsere ganze Beziehung besteht aus Warten, seit wir uns kennen.«

»Wie lange bleibst du?«

»Bis Dienstag. Länger kann ich nicht. Außerdem wusste ich ja nicht, wie du reagieren würdest. Aber ich habe einfach gehofft, dass ich mehr als den einen Tag mit dir verbringen kann, der uns noch zusteht.«

»Sonntagabend muss ich nach Boston, das kann ich nicht verschieben.«

»Immerhin ein Tag mehr als geplant, wenn auch ein Tag weniger als erhofft.«

Von Freitag bis Sonntagabend waren wir ununterbrochen zusammen. Mein Hotelzimmer sagte ich ab und wohnte bei ihr. Die Wohnung, das Bett, das Bad, das alles wiederzusehen machte mich froh. Wir waren glücklich, wieder zusammen zu sein. Neben der Stereoanlage in der Küche standen noch die CDs, die ich gekauft hatte, darunter auch unsere Hochzeits-CD. Schnell wurde uns klar, dass es dumm gewesen wäre, nach einer Erklärung für den Zauber unserer Begegnung zu suchen. Es galt der berühmte Satz: »Im Leben ist nicht wichtig, was einem widerfährt, sondern was man daraus macht.«

Das Absurdeste stand uns jedoch noch bevor. Wieder so eine von Michelas Ideen.

Am ersten Abend liebten wir uns ausgiebig; danach fragte mich Michela: »Würdest du mit mir ein Kind machen?«

»Meinst du das ernst?«

»Ja.«

Die erste weibliche Schwäche, seit ich sie kannte, dachte ich.

»Ich habe die letzten zwei Monate darüber nachgedacht und auch mit Silvia darüber gesprochen. Sagen wir so, du bist die einzige Frau, mit der ich mir das überhaupt vorstellen könnte. Ich weiß nur nicht, ob jetzt der richtige Zeitpunkt ist.« Nach einer Pause fügte ich hinzu: »Ich habe dir ja die Geschichte von Silvia und Carlo erzählt. Wenn Margherita nicht wäre, hätte Silvia sich schon längst getrennt. Vielleicht ist es das, was mich abschreckt. Ich möchte nicht, dass ein Kind zur Fessel wird.«

»Für deine Freundin ist nicht Margherita das Problem, sondern ihr Mann. Sie muss eine Entscheidung treffen, ohne mit ihm darüber diskutieren zu können. Das habe ich dir doch damals in der Badewanne erklärt, erinnerst du dich?«

»Natürlich erinnere ich mich.«

»Da geht es um Mut. Offensichtlich ist Carlo so unreif, dass er zu feige ist, Verantwortung zu übernehmen. Wie übrigens die meisten Männer. Weißt du, was er eigentlich tun müsste?«

»Was denn?«

»Sie auffordern zu gehen, weil er es nicht mehr aushält,

mit einer Frau zusammenzuleben, die nicht mehr mit ihm zusammen sein will. Das wäre ein echter Liebesbeweis. Doch er beteuert weiterhin seine Liebe und stellt bei jeder Gelegenheit das Gegenteil unter Beweis.«

»Vielleicht hat er gar nicht kapiert, dass sie ihn nicht mehr liebt, obwohl Silvia es ihm wiederholt gesagt hat.«

»Ich halte es durchaus für möglich, dass ein Mensch dich liebt und du es gar nicht merkst. Aber wenn eine, die dich geliebt hat, dich plötzlich nicht mehr liebt, das merkst du auf jeden Fall. Meist jedoch wird das Thema gemieden, weil andere Dynamiken mit hineinspielen, wie die Schwierigkeit, zu verlassen oder verlassen zu werden, das Gefühl, versagt zu haben, der Wunsch, vor der Familie und den Freunden das Gesicht zu wahren. Und der Egoismus. Genau das ist einer meiner früheren Kolleginnen in Italien passiert. Nur dass sie, anstatt sich von ihrem Mann zu trennen, ein Verhältnis mit einem Kollegen angefangen hat. Man weiß ja, wie das läuft, wenn eine Frau sich vernachlässigt fühlt, dann reichen ein Blick und ein paar nette Worte von einem anderen, und schon fängt sie Feuer. Irgendwann kam alles heraus, und in Nullkommanichts wurde eine vernachlässigte Frau zur Hure abgestempelt, die mit anderen vögelt, während er, der Ärmste, sich den ganzen Tag krummlegt. Ein Klassiker.«

Als wir so im Bett lagen und ich Michela zuhörte, ging mir langsam auf, was sie an jenem Tag in der Badewanne wirklich gemeint hatte.

Seit ich zu ihr gesagt hatte, dass ich mir zwar vorstellen könne, mit ihr ein Kind zu machen, aber nicht wüsste wann, hatte ich das Gefühl, dass sie irgendwie anders war. So als hätte ihr diese Antwort nicht gefallen. Aber gesagt hat sie nichts, vielleicht war es auch nur mein Eindruck.

Samstagabend, bevor wir zum Essen gingen, gab ich ihr das Geschenk, das ich für sie gekauft hatte. In dem Päckchen waren ein Adapter für Elektrostecker und eine Metallhalterung für den Gasherd, damit man die Espressokanne aufsetzen kann. In meinen Augen waren diese beiden Teile das perfekte Symbol für unsere Beziehung, denn sie wurden erfunden, um zwei verschiedene Größen in Einklang zu bringen. Und genau das hatte Michela geschafft, mit ihrem Spiel hatte sie uns beide in Einklang gebracht. Dann gingen wir ins Dallas BBQ, Ecke 23rd Street und 8th Avenue, um die berühmten *Spare ribs* zu essen. Ein vollkommen nichtssagender Laden, wo sie besagte Rippchen mit viel Sauce, einer Backkartoffel und einer Scheibe *corn cake* servieren. Eine ziemlich schwerverdauliche Angelegenheit, was sich auch daran ablesen lässt, dass wir an diesem Abend sehr spät einschliefen. An unserem ersten Abend hatten wir Hamburger gegessen, zum Abschied wollten wir im selben Genre bleiben. Es war lustig, die Leute zu beobachten. Eine surreale Situation. Ganze Familien feierten irgendwas und tranken Margaritas aus riesigen, bunten Pappbechern. Es war bei diesem Feinschmeckermahl, dass ich Michela die Frage stellte, was nun aus uns werden sollte. Wieder waren wir an demselben Punkt angelangt wie damals, als wir am Hudson saßen.

»Ich will nicht noch einmal so leiden wie in den letzten Wochen. Wenn wir zusammenbleiben wollen, dann müssen wir grundlegend etwas ändern. Wenn wir so leben wie bisher, klappt das nicht, das wissen wir. Deshalb glaube ich, es ist besser, wenn wir uns nicht mehr sehen.«

»Aber wenn ich mal wieder in New York bin, darf ich dich dann anrufen?« Etwas Idiotischeres hätte ich nicht sagen können. Das war das genaue Gegenteil dessen, was sie gerade gesagt hatte. Gerade weil unser Verhältnis etwas ganz Besonderes war, hätte man sich eigentlich viel stärker engagieren müssen, aber dazu fehlte mir der Mumm.

Auf meine blöde Frage antwortete sie zu Recht: »Lieber nicht.«

Von da an war ich völlig durch den Wind und reihte ein falsches Wort ans andere.

»Meinst du das ernst?«

»Irgendwie schon.«

»Ich kann mir nicht vorstellen, dass alles zu Ende sein soll. Mit anderen Frauen klappt es auch nicht mehr. Was ist los, gefalle ich dir nicht mehr? Hast du vielleicht schon einen anderen?«

»Nein, warum fragst du das?«

»Weil du irgendwie anders bist. Ich weiß, dass du dich gefreut hast, mich wiederzusehen, das meine ich nicht, aber du bist so schweigsam. Manchmal wirkst du richtig zerstreut.«

»Nein, ich habe keinen anderen. Willst du noch eine Margarita?«

»Ja. Und du?«

»Lieber eine Cola.«

»Hast du dich mit mir nicht wohl gefühlt?«

»Jetzt hör bitte auf, so zu reden …«

»Wie meinst du das?«

»Hör auf mit den blöden Fragen. Die haben nichts mit unserer Beziehung zu tun. Das weißt du ganz genau. Hör auf, alles zu banalisieren.«

Bei diesen Worten fasste ich mich wieder. Schließlich kippte ich mir noch zwei, drei Margaritas hinter die Binde, so genau weiß ich das nicht mehr, ich erinnere mich nur noch, dass ich betrunken war. Sie nicht. Es war unser letzter gemeinsamer Abend. Als wir nach Hause kamen, schliefen wir zusammen und schmusten stundenlang. Vom Alkohol benommen, sah ich alles wie durch einen Schleier. Doch bei dem Gedanken, sie nie mehr wiederzusehen, war mir zum Heulen zumute, das weiß ich noch genau. Vielleicht war es ja wirklich am besten so, nur deshalb hatte ich nicht weiter insistiert. Doch dann, vielleicht aufgrund dieser Mischung aus Melancholie, Schmerz und Alkohol, sagte ich zu ihr: »Komm, lass uns ein Kind machen.«

»Lass die Scherze.«

»Es ist mein voller Ernst.«

»Nein, ist es nicht, du bist betrunken.«

»Stimmt. Aber ich will es wirklich.«

»Lass uns lieber schlafen.«

Wir schliefen ein.

Sonntagmorgen standen wir spät auf und frühstückten fast schweigend. Mir brummte der Kopf. Nach einer Weile, als wir geduscht und angezogen waren, sah Michela mir in die Augen und sagte: »Weißt du noch? Gestern Abend wolltest du ein Kind mit mir machen. Zum Glück warst nur du betrunken.«

Ich hatte den Eindruck, beim Thema Kinder machte Michela halb Spaß, halb provozierte sie mich, weil sie sehen wollte, wie ich darauf reagierte.

»Ich weiß nicht, ob ich das gesagt habe, weil ich betrunken war, aber ich wollte es wirklich. Ich hab's dir doch schon gesagt, mit dir würde ich ein Kind machen. Nur vielleicht nicht sofort.«

Wir gingen spazieren.

Als wir dann in einer Bar saßen und lasen, sie die Zeitung, ich ein Buch, sagte sie plötzlich: »Hör zu, wir machen es so. Keine Anrufe und keine Besuche mehr. Ende der Geschichte. Ich lasse dich in Ruhe, und du lässt mich in Ruhe, das musst du mir versprechen.«

»Versprochen. Aber das haben wir doch gestern schon beschlossen.«

»Ja, ich weiß, aber ich mache dir einen Vorschlag: In drei Monaten habe ich einen wichtigen Termin in Paris. Wenn du in drei Monaten immer noch ein Kind von mir willst, und ich von dir, dann treffen wir uns dort. Das ist eine Verabredung. Was hältst du davon?«

»Mal sehen, ob ich das richtig verstanden habe. Wir verabreden uns in drei Monaten in Paris, und wer dann immer noch ein Kind will, kommt zu dieser Verabredung, wer nicht, bleibt einfach weg?«

»Genau. Eigentlich will ich jetzt schon ein Kind von dir, aber so sicher bin ich nun auch wieder nicht. Ich brauche ein bisschen Abstand von dir. Vielleicht triffst du in diesen drei Monaten eine andere Frau, oder ich ändere meine Meinung … wer weiß. Doch wir sollten uns eine Chance geben, bevor wir uns für immer verlieren.«

Warum gelang es Michela immer wieder, mich zum Mitmachen zu bewegen? Weil ich gerne spiele.

Ich antwortete: »Du bist die Frau, auf die ich immer gewartet habe. Lass uns diese Chance geben. Unsere Beziehung hat es verdient. Und wo treffen wir uns?«

»Keine Ahnung, mal sehen … Was hältst du von der Freiheitsstatue?«

»Ich dachte Paris, nicht New York …«

»Natürlich in Paris.«

»In Paris gibt es eine Freiheitsstatue? Das wusste ich nicht.«

»Genau genommen gibt es sogar zwei. Eine große an der Seine und eine kleine im Jardin du Luxembourg. Wenn wir in drei Monaten immer noch ein Kind wollen, dann treffen wir uns an der Freiheitsstatue im Jardin du Luxembourg. Das ist der einzig vernünftige Grund, sich wiederzusehen und weiterzumachen. Andernfalls ist es besser, wenn wir uns nicht mehr sehen und unsere Geschichte so im Gedächtnis behalten.« Während ich daran dachte, wie absurd das Ganze war, schaute Michela in ihren Kalender und sagte schließlich: »Am besten am 16. September.«

»Das ist doch Wahnsinn.« Und dann: »Okay. Um wie viel Uhr?«

»Das überlasse ich dir.«

»Dann um elf Uhr morgens. Okay?«

»Am 16. September um elf Uhr morgens. Oder nie wieder.«

Paris

Silvia ist happy. Sie wohnt jetzt mit Margherita in der neuen Wohnung. Am Schluss hat Carlo alles eingesehen und sich gar nicht so schlimm aufgeführt wie befürchtet. Auch ihm geht es besser. Margherita ist ein glückliches Kind. Alle haben sich gewundert, dass sie mit der Veränderung offenbar bestens zurechtkommt. Ihre Eltern haben ihr erklärt, dass sie beide, obwohl sie jetzt getrennt wohnen, sie noch genauso liebhaben wie vorher. Außerdem waren sie mit ihr bei einer Psychologin. Am Ende hat sogar Silvias Mutter eingelenkt: Wenn man sich nicht mehr liebe, sei es richtig, sich zu trennen. Wie seltsam die Menschen manchmal sind.

Warum ich in Paris bin, brauche ich wohl nicht zu sagen. Ich will ein Kind von Michela. Seit unserem letzten Treffen sind drei Monate vergangen, und in dieser Zeit ist mein Verlangen nach ihr keineswegs geringer, sondern im Gegenteil nur noch größer geworden, in jeder Beziehung. Ich will ein Kind mit ihr, weil sie für mich wie ein Haus mit Glasdach ist: Ich kann den Himmel sehen und fühle mich trotzdem geborgen. Jetzt verlasse ich die Place des Vosges, gehe die Rue de Rivoli hinunter bis zum Hôtel de Ville. Ich ziehe den Pullover aus, weil die Sonne herausgekommen und mir vom Gehen warm geworden ist. Es ist halb elf. Ich könnte noch zur Nôtre Dame spazieren und dann in den Boulevard

Saint Michel einbiegen. Aber ich entscheide mich für den schöneren Weg. Die andere Route spare ich mir für den Rückweg auf, zumal ich dann, egal wie das Treffen ausgeht, bestimmt so aufgewühlt sein werde, dass ich nicht einmal eine galoppierende Herde aus zwanzig rosa Ponys wahrnehmen würde. Wenn sie nicht kommt, werde ich das Gefühl haben, jetzt schon alt zu werden. Ich gehe bis zum Pont des Arts, einer Holzbrücke, an der sich bei schönem Wetter abends die jungen Leute zum Picknick treffen. An der Place Saint Germain des Prés biege ich in die Rue Bonaparte ein, passiere die Place Saint Sulpice und komme schließlich am Jardin du Luxembourg an.

Ich bin zu früh dran, eigentlich hätte ich gerne gehabt, dass sie schon da ist und auf mich wartet. Nervös drehe ich eine Runde durch die Anlagen. Um den Brunnen herum sitzen junge Leute, die den Palast abzeichnen. Auch am Musée d'Orsay habe ich einmal eine große Gruppe von Schülern gesehen, die auf dem Boden saßen und die Statuen abzeichneten. Es ist ein schöner Anblick, wenn die Museen so belebt sind. Als ich weitergehe, sehe ich Menschen beim Tennisspielen, einige joggen, andere machen Tai Chi in einem offenen Pavillon. Viele lesen. Überall gibt es Metallstühle, die man hinstellen kann, wo man möchte. Die meisten Stühle stehen rund um den Brunnen, das kleine Geländer dort kann man bequem als Fußstütze benutzen. Jetzt bin ich fast an der Freiheitsstatue. Dort stehen keine Stühle. Ich hole zwei Stühle und postierte sie an unserem Treffpunkt. Einen für mich und einen hoffentlich für sie. Denn jetzt bete ich nur noch, dass sie auch wirklich kommt. Diesen Augenblick habe ich mir schon in allen Varianten vorgestellt. Auch diesmal könnte es mir ergehen wie schon so oft: Erstens kommt es anders, und zweitens als man denkt. Während ich nach vorne starre, um sie ja nicht zu verpassen, könnte sie sich auch von hinten anschleichen, mir plötzlich mit ihren warmen Händen die Augen zuhalten und sagen: »Rat mal, wer hier ist?«

Falls sie wirklich kommt, was dann? Wo werden wir leben? Soll ich nach Amerika ziehen, oder kommt sie zurück nach Italien? Wann immer ich darüber nachdenke, fällt mir nur eine Antwort ein, nämlich dass Michela das Land ist, in dem ich leben möchte.

In den vergangenen drei Monaten habe ich mich ihr zutiefst verbunden gefühlt. Ich habe mich auf den Rand des Lebens gesetzt, habe die Beine baumeln lassen, habe in die Unendlichkeit geblickt und ihren Duft eingeatmet. Eine merkwürdige Art, sich für ein Kind zu entscheiden, könnte man meinen. Doch nicht in meinem Alter. Als ich zwanzig war, wollte ich ein Kind von einer Frau, weil ich sie liebte. Jetzt ist alles anders. Mit zwanzig wäre mir eine Geschichte, wie ich sie jetzt erlebte, absurd vorgekommen. Das hätte nicht zu meiner Vorstellung von Liebe gepasst.

Jetzt möchte ich ein Kind, und Michela ist die Frau, mit der ich diese wichtige Erfahrung teilen möchte. Punkt. Von Anfang an habe ich mich bei ihr wie ausgewechselt gefühlt, wie ein vollkommen neuer Mensch, so als hätten wir nur aufeinander gewartet und wären uns zum richtigen Zeitpunkt und unter den richtigen Bedingungen begegnet. Als wäre es vom Schicksal vorherbestimmt, dass für mich nun eine wichtige Veränderung ansteht und ich in einen neuen Lebensabschnitt eintrete.

In den Monaten des Wartens war mir Schreiben eine große

Hilfe. Ich habe meine Gefühle niedergeschrieben, habe mein Innenleben beobachtet und dabei eine lebendige Welt im Umbruch entdeckt. Ich schrieb Michela Briefe, die ich jedoch nie abschickte. Diese Briefe habe ich jetzt bei mir. Sie sind schon frankiert, denn falls sie nicht kommt, werde ich sie ihr schicken.

Dazu ein weiterer Brief und ein paar Fotos: Blumen, ein gedeckter Tisch für zwei Personen, »unsere« Straßenbahn. Dann ein Foto, das ich an ihrem Geburtstag gemacht habe, darauf sind ein Kalender, ein Geschenk und zwei Weingläser zu sehen. Ich habe auch Augenblicke gemeinsam mit ihr verbracht, an denen wir nicht zusammen sein konnten.

Es ist zehn Uhr fünfundvierzig, mir schlägt das Herz bis zum Hals, so dass ich kaum Luft kriege. Ich schaue mich um und fahre mit den Händen nervös über die Schachtel mit den Briefen. Außer der Schachtel habe ich ein Paar rote Schuhe dabei, die ich extra für sie gekauft habe. Schuhe deshalb, weil ich finde, dass sie sehr gut zu meinem Wunsch passen, mit ihr in eine gemeinsame Zukunft zu gehen. Aber die Befürchtung, sie vielleicht nie an ihren Füßen zu sehen, wächst zusehends.

Plötzlich rollt ein Ball auf mich zu. Als ich aufblicke, sehe ich ein Mädchen, das auf mich zuläuft, um den Ball zu holen. Beim Aufheben sieht sie mich kurz an und läuft dann schnell wieder weg. Man hört das Gezwitscher der Vögel und in der Ferne auch einen Bohrer. Am Morgen höre ich gern die Geräusche der Menschen bei der Arbeit, natürlich nur, wenn ich nicht zu Hause bin, versteht sich.

Ich sehe auf die Uhr, es ist fünf nach elf. Langsam frage ich mich, wie lange ich warten soll. »Ich muss mir eine Frist setzen«, sage ich mir. »Wenn sie bis Viertel nach elf nicht kommt, dann gehe ich. Na, sagen wir lieber halb zwölf.«

Ich versuche mich abzulenken und beobachte die Leute um mich herum. So viele Leute, jeder mit seinen eigenen Träumen, seinen eigenen Freuden, seinen eigenen Leiden. Manchmal denke ich an all die verschiedenen Orte auf der Welt, an denen ich schon gewesen bin, und dann stelle ich mir die Menschen auf den Straßen vor. Als ich klein war und mir vorzustellen versuchte, wie viele Menschen es auf der Welt gibt, war ich einfach überzeugt, dass Gott von mir nichts wissen könne.

Elf Uhr zwanzig. Michela ist immer noch nicht da. Jetzt denke ich zum ersten Mal ernsthaft, dass sie vielleicht nicht kommt. Ich verlängere die Wartefrist bis zwölf.

Es wäre einfach zu schön gewesen. Plötzlich bin ich deprimiert, es ist vorbei, meine euphorische Stimmung ist wie weggeblasen, und ich bin nicht mehr froh, dass ich ihr begegnet bin und sie einen besseren Menschen aus mir gemacht hat. Dabei müsste ich froh sein. Denn wie ich hier so sitze, auf diesem Stuhl, mit den roten Schuhen und einem Stapel nicht abgeschickter Briefe in der Hand, mache ich mich doch lächerlich. Ich werde sie auf keinen Fall abschicken, wie ich es ursprünglich vorhatte. Jetzt ist es klar, Michela kommt nicht. Ich muss mich damit abfinden, dass mein Film kein Happyend hat. »Wenn du nicht kommst, was soll ich dann mit dir anfangen?«

Ich stehe auf, ich kann nicht länger sitzen. Ich gehe zur Statue. An ihrem Fuß liegen Kränze, wahrscheinlich von der Gedenkfeier des elften September. Ich lese die Inschrift auf der Plakette: *La Liberté éclairant le monde*. Ich setze mich wieder. Ich werfe den Kopf in den Nacken und betrachte den Himmel über Paris, eine Träne läuft mir über die Wange bis ins Ohr. Ich habe Bauchweh. Ich denke an alles, was ich für sie getan habe, an alles, was mich lebendig gemacht hat. Seit ich ihr begegnet bin, habe ich mich nicht mehr gelangweilt; wenn ich mit ihr zusammen war oder an sie dachte, ging es mir gut; manchmal, so wie jetzt, ging es mir auch schlecht, dann wieder fühlte ich mich verletzlich und unbesiegbar zugleich. Aber immer lebendig.

Plötzlich wird mir klar, dass ich bis zum Rand mit Erlebtem angefüllt bin, aber nichts in der Hand habe. Und urplötzlich kommt mir der Gedanke, dass Michela vielleicht nie existiert hat. Jetzt wird mir alles klar. Wer sagt mir, dass sie nicht bloß eine meiner Projektionen war, ein Geist? Wer außer mir hat sie je gesehen? Alle, denen ich von ihr erzählt habe, haben sie weder getroffen noch gesehen, noch kennengelernt. Nicht einmal Silvia. Ich habe keine konkreten Beweise dafür, dass sie wirklich existiert. Nur eine vollkommene Gefühlsverwirrung. Wer hätte bestätigen können, dass Michela nicht bloß in meiner Phantasie existierte? Deshalb war alles so vollkommen. Ich habe sie gesehen, und sie hat mir sofort gefallen, noch bevor ich sie kannte, dann lernte ich sie kennen, und sie brachte mir durch ein dummes Spiel bei, mich zu öffnen. Wir haben geheiratet ohne den Wahnsinn einer echten Hochzeit. Und jetzt stehe ich hier und warte auf sie, um mir und ihr zu beweisen, dass ich wirklich ein Kind will. Wir haben alles gemacht, was andere auch machen, aber nur als Spiel, nur zum Spaß. Vielleicht habe ich hier auf dieser Bank, mit einem Paar roter Damenschuhe und einer Kiste voller nie abgeschickter Briefe in der Hand, den ersten klaren Gedanken in dieser verrückten Geschichte. Womöglich sagen die Leute, die mich kennen, dass ich völlig ausgeflippt bin und diese Frau nur in meiner Einbildung existiert. Wie sollte ich das Gegenteil beweisen? Ich habe nichts von ihr, kein Foto, kein Geschenk, gar nichts. Nicht mal den Ring von unserer Hochzeit. Alles, was ich von ihr habe, ist in meinem Kopf und in meiner Seele. Für immer und ewig. Sie ist ein Atemzug, ein Gedanke, eine Empfindung, sie ist Konfusion und Klarheit zugleich. Vielleicht sollte ich in den Spiegel schauen und tief in den Augen nach einem Überrest, einer Spur von ihr suchen. Vielleicht habe ich mir Michela nur ausgedacht und ihr Leben eingehaucht, und doch hat sie mir beigebracht, an meine Träume und Wünsche zu glauben, auch auf die Gefahr hin, mich lächerlich zu machen, was jetzt im Grunde passiert ist. Es ist gar nicht wichtig, ob sie kommt. Wichtig ist, was sie mir beigebracht hat. Sie war und ist nicht der Schatz, den es zu heben gilt, sondern der Wegweiser dorthin.

Bei diesem Gedanken muss ich unwillkürlich lachen. Ich lache und schlage die Hände vors Gesicht, als müsste ich mich schämen. Meine Finger riechen noch immer nach Butter.

Bei dieser Bewegung höre ich plötzlich einen Pfiff. Ich senke den Blick. Da steht sie, nur wenige Meter entfernt, wie um mir zu beweisen, dass sie wirklich existiert. Mein Herz explodiert, meine Seele erbebt.

Da steht Michela vor mir, reglos, mit Tränen in den Augen und ihrem gewohnten Lächeln. Sie ist die lachende Zukunft. Sie gleicht einem dieser Tage, an denen es regnet und zugleich die Sonne scheint. Ich gehe auf sie zu, dann bleibe ich einen Augenblick vor ihr stehen und rühre mich nicht.

Als ich den letzten Schritt tue, sie umarmen und küssen will, macht sie eine Bewegung, um mich zu stoppen. Ich verstehe nicht. Sie sieht mich an, nimmt meine Hand und legt sie auf ihren Bauch.

Im Bruchteil einer Sekunde verstehe ich alles. Ihr verrücktes Spiel, den wahren Grund, warum sie mich monatelang hat warten lassen. Ich betrachte den Bauch unter meiner Hand. Michela ist schwanger. Entgeistert starre ich sie an. Sie nickt, und bevor wir uns umarmen, sagt sie: »Ich war schon schwanger, bevor du das zweite Mal in New York warst.«

»Wieso hast du nichts gesagt?«

»Ich wollte nicht, dass du es nur deshalb akzeptierst, weil es nun einmal passiert war. Ich wollte sicher sein, dass du es auch wirklich willst. Wenn du nicht gekommen wärst, hätte ich es dir gar nicht gesagt. Dann hättest du es nie erfahren. Ich bin froh, dass es so gekommen ist. Du bist der Spielgefährte, den ich mir immer gewünscht habe.«

Schweigend halten wir uns in den Armen, bringen eine Ewigkeit kein Wort heraus.

»Wenn ich an die Namen denke, die du deinen Kindern geben wolltest, vor allem an die Mädchennamen, dann wird mir schlecht.«

»Mach dir keine Sorgen, unser Kind wird Matteo heißen. Und sonst hast du mir nichts zu sagen? Immerhin habe ich pfeifen gelernt …«

»Deswegen bin ich doch so entgeistert. Wegen dem Pfiff. Nein, stimmt gar nicht, ich hatte einfach Angst, du würdest nicht kommen. Aber auch ich habe gelernt, ins kalte Wasser zu springen.«

»Entschuldige die Verspätung. Wenn du's genau wissen willst, ich beobachte dich schon seit zwanzig Minuten. Ich hatte Angst und war zu aufgeregt… als ich kam, warst du schon da. Wartest du schon lange?«

»Seit ungefähr fünfunddreißig Jahren.«

Fabio Volo

Einfach losfahren

Roman

Aus dem Italienischen von Peter Klöss

Michele kann sich nicht beklagen: Er arbeitet als freier Journalist, trifft sich abends mit Freunden auf eine Pizza oder ein Bier, und Frauen wickelt er mit Leichtigkeit um den Finger. Alles bestens. Bis sein bester Freund Federico aus heiterem Himmel beschließt, den Alltag hinter sich zu lassen und einfach loszufahren. Für Michele unverständlich. Allein zurückgeblieben, stürzt er sich in die Eroberung von Francesca. Umwirbt sie mit Liebesbotschaften und überraschenden Ideen. Sein Charme verfängt, Michele und Francesca sind ein paar Monate im siebten Himmel.
Doch Michele weiß, was auf solche Zeiten folgt. Was tun, wenn die Verliebtheit abklingt und die Routine sich einschleicht? Michele findet keine Antwort – bis ihn eine Nachricht von Federico wachrüttelt. Nun erst beschließt er, es auch zu probieren: einfach loszufahren. Den Leser nimmt er mit auf seine Reise in die Ferne, auf die Suche nach seinem Platz in der Welt – und im eigenen Leben.

»Eine Hymne ans Leben – die Geschichte eines Mannes, der zu lieben lernt.« *Ansa, Rom*

Auch als Diogenes Hörbuch erschienen,
gelesen von Heikko Deutschmann

Andrea De Carlo im Diogenes Verlag

»Jugend ist vieles, auch eine besondere Schärfe des Blicks, die eine nahezu unendliche Anzahl von Nuancen wahrnimmt, ist eine Unersättlichkeit der Augen, die das Schauspiel der farbigen Welt – wie durch ein Teleobjektiv vergrößert – aufnehmen und in winzigen Fotogrammen im Gedächtnis speichern. Wenn Andrea De Carlo schreibt, scheint er die Kamera durch die Feder ersetzen zu wollen, und sein Stil, weit entfernt von jedem literarischen Vorbild, erinnert an die Bilder der Maler des amerikanischen ›Fotorealismus‹.«
Italo Calvino

»Andrea De Carlo hat sich mit Geschichten über Hoffnungen seiner Generation, die Folgen der rasanten Industrialisierung und die Schattenseiten des haltlosen Hedonismus ein großes Publikum erschrieben.«
Maike Albath / Neue Zürcher Zeitung

Vögel in Käfigen und Volieren
Roman. Aus dem Italienischen von Burkhart Kroeber

Creamtrain
Roman. Deutsch von Burkhart Kroeber

Macno
Roman. Deutsch von Renate Heimbucher

Yucatan
Roman. Deutsch von Jürgen Bauer

Techniken der Verführung
Roman. Deutsch von Renate Heimbucher

Zwei von zwei
Roman. Deutsch von Renate Heimbucher

Arcodamore
Roman. Deutsch von Renate Heimbucher

Guru
Roman. Deutsch von Renate Heimbucher (vormals: *Uto*)

Wir drei
Roman. Deutsch von Renate Heimbucher

Wenn der Wind dreht
Roman. Deutsch von Monika Lustig

Das Meer der Wahrheit
Roman. Deutsch von Maja Pflug

Als Durante kam
Roman. Deutsch von Maja Pflug

Susanna Tamaro im Diogenes Verlag

»Die 1957 in Triest geborene italienische Autorin Susanna Tamaro, Großnichte Italo Svevos, ist eine hinreißende Fabuliererin mit frischer Phantasie, Poesie und Witz.« *Süddeutsche Zeitung, München*

»Dieser aufrichtige und klare Stil; diese Fähigkeit, das Leid der Schwachen und Schutzlosen zu zeichnen – sie hat es vermocht, mich zu rühren, ohne mich zu beschämen, nicht anders als es mir bei der Lektüre von *Oliver Twist* ergangen war oder bei bestimmten Seiten aus Kafkas *Amerika.*« *Federico Fellini*

»Eine der lebendigsten Stimmen der jungen italienischen erzählenden Literatur. Transparent wie Kristall. Und stark. Und zart.« *Grazia, Mailand*

Geh, wohin dein Herz dich trägt
Roman. Aus dem Italienischen von Maja Pflug

Kopf in den Wolken
Roman. Deutsch von Ulrich Hartmann

Anima mundi
Roman. Deutsch von Maja Pflug

Esmahan Aykol im Diogenes Verlag

Esmahan Aykol wurde 1970 in Edirne in der Türkei geboren. Während des Jurastudiums arbeitete sie als Journalistin für verschiedene türkische Zeitungen und Radiosender. Darauf folgte ein Intermezzo als Barkeeperin. Heute konzentriert sie sich aufs Schreiben. Sie ist Schöpferin der sympathischen Kati-Hirschel-Romane, von denen weitere in Planung sind. Esmahan Aykol lebt in Berlin und Istanbul.

»Wer von der Schwermut skandinavischer Krimiautoren genug hat, ist bei Esmahan Aykol an der richtigen Adresse: Nicht in Eis, Schnee und Regen, sondern unter der sengenden Sonne Istanbuls deckt ihre herzerfrischend sympathische Heldin Kati Hirschel Mord und Totschlag auf.« *Deutsche Presseagentur*

»Esmahan Aykol ist eine warmherzige, vor allem aber kenntnisreiche Schriftstellerin.«
Angela Gatterburg / Der Spiegel, Hamburg

Goodbye Istanbul
Roman. Aus dem Türkischen von Antje Bauer

Die Fälle für Kati Hirschel:

Hotel Bosporus
Roman. Deutsch von Carl Koß

Bakschisch
Roman. Deutsch von Antje Bauer

Scheidung auf Türkisch
Roman. Deutsch von Antje Bauer